DER KNOCHENTANDLER

Der Autor und Musiker Johann Allacher wurde in Wien geboren, wo er Rechtswissenschaften studierte. Da sich Frisur und Rockstar-Ambitionen nicht mit einer Juristenkarriere vertrugen, folgten Beschäftigungen als Angestellter, Unternehmer und Kundenberater. Seit 2011 arbeitet er an Spannungsstoffen und humoristischen Texten im Wiener Dialekt. 2016 erschien sein Debütroman »Der Watschenmann«.

JOHANN ALLACHER

DER KNOCHENTANDLER

Kriminalroman

emons:

Bibliografische Information der Deutschen Nationalbibliothek
Die Deutsche Nationalbibliothek verzeichnet diese Publikation in der Deutschen Nationalbibliografie; detaillierte bibliografische Daten sind im Internet über http://dnb.d-nb.de abrufbar.

FSC www.fsc.org
MIX
Papier aus verantwortungsvollen Quellen
FSC® C083411

Umschlagmotiv: picture alliance/APA/picturedesk.com
Umschlaggestaltung: Nina Schäfer, nach einem Konzept von Leonardo Magrelli und Nina Schäfer
Umsetzung: Tobias Doetsch
Gestaltung Innenteil: César Satz & Grafik GmbH, Köln
Lektorat: Carlos Westerkamp
Druck und Bindung: CPI – Clausen & Bosse, Leck
Printed in Germany 2018
ISBN 978-3-7408-0278-3
Originalausgabe

Dieser Roman wurde vermittelt durch Mag. Günther Wildner, Wildner Kulturmanagement, Wien.

Für Manuela

In Wien musst' erst sterben,
damit s' dich hochleben lassen.
Aber dann lebst' lang.
Falco/Helmut Qualtinger

Wien, 3. April 1997

Prolog

Ein eisiger Wind fegte über das regennasse Pflaster neben dem »Ersten Haus am Ring« und zeichnete zittrige Wellenlinien in die Pfützen, die sich seit den Abendstunden auf dem Platz gebildet hatten. Er trieb vereinzelte Regentropfen unter die Arkaden am Opernhaus und veranlasste den großen Mann, der eben aus dem östlichen Bühneneingang getreten war, sich den Kragen seines Mantels hochzustellen. Missmutig starrte er in die Nacht, die ihn mit einem zu seiner Stimmung passenden Wetter empfing.

»Im Alter lässt die Gehörleistung ein wenig nach«, hatte ihm Kurt Wengler noch vor wenigen Minuten unverschämt grinsend an den Kopf geworfen. Ihm, Friedemann Liebkind, mit Ende vierzig bereits eine Institution an der Wiener Oper, einer der renommiertesten Experten für das Musiktheater im gesamten deutschen Sprachraum. Wie konnte es dieser Emporkömmling nur wagen, seine Fachmeinung zu untergraben? Am liebsten hätte er kehrtgemacht und den vorwitzigen Kulturberichterstatter eines Monatsmagazins zu Brei geschlagen. Doch das hätte wohl das Ende seiner langjährigen Karriere bedeutet. Er musste eine andere Möglichkeit finden, um den unliebsamen Konkurrenten in die Schranken zu weisen.

Die Drehspiegelleuchte eines über die Philharmonikerstraße fahrenden Rettungswagens schickte blaue Irrlichter über die nassen Granitplatten. Für einen Augenblick huschte das Signallicht auch über Liebkinds gerötetes, aufgedunsenes Gesicht. Der beleibte Mann trat zwei Schritte nach vorne, zog sich seine ledernen Handschuhe über und blickte unter den Arkaden entlang.

Keine Menschenseele ließ sich sehen. Die Vorstellung war bereits vor über einer Stunde beendet worden, und die Besucher hatten sich schon längst in den Gassen oder den U-Bahn-Schächten der Stadt verloren. Nicht einmal Touristen verirrten sich bei diesem Sauwetter unter die seitlichen Anbauten der Staatsoper, die einst errichtet worden waren, um den Angehörigen der privilegierten Gesellschaftsschichten die Möglichkeit zu bieten, mit Pferdedroschken vorzufahren. Ein guter Tag für die Bars in den Hotels und für die zahlreichen Wiener Kaffeehäuser. Auch das Café Sacher schien gut besucht zu sein. Durch die Fenster des für seine Schokoladentorten weltbekannten Lokals drang leise der Klang von klirrenden Gläsern und lachenden Menschen.

Friedemann Liebkind versuchte das Aufglimmen einer Zigarette zwischen den Säulen zu entdecken, aber Karl saß wahrscheinlich seit Stunden vor einem vollen Aschenbecher im Operncafé und genehmigte sich dort einen doppelten Mokka mit »Beifahrer«. Schließlich gehörte es zu seinen Pflichten als Privatchauffeur, aufkommende Müdigkeit zu verdrängen.

Wie immer, wenn Liebkind das Haus am Ring durch den Bühneneingang an der Kärntner Straße verließ, schritt er auch an diesem Abend unter das äußere Kuppeldach des zweireihigen Anbaus. Hier hatte er mit Irina gestanden. Immer nach den Ballettproben. Sie hatten sich an den Händen gehalten und über Musik und Tanz gesprochen. Über Menuett, Mazurka und Walzer. Wie schön sie nur gewesen war! Im gegenüberliegenden Palais Todesco war seinerzeit der Komponist Johann Strauß ein und aus gegangen. Irina hatte seine Walzer über alles geliebt.

Liebkind schaute zu den überlebensgroßen Karyatiden empor, die das vorkragende Dachgesims trugen. Vor drei Monaten hatte er die traditionelle Silvesteraufführung der Johann-Strauß-Operette »Die Fledermaus« arg verrissen und kaum ein gutes Haar an der Inszenierung durch einen Wiener Volksschauspieler gelassen. Seine Kritik an dem beliebten Mimen hatte ihm viel Gegenwind eingetragen. Es war ein regelrechter

Sturm der Entrüstung gewesen, dem er sich entgegenzustellen hatte. Liebkind mochte es vielleicht an diplomatischem Feingefühl fehlen, aber gewiss nicht an der nötigen Standhaftigkeit, wenn es darum ging, seine Ansprüche an die Interpretation eines musikalischen Meisterwerks zu verteidigen.

Seit vielen Jahren schon kämpfte er gegen eine Aufweichung des hohen Standards, den Genies wie Strauß mit ihren Schöpfungen gesetzt hatten. Schon die Ouvertüre der »Fledermaus« galt als Herausforderung für die besten Orchester der Welt, und so feinsinnig und zugleich mitreißend, wie das Werk von seinem Urheber komponiert worden war, so wollte Liebkind es auch umgesetzt wissen. Sein Verständnis für experimentelle Neuerungen hielt sich in engen Grenzen, und für diese Prinzipien nahm er auch Widerstand in Kauf. Es war eben nicht leicht, den Beruf eines Musikkritikers gewissenhaft auszuüben, ohne sich jede Menge Feinde einzuhandeln.

Der Regen wurde stärker und erschwerte die Sicht auf den monumentalen Repräsentationsbau auf der anderen Seite der Kärntner Straße. Liebkind wünschte sich in die Gründerzeit der 1860er Jahre zurück, als sich im behaglichen Künstlersalon von Baron Todesco Gäste wie Hugo von Hofmannsthal, Henrik Ibsen oder Anton Rubinstein die Klinke in die Hand gegeben hatten. Doch die Welt hatte sich gewandelt. Begnadete Könner wie Strauß oder Rubinstein gab es nicht mehr, und es lag an ihm, Friedemann Liebkind, das Vermächtnis der großen Meister zu bewahren.

Leichtfüßiger, als man es seiner Gestalt zugetraut hätte, bewegte sich Liebkind zurück zum Opernhaus und ging an den Auslagen einer darin untergebrachten Buch-und-Tonträger-Handlung vorbei. Er steuerte auf die verwaisten Stühle vor dem Café Oper zu, als er das Summen einer Melodie vernahm. Eine leise Stimme gab die Ouvertüre von Mozarts »Die Hochzeit des Figaro« zum Besten. Die einleitenden Takte der Oper, die heute Abend aufgeführt worden war, schienen jemanden aus der Zuhörerschaft nachhaltig beeindruckt zu haben.

Friedemann Liebkind versuchte die Quelle der Töne zu orten und lauschte. An der Stimmfärbung war zu erkennen, dass es sich um eine Besucherin handeln musste. Eine merkwürdige Klarheit und Fehlerlosigkeit lag in dem Summen und veranlasste den Kritiker dazu, in seiner Position hinter einer Säule zu verharren. Gerne hätte er diese besondere Wiedergabe des musikalischen Vorspiels bis zum Ende genossen, doch die Frau verweigerte ihm diesen Gefallen. Die Melodie verebbte und ging in das Rascheln von Zeitungspapier über. Die Geräusche kamen aus einer kleinen Nische in der Wand des Operngebäudes, die durch einen über zwei Stufen erreichbaren Seiteneingang gebildet wurde. Ein spindeldürres jugendliches Mädchen kauerte dort im Winkel zwischen Wand und Tür und versuchte sich mit den Blättern einer Zeitung zuzudecken.

»Sie haben Talent«, bemerkte Liebkind und trat näher heran.

Die junge Frau gab keine Antwort. Kaum merklich nickte sie ihm zu und musterte ihn aus weit aufgerissenen Augen über den Rand der bis zum Mund ragenden Zeitung hinweg.

»Sind Sie Sängerin?«

Wieder blieb die dunkelhaarige Jugendliche eine Antwort schuldig. Sie hatte ihre aus einem blauen Faltenrock ragenden, in dicken Wollstrümpfen steckenden Beine dicht an den Körper gezogen. Ihr Oberkörper war zur Gänze von der Tageszeitung bedeckt. Nur das leise Rascheln des Papiers verriet, dass sie zitterte.

»Keine Angst«, beschwor sie der Kritiker. »Ich tue Ihnen nichts. Mein Name ist Friedemann Liebkind. Sie kennen mich bestimmt aus dem Fernsehen. Aus den Kultursendungen.«

»Ich habe kein Fernsehen«, kam es zaghaft aus dem Mund des Mädchens. Die Blätter der Abendzeitung waren ein Stück nach unten gerutscht.

»Aber Sie kennen ›Le nozze di Figaro‹! Sehr gut sogar, wie ich eben hören durfte. Besuchen Sie oft die Staatsoper?«

Das Mädchen schüttelte den Kopf. Es mochte sechzehn

oder siebzehn Jahre alt sein und wirkte außergewöhnlich mager. Auf seinem dünnen Hals saß ein schmaler Kopf mit spitzem, aber hübschem Gesicht. Trotz der schwachen Außenbeleuchtung konnte Liebkind ganz deutlich die Furcht in den großen dunklen Augen erkennen.

»Sie waren heute Abend zum ersten Mal hier? Da ist es ja umso erstaunlicher, dass Sie die Ouvertüre im Anschluss an die dreistündige Aufführung so fehlerfrei wiedergeben können! Wie hat Ihnen denn die Vorstellung gefallen?«

Der Ansatz eines Lächelns beschlich das Gesicht der jungen Frau. »Es war großartig«, flüsterte sie. »Die Musik, der Ausdruck, die Stimmen! Einfach überwältigend!«

Liebkind nickte. »Es war wirklich eine ansprechende Darbietung. Sie haben sich einen guten Tag für einen Opernbesuch ausgesucht. Jetzt sollten Sie aber besser den Heimweg antreten. Kann ich Ihnen vielleicht behilflich sein? Soll ich Ihnen ein Taxi rufen?«

»Nein danke«, antwortete das schmale Gesicht. »Ich komme allein zurecht.«

»Dann wünsch ich Ihnen noch einen angenehmen Abend.« Liebkind verabschiedete sich nach kurzem Zögern mit einem freundlichen Nicken.

Mit langsamen Schritten entfernte er sich vom Seiteneingang und stieß wenige Meter weiter beinahe gegen Karl, der mit aufgespanntem Regenschirm um die südöstliche Gebäudeecke geeilt kam. Der Chauffeur roch nach Schnaps.

»Nach Hause, Professor?«

Liebkind bejahte die Frage stumm und schickte sich an, seinem Fahrer in die regnerische Nacht zu folgen. Die Stimme des Mädchens ließ ihn innehalten.

»Die Oboe! Sie war weg.«

Friedemann Liebkind fuhr herum. »Wie bitte?«

»In der Ouvertüre, die zweite Oboe«, erklang es leise aus der Nische. Die Worte gingen beinahe im Geräusch des herniederprasselnden Regens unter.

»Sind Sie sicher?« Liebkind machte wieder ein paar Schritte auf die junge Frau zu.

Unsicher rang sie um Worte. »Die Holzbläser! Sollten es nicht je zwei Flöten, Fagotte, Klarinetten und Oboen sein?« Sie stockte.

»Und weiter?«

»Eine der Oboen hat gefehlt. Das hat mich kurz gestört.«

»Sind Sie sich da ganz sicher?«

Die junge Frau nickte heftig mit dem Kopf. »Nicht lange. Nur in den Takten einundachtzig bis neunzig. Aber das hat mich ein wenig irritiert.«

Dem Opernexperten stand der Mund weit offen.

»Sie wollten doch wissen, wie mir die Aufführung gefallen hat«, stammelte das Mädchen unsicher.

Liebkind hielt sich geistig die Partitur der Ouvertüre vor Augen. In der genannten Passage waren die Oboen von untergeordneter Bedeutung. Hier das Fehlen des zweiten Instruments wahrnehmen zu können bedurfte eines besonders sensiblen Gehörs. Er selbst hatte es nicht bemerkt. Wieder fiel ihm der Satz von Kurt Wengler ein. Was war, wenn der respektlose Schmierfink recht hatte?

»Woher kommen Sie?«, wollte Liebkind von dem Mädchen wissen. »Sind Sie aus Wien? Wohnen Sie im Hotel?«

»Die wohnt auf der Straße«, bemerkte Karl hinter ihm hämisch.

»Halten Sie Ihren Mund, Sie kulturloses Individuum!«, fuhr Liebkind ihn an. »Und geben Sie mir verdammt noch mal Ihre Jacke! Sehen Sie nicht, wie das arme Kind friert?«

Widerwillig zog der kleine Mann seine Daunenjacke aus und reichte sie seinem Chef. Dieser beugte sich zu dem Mädchen hinunter und nahm behutsam die Zeitung an sich. Ein halbseitiges Bild des Klonschafs »Dolly« zierte das Titelblatt. Seit die Forschungsergebnisse der Zellbiologen am schottischen Roslin-Institut vor fünf Wochen publik gemacht worden waren, fand sich fast täglich ein Artikel darüber in den heimischen Gazetten. Die junge Frau war nur mit einer dünnen Jacke über einer weißen Bluse bekleidet. Liebkind legte ihr die Jacke seines Chauffeurs über die Schultern und hockte sich unter ächzendem Schnaufen neben sie auf die Stufen.

»Sie dürfen hier nicht die Nacht verbringen! Bei diesem Wetter holt man sich den Tod. Haben Sie denn niemanden in der Stadt, bei dem Sie unterschlüpfen können? Keine Verwandten oder Freunde?«

Das Mädchen verneinte kopfschüttelnd.

»Haben Sie es denn schon bei einer Jugendherberge probiert? Es mag in diesen Absteigen zwar an Komfort fehlen, aber für ein paar Schilling hätten Sie dort wenigstens ein Dach über dem Kopf.«

»Ich hab mein letztes Geld für die Stehplatzkarte ausgegeben.«

Liebkind lächelte. »›Die Hochzeit des Figaro‹ war Ihnen also wichtiger als die Sorge um einen Schlafplatz. Eine durchaus interessante Reihung Ihrer Wertigkeiten. Sie werden vermutlich nur wenige Menschen finden, die diese Entscheidung nachvollziehen können. Einer davon sitzt gerade neben Ihnen. Und eben weil ich diesen Schritt verstehe, möchte ich Ihnen für heute Abend das Gästezimmer meines Apartments zur Verfügung stellen. Ich kann Sie hier unmöglich sitzen lassen!« Er reichte der jungen Frau die Hand, um ihr hochzuhelfen.

Sie antwortete mit einer abwehrenden Geste. »Lieber nicht. Mir geht es gut. Danke.«

»Ich bestehe darauf!«, rief Liebkind energisch. »Ich kann es nicht verantworten, dass Sie sich eine Lungenentzündung holen. Diese Nacht ist für einen Aufenthalt im Freien denkbar ungeeignet. In der morgigen Abendausgabe des Tagblatts wird meine Rezension der heutigen Aufführung zu lesen sein. Es wird ein wohlwollender Artikel werden, den ich nur ungern durch einen in derselben Zeitung stehenden Bericht über ein am Opernhaus erfroren aufgefundenes Mädchen entwertet sehen würde. Lassen Sie mich Ihnen doch eine trockene Bleibe zur Verfügung stellen. Mein Gästezimmer ist beheizt und fristet dennoch ein trauriges, einsames Dasein. Wir Opernfreunde müssen zusammenhalten! Wie heißen Sie denn, mein Kind?«

»Heidegger. Ehrentraud Heidegger.«

Liebkind lachte. »Ehrentraud und Friedemann! Zwei ganz vortreffliche, außergewöhnliche Vornamen. Das passt gut zusammen! Fast wie Tristan und Isolde. Was denken Sie, Karl?«

Karl rang sich ein gequältes Lächeln ab. Die Aussicht, zu später Stunde noch das Gästezimmer für einen Überraschungsgast herrichten zu müssen, bereitete ihm wenig Freude. Es fehlte gerade noch, dass er damit beauftragt wurde, für die obdachlose Göre aufzukochen. Instinktiv griff er sich an die Brust. Doch die Zigaretten in der Innentasche seiner Jacke befanden sich jetzt bei dem Mädchen.

»Nur für eine Nacht«, fuhr Liebkind fort. »Morgen werden wir dann weitersehen. Das Wetter soll sich bessern, habe ich gelesen.« Er deutete auf die Zeitung. »Sie werden sehen, mit etwas Sonnenschein schaut die Welt gleich viel besser aus. Vertrauen Sie mir, es wird Ihnen nichts Böses widerfahren.« Vergeblich wartete er auf eine Reaktion. Schließlich lehnte er sich mit dem Rücken gegen die verschlossene Tür, spitzte seine Lippen und begann leise eine kleine Melodie zu singen.

»›Lachet und singet und scherzet und springet, kommet, Freunde und Geliebte! Ewig sei aus unserm Herzen Gram und Traurigkeit verbannt!‹« Liebkind lächelte dem Mädchen freundlich zu. »Denken Sie an die Schlussworte der heutigen Oper! Der Komponist wollte, dass seine Zuhörer das Auditorium mit Fröhlichkeit im Herzen verlassen. Sie sind jung und haben noch das ganze Leben vor sich. Sie sollten es mit Freude gestalten und nicht mit Trübsal oder Trauer. Und wo liegt mehr Freude als in der Musik?«

Liebkind hob seine Hand, als hielte er darin einen Taktstock. »›Ohne Musik wär alles nichts‹, hat Wolfgang Amadeus Mozart einst gesagt. Seine Musik ist für heute in diesem Gebäude verklungen. Hier erwartet Sie das Nichts. Gewähren Sie mir doch das Vergnügen, für eine Nacht zu Gast an einem anderen, von Musik beseelten Ort zu sein: in meinem Heim. Ich versichere Ihnen, es ist der musikalischste Platz, den Sie in Wien finden können. Ich verfüge über ein beeindruckendes Archiv mit Aufnahmen fast aller Operneinspielungen, die jemals in den Handel gelangt sind. Verdi, Rossini, Weber, Wagner. Von Bizet bis Tschaikowsky, von Gluck bis Smetana, Sie werden alle Werke dieser wunderbaren Komponisten bei mir finden.«

Argwöhnisch blickte Ehrentraud Heidegger in das runde, schwammige Gesicht von Friedemann Liebkind. Inmitten der deutlich sichtbaren Spuren einer höchst ungesunden Lebensweise erkannte sie einen regen Geist. Der Mann war sichtlich gut erzogen, er verstand es, sich zu artikulieren, und es war unverkennbar, dass das Feuer einer großen Leidenschaft für die Musik in ihm loderte. Doch trotz ihrer Jugend war sie bereits alt genug, um zu wissen, dass Hingabe und Begeisterung kein Vorrecht guter Menschen war. Auch das Böse kannte Überschwang, Erregung und Manie. Zwischen Vorsicht und Vertrauen schwankend, obsiegte schließlich ihr Glaube an das Göttliche in der Musik.

»Nur für eine Nacht«, sagte sie nach längerem Abwägen.

Erfreut sprang Liebkind auf und half dem Mädchen hoch. »Es ist bloß eine kurze Fahrt. Mein Wagen steht nicht weit von hier, in der Operngasse.«

Karl reichte seinem Arbeitgeber den Regenschirm und lief zum Wagen voraus. In wenigen Sekunden hatte er den Weg zum überdachten Vorbau am Haupteingang zurückgelegt. Dort betrachtete er fluchend die Wasserflecken, die sich auf seinem Hemd gebildet hatten. Liebkinds Aufforderung, einer Obdachlosen seine Jacke zu überlassen, hatte ihn verärgert. Wie kam er dazu, sich wegen der Launen seines Chefs bei diesem Wetter eine Verkühlung einzufangen? Zornig trat er gegen eine am Boden liegende Plastikflasche. Warum nahm Liebkind nicht seinen eigenen Mantel, wenn er schon in einem merkwürdigen Anfall von Nächstenliebe ausgerechnet den heiligen Martin spielen musste?

Er verschränkte die Hände vor der Brust, um sich ein wenig zu wärmen. Zum wiederholten Mal fragte sich Karl, ob sein zugegebenermaßen hohes Gehalt es denn rechtfertigte, nach der Pfeife eines eigenwilligen Opernfanatikers zu tanzen. Nachdenklich blickte er gegen den finsteren Himmel. Dann verließ er den schützenden Eingangsbereich und lief, so schnell ihn seine kurzen Beine trugen, weiter zur Operngasse.

Liebkind und das Mädchen folgten dem Chauffeur in gemächlicherem Tempo. Der große Mann hatte schützend einen seiner kräftigen Arme um die schmalen Schultern seiner jugendlichen Begleiterin gelegt und mühte sich, mit dem Schirm den seitlich einfallenden Regen von ihr abzuhalten.

»Wie ist es Ihnen gelungen, die fehlende Oboe aus dem Orchesterklang herauszuhören? Haben Sie sich ausschließlich auf die Holzbläser konzentriert?«

»Ich höre auf alles«, antwortete sie. »Ich bin es gewohnt, mir Klänge einzuprägen. Ich bin«, sie stockte, »ich bin lange Zeit kaum draußen gewesen. Immer nur in meinem Zimmer, allein mit meinem alten Radiogerät. Da lernt man zuzuhören. Eine verstimmte Saite bei den Bratschen, ein falscher Ansatz bei den Blechbläsern, ein verzögerter Trommelschlag, das alles fällt mir sofort auf. Ich weiß auch nicht, warum. Vielleicht bin ich einfach anders.«

»Freuen Sie sich über dieses Anderssein! Es ist eine besondere Gabe, die feinen Nuancen im Reich der Musik wahrnehmen zu können. Sie scheinen ein äußerst musikalischer Mensch zu sein. Spielen Sie ein Instrument?«

Ehrentraud Heidegger schüttelte den Kopf.

»Wer über so ein Gehör verfügt wie Sie, sollte unbedingt ein Instrument erlernen. Haben Ihre Eltern diese Begabung denn nie erkannt?«

Betreten sah das Mädchen zu Boden und schwieg.

»Bei diesem verdammten Wind ist der Regenschirm beinahe wertlos«, wechselte Liebkind das Thema. »Machen Sie besser die Jacke zu.«

Dicht nebeneinander lief das ungleiche Paar zur Operngasse, wo Karl die beiden an der geöffneten Wagentür eines goldmetallic lackierten Mercedes empfing. Der Chauffeur hatte sich eine Decke über den kahlen Kopf und seine Schultern geworfen. Zappelig trat er von einem Bein auf das andere.

»Beeilen Sie sich! Der Regen wird heftiger«, rief er seinen Fahrgästen entgegen.

Unter dem schützend über die Fahrzeugtür gehaltenen Regenschirm schlüpfte Ehrentraud Heidegger ins Innere der Limousine. Liebkind nahm neben ihr auf der Rückbank Platz. Umständlich schälte er sich aus seinem nassen Mantel. »Haben Sie die Wagenheizung angestellt, Karl? Unserem Gast ist kalt. Wo waren Sie denn überhaupt so lange? Sie wissen, dass ich nicht gerne warte!«

»Ich musste einen Reifen wechseln«, verteidigte sich der Fahrer, während er den Wagen startete und das Gebläse auf Rechtsanschlag drehte. »Links hinten, wie beim letzten Mal.«

»Wieder aufgestochen?« Liebkind beugte sich entsetzt zu seinem Fahrer nach vorne.

Karl nickte. »Die gleiche Vorgangsweise. Aufgeschlitzt, während ich mich im Operncafé aufgewärmt habe. Vermutlich wieder mit einem Messer. Schaut nach demselben Täter aus.«

»Dieser impertinente Kretin!« Friedemann Liebkind schlug mit der Faust so fest gegen die Nackenstütze des Fahrersitzes, dass Karl beim Ausparken beinahe ein anderes Fahrzeug touchierte. »Dieser unverfrorene Emporkömmling! Man sollte den hinterhältigen Schmierfink am Kronleuchter über dem Orchestergraben aufhängen! So ein charakterloser Schuft! Wissen Sie, was dieser Wengler ist?« Liebkind brüllte jetzt. »Diese Ausgeburt einer missratenen Mutter ist die Personifizierung der Niedertracht. Eine neuzeitliche Reinkarnation all dieser Cambinis, Colloredos und Salieris, die ihr unwürdiges Leben damit verbracht haben, dem großen Mozart ans Bein zu pinkeln. Aber nicht mit mir! Ich werde diesem Epigonen neiderfüllter italienischer Intriganten das

Handwerk legen! Fertig werde ich ihn machen, und wenn es das Letzte ist, was mir im Leben bleibt. Ich werde ihm die Hölle auf Erden bereiten!«

Erst mit den letzten Worten seines Wutausbruchs wurde Liebkind bewusst, dass er sich nicht allein auf der Rückbank des Mercedes befand. Ehrentraud Heidegger war von ihm abgerückt und drückte sich gegen die Verkleidung der Wagentür. Erschrocken blickte der große Mann auf das verängstigte Mädchen neben sich.

»Entschuldigen Sie bitte meine Heftigkeit. Aber dieser Kurt Wengler lässt nichts unversucht, meine Arbeit zu sabotieren. Er hat ganz offensichtlich vor, mich mit gezielten Attacken in den Wahnsinn zu treiben. Jedes noch so widerwärtige Mittel scheint diesem Unmenschen recht zu sein, um meinen Platz einzunehmen. Was ihm an Musikalität fehlt, macht er durch kriminelle Energie wett. Sein Plan wird jedoch nicht gelingen! Ich werde mich zu wehren wissen, keine Sorge.«

Das Mädchen wirkte nicht wie jemand, der frei von Sorge war. Zitternd vergrub es seine Hände in den Taschen der viel zu großen Daunenjacke und vermied es, mit Liebkind Augenkontakt aufzunehmen.

Erschrocken über den eigenen Kontrollverlust betrachtete der Musikkritiker das Häufchen Elend neben sich. »Karl, Sie müssen sich darum kümmern, dass unser junger Gast etwas zu essen bekommt.«

Vom vorderen Bereich des Wageninneren kam eine unverständliche, gebrummte Antwort retour, und Liebkind begann, in den Taschen seines Mantels zu kramen. Er zog einen in Leder gebundenen Schreibblock und einen exklusiven Füllfederhalter hervor und schrieb in großen, geschwungenen Buchstaben auf das erste freie Blatt die Überschrift zu seiner am morgigen Abend erscheinenden Musikkritik: »Das Schweigen der Oboe«.

Wien, 20 Jahre später

1

Mit einem Blick auf sein iPhone vergewisserte sich der Mann mit dem Trolley, dass er sich am richtigen Ort befand. »Bahnhof Rudolfsheim«, stand in der zuletzt eingegangenen Nachricht. Der hagere Fünfzigjährige trat näher an das Haltestellenschild am Rande des Platzes heran, unter dem eine Zusatztafel verkündete, dass hier kein Zustieg möglich sei. Die Straßenbahnen, die hier zu stehen kamen, hatten nach dem Aussteigen der letzten Fahrgäste nur mehr wenige Meter Fahrtweg vor sich: in die Abstellgebäude des im fünfzehnten Wiener Gemeindebezirks gelegenen Betriebsbahnhofs.

Bunte Kontrolllampen blinkten durch die Fenster des kleinen Verschubhäuschens, das zentral inmitten eines von Gleisen durchzogenen Platzes thronte. Eine einzige Straßenlaterne beleuchtete notdürftig die leicht abschüssige Fläche, die zu den beiden Hallen der Straßenbahnremise hinabführte. Das Licht reichte gerade noch aus, um die basilikaartigen Umrisse der westlich gelegenen Einser-Halle ausmachen zu können. Das Neonlicht im Inneren des Gebäudes war schon vor einer halben Stunde, kurz nach dem Einlaufen der letzten Garnitur, erloschen, und die Dunkelheit der schwülen Juninacht hatte die Sichtziegelfassade des denkmalgeschützten Baus verschluckt. Nur den Reflexionen der schwachen Straßenbeleuchtung war es zu verdanken, dass sich die Glasfenster am oberen Teil des Mittelschiffs erkennen ließen. Die Zweier-Halle lag völlig im Dunkeln.

Angestrengt versuchte Levon Kaltenbrunner, eine Bewegung im Zwielicht vor den hohen Toren auszumachen. Doch die letzten der hier beschäftigten Magistratsbediensteten hatten vor zwanzig Minuten den Heimweg angetreten und das seit über hundert Jahren genutzte Gebäude menschenleer zurückgelassen. Der Mann, von dem die Textnachricht stammte, hätte längst schon hier sein müssen.

Unschlüssig blickte Kaltenbrunner zur Mariahilfer Straße hoch. Die Scheinwerfer eines von der Linzer Straße kommenden Fahrzeugs erfassten kurz die winzige Verschubhütte, bevor sich der Lichtkegel hinter den Häusern verlor. Wo blieb der Kerl bloß?

Kaltenbrunner warf den Stummel seiner Zigarette auf die Straßenbahnschienen und fischte mit seinen langen, knochigen Fingern eine weitere Akhtamar aus der Schachtel in seiner Jackentasche.

Vieles gab es nicht mehr, das ihn noch mit seiner Heimat im Kaukasus verband. Geschmuggelte Zigaretten und ein armenischer Vorname, der ihm zu Unrecht die Eigenschaften eines Löwen andichtete. Mit dem Mut dieser Raubkatze war er noch nie ausgestattet gewesen, doch heute war es mehr als die übliche Unsicherheit im Umgang mit ungewohnten Situationen. Heute verspürte Kaltenbrunner Angst. Dass das Treffen mit dem Kaufinteressenten erneut verschoben worden war, hatte ihn zusätzlich aus dem Gleichgewicht gebracht.

Mit einer Zigarette im Mundwinkel las er zum wiederholten Mal die Textnachricht, die er um null Uhr dreiundzwanzig erhalten hatte: »Wurde an der Grenze aufgehalten – Wagen komplett durchsucht – sorry für Verspätung – bin unterwegs – bitte warten«. Diese erste SMS war ihm gerade zu jenem Zeitpunkt übermittelt worden, zu dem er schon beschlossen hatte, den Heimweg anzutreten. Er war geblieben. Vor einer Viertelstunde hatte ihn dann die zweite Mitteilung auf seinem Handy erreicht, in der der Kaufinteressent darum bat, das Treffen zum Bahnhof am stadtauswärts gelegenen Ende der Schwendergasse zu verlagern, weil hier leichter ein Parkplatz zu finden sei. Jetzt war es halb zwei vorbei, und das Einzige, das sich an diesem Ort bewegte, waren die Finger auf dem Touchscreen von Kaltenbrunners Mobiltelefon.

Er steckte das Handy in seine Hosentasche und betrachtete das Bild auf der Zigarettenschachtel. Es zeigte ein junges Mädchen mit erhobener Fackel und verwies auf die traurige Geschichte von Prinzessin Tamar. Der Legende nach lebte sie auf einer Insel im Sewansee und hatte ihr Herz an einen einfachen Fischer vom Festland verschenkt. Jeden Abend stellte sich Tamar mit einer Fackel an den Rand der Insel und signalisierte ihrem Geliebten damit den Weg zu ihr – bis ihr Vater von der nicht standesgemäßen Verbindung erfuhr und seine Tochter am folgenden Abend in ihrem Quartier festhielt. Ohne Sicht auf das wegweisende Licht konnte der Fischer die Insel nicht mehr finden und ertrank. Die Prinzessin nahm sich darauf das Leben. *Akhtamar* – »Ach Tamar«.

Es war die Geschichte seines Lebens. Auch seine Prinzessin, Gertrude Kaltenbrunner, war ihm genommen worden. Weggesperrt in Krankenhäuser und Rehabilitationszentren. Schließlich war sie am Inzersdorfer Friedhof beerdigt worden. Leukämie. Er hasste dieses Wort. Hinterlassen hatte sie ihm ihren deutschsprachigen Namen, ihr roségoldfarbenes iPhone und ein heruntergekommenes Antiquitätengeschäft, das vielmehr den Namen Trödelladen verdiente. Seit Gertrudes Tod kämpfte er gegen das Ertrinken im Meer des Lebens und fischte dabei verzweifelt nach Altwaren, die mehr wert waren als der Tand, der die Regale seines Geschäftslokals im siebenten Bezirk füllte. Er hatte es sich in den Kopf gesetzt, seine Insel zu guter Letzt doch noch zu erreichen, und er wusste auch, wo diese zu finden wäre: im »gelobten Land am Rande der Welt«, in seiner Heimat Armenien.

Alles, was ihm dazu fehlte, war das Geld, das ihn vom einfachen Fischer zum Edelmann befördern würde. Kaltenbrunner dachte an die prachtvollen Häuser, die in den vergangenen Jahren von begüterten Auslandsarmeniern in der alten Heimat errichtet worden waren. Jerewan war im Begriff, aus seinem Jahrtausende währenden Dornröschenschlaf zu erwachen und sich wieder in eine Weltstadt zu verwandeln. Zu gerne hätte Levon Kaltenbrunner an diesem Erwachen teilgenommen und die unglückliche Zeit in der Stadt an der Donau hinter sich gelassen. Ein kleiner Laden in der Nähe des Vernisaj-Flohmarkts und ein Häuschen im modernen Kanaker-Sejtun-Distrikt, nordöstlich des Zentrums. Mehr wollte er nicht. Wie besessen arbeitete er an diesem Traum. Unzählige Wiener Wohnungen waren von ihm im Zuge der Übernahme von Verlassenschaften leer geräumt worden, immer in der Hoffnung, auf den entscheidenden Fund zu stoßen, der ihn diesem Ziel näher bringen würde. Eine verborgene Münzsammlung, ein unerkanntes Gemälde von Gustav Klimt oder eine wertvolle Antiquität aus der Zeit des Biedermeiers. Vergeblich. Nie war ein nennenswerter Schatz zum Vorschein gelangt.

Doch dieses Mal schien er auf etwas wirklich Wertvolles gestoßen sein. Umsonst machte sich kein Interessent aus dem Osten auf den weiten Weg nach Wien. Das musste jetzt endlich der lang ersehnte Glücksgriff sein, auf den er so lange gewartet hatte.

Kaltenbrunner klammerte sich an den Teleskopgriff seines Trolleys und versuchte sein Unbehagen zu verdrängen.

Nervös blickte er die Gleise entlang, die sich in der Dunkelheit vor den Toren der Hallen verloren. Vom ursprünglich vereinbarten Treffpunkt im Café Tschecherl war er nach der Sperrstunde die Schwendergasse stadtauswärts gewandert, an den geschlossenen Geschäften und Lokalen des kleinen Markts vorbei, die entsprechend der Wiener Marktordnung schon um dreiundzwanzig Uhr dichtmachen mussten. Der Vorplatz des »Hauses der Begegnung«, an dem sonst oft noch bis spät am Abend Grüppchen von Besuchern der Volkshochschule beieinanderstanden, war menschenleer gewesen. Kein Wunder. Die würfelförmige, hoch oben an einer Säule angebrachte Uhr hatte ein Uhr dreißig angezeigt, eine Zeit, zu der auch die meisten Studierenden längst den Weg in ihre Betten gefunden hatten.

Stille hatte über Rudolfsheim gelegen. Nur vereinzelt war

Motorlärm von der parallel verlaufenden Mariahilfer Straße zu hören gewesen. Immer wieder hatte sich Kaltenbrunner auf dem nur wenige Minuten dauernden Weg zur Remise umgedreht. Niemand war ihm gefolgt.

Der Antiquitätenhändler musterte die Autos, die unter einem Flugdach am Rand des Platzes standen. Er konnte keinen Menschen darin entdecken. Auch der hinter dem schindelgedeckten Häuschen abgestellte Bus der Wiener Linien schien verwaist zu sein. Da die Beleuchtung der Tankstelle bereits erloschen war, lag auch das Ende der Schwendergasse im Halbdunkel, und die Bäume im angrenzenden Gustav-Jäger-Park hoben sich nur mehr undeutlich vom Nachthimmel ab.

Dem hohlwangigen Mann mit den dichten dunklen Haaren wäre ein Treffen in einer Gaststätte lieber gewesen, aber bis auf vereinzelte Rotlicht-Etablissements gab es auf dieser Seite des durch die Westbahnstrecke geteilten Bezirks kaum ein Lokal zu finden, das so spät noch geöffnet hatte.

Ein Geräusch aus der Richtung des Autobusses ließ Kaltenbrunner hochfahren. Er warf die soeben angesteckte Zigarette weg, umfasste den Griff seines Trolleys und rumpelte mit diesem über die Schienenstränge zur Rückseite der Verschubhütte. Eine Katze zischte hinter den Zwillingsreifen des Busses hervor und lief die Mauer des angrenzenden Wohnbaus entlang zur Zweier-Halle. Levon Kaltenbrunner zog den Rollkoffer zu sich heran und begann zu husten. Eine gute Minute lang kämpfte er mit den Begleiterscheinungen jahrelanger Nikotinsucht, dann erfolgte wieder die automatisierte Bewegung seiner Hand zur Zigarettenschachtel.

Im Schein der Flamme seines Feuerzeugs betrachtete er Gischt und Wellen zu Füßen von Prinzessin Tamar. Er versuchte sich an den Sewansee zu erinnern. Verblasste Kindheitserinnerungen kamen hoch: die Berge von Tawusch, der Geruch von über dem Feuer gebratenen Sewan-Forellen, russische Kurgäste in Dilidschan, Bootsfahrten auf den meerähnlichen Weiten des Hochgebirgssees.

Kaltenbrunner schloss die Augen, zog an seiner Zigarette und ließ seine Gedanken über die gekräuselte Wasseroberfläche gleiten. Er vermeinte die Westwinde verspüren zu können, die kalte Luft aus dem Geghamgebirge herabbrachten. Im Wasser spiegelte sich der klare Himmel. *Kapuyt* – himmelblau. Im Geiste zeichnete er das Wort mit den Buchstaben der heimatlichen Schriftzeichen nach. Geschwungene Linien mit Wellenkämmen und Wellentälern. Verspielte, mit Leichtigkeit geformte Rundungen, aus denen dennoch die Beständigkeit hervortrat, die sein über die Welt verstreutes Volk seit der Landung Noahs am Berg Ararat auszeichnete.

Das dunkle Grün einer Insel erhob sich in der Ferne aus dem von der Wasseroberfläche aufsteigenden Nebel. Schemenhaft und doch so real. Tamar würde ihn dort erwarten. Es galt nur noch, die letzte Wegstrecke zurückzulegen und die weite, glitzernde Fläche zu durchpflügen. Der Wind hatte begonnen, Wellen zu bilden, die ihm die Sicht auf das Ufer erschwerten. Wieder kam dieses Gefühl der Angst in ihm hoch, das er in sich trug, seit die ersten Schüsse an der Grenze zu Aserbaidschan gefallen waren. Er würde seine ganze Kraft zusammennehmen müssen, um an sein Ziel zu gelangen. Entschlossen reckte er sein Kinn nach oben und atmete tief ein. Plötzlich durchzuckte ein brennender Schmerz seinen Körper.

Mit Schrecken erkannte er, dass ihm seine Beine die Gefolgschaft verweigerten. Verzweifelt riss er seine Arme hoch und kämpfte gegen die sich immer höher auftürmenden Wellen, die über seinem Kopf zusammenschlugen. Das Blau des Wassers schien sich in ein dunkles Rot verwandelt zu haben. Er sackte auf die Knie und spuckte Blut. Langsam schwand das Bewusstsein. Der letzte Rest seiner Gedanken mühte sich vergeblich, am Rande des Horizonts den Schein einer Fackel auszumachen, doch der See hatte die Insel bereits verschluckt. Mit einer klaffenden Kopfwunde kippte der Altwarenhändler vornüber in den Dreck, der sich hinter dem Häuschen angesammelt hatte, und bewegte sich nicht mehr.

2

Der Rausch ist ein Hund! Besonders wenn man ungewollt in diesen hineinschlittert. Wenn man ohne böse Absichten ein kleines Gläschen zu sich nimmt, diesem arglos zwei, drei Getränke folgen lässt, sich dann nach einer Abschlussrunde doch noch zu einem weiteren Drink überreden lässt und schlussendlich so weit den Überblick verliert, dass man am nächsten Morgen beim besten Willen nicht mehr sagen kann, wann genau der Zeitpunkt gewesen war, an dem man besser den Rückzug angetreten hätte.

Erik Neubauer hatte keine Ahnung, wie viele Gläser es am Vorabend geworden waren. Der von seinen Freunden »Erki« gerufene Student konnte auch keine genauen Aussagen zu Art und Aussehen der von ihm konsumierten alkoholischen Getränke tätigen. Und schon gar nicht konnte er wissen, ob es sich beim Zeitpunkt seines Erwachens um einen Morgen handelte. Dazu hätte er die Augen öffnen müssen. Doch die Augenlider zu heben war mit zu viel Kraftanstrengung verbunden, und so verharrte das Opfer des nächtlichen Saufexzesses lieber im unbewegten Zustand seiner zeit- und raumlosen Welt.

Eine gefühlte Stunde dauerte es, bis Erki sich endlich dazu durchringen konnte, die große Zehe seines linken Fußes zu bewegen. Der Stoff, an dem die Zehe rieb, fühlte sich nach Tuchent an. Das war ein gutes Zeichen. In einem Bett wurde man im Allgemeinen doch viel lieber munter als auf dem Fliesenboden eines Männerpissoirs oder auf den Pflastersteinen einer Hauseinfahrt. Noch viel beruhigender war es für den Erwachenden, wenn sich herausstellte, dass man den Weg in die Bettwäsche des eigenen Bettes gefunden hatte.

Erkis Zehe rieb vorsichtig ein zweites Mal am Überzug der

Daunendecke. Es fehlte ihr jedoch das Feingefühl, um zweifelsfrei feststellen zu können, ob er sich in dem naturholzfarbenen Doppelbett mit dem lustigen schwedischen Namen befand, das er erst vor wenigen Monaten mit Caterina gekauft und zusammengebaut hatte. Die Hand musste seinem Fuß zu Hilfe kommen. Vorsichtig tasteten seine Finger die Matratze ab. Zehn, zwanzig Zentimeter fuhren die Fingerkuppen am Leintuch entlang, bis ihn wieder die Erschöpfung packte und seinen Körper zurück in die starre Liegeposition zwang.

Minuten vergingen in völliger Regungslosigkeit und dem unerfüllten Wunsch, das traumlose Stadium vor dem Erwachen wiedererlangen zu können. Doch der Schlaf hatte unbarmherzig beschlossen, sein Bewusstsein freizugeben. Ganz langsam begann es in jener Region seines Gehirns, die für das Fassen von Gedanken zuständig war, ein Wort zu formen: »Scheiße!« Schleichend, aber genauso unaufhaltsam wie die zunehmende Übelkeit in seinem Leib kam in Erki das Gefühl hoch, dass etwas aus dem Ruder gelaufen sein musste. Beklemmende Schuldgefühle legten sich wie Fesseln um seine Glieder. Er spürte den kalten Schweiß auf seiner Stirn und ortete erste Anzeichen einer Panikattacke. Liegen bleiben!, dachte er instinktiv. Nur nicht bewegen! Luft anhalten und tot stellen!

Wo war er da bloß hineingeraten? Wieso konnte er keinen klaren Gedanken fassen? Woher kam diese Angst? Erinnerungsfetzen drehten sich in seinem Kopf im Kreis. Er hatte die Empfindung, sich nicht rühren zu dürfen, um die Geschwindigkeit dieser Umdrehungen nicht noch mehr zu steigern. Es nutzte nichts. Er brauchte einen Anfangs- oder Endpunkt zur Ordnung der wirren Bilder, die in seinem Gehirn Achterbahn fuhren.

Erki versuchte seine Kräfte zu bündeln. Zentimeterweise schob er seine linke Hand an der Kante der Matratze entlang, bis sie an ein hartes Hindernis stieß. Das Nachtkästchen. Langsam ergründeten seine Finger die Oberfläche. Ein aufgeschlagenes Buch, ein Taschentuch, eine Brille, eine Ansichtskarte, ein Wecker. Erleichterung überkam ihn. Es war nicht irgendein Wecker, es war seiner! Oft genug schon hatte er den kleinen, das Ende der Nacht einläutenden Zeitmesser ertastet, um ihn durch einen Fingerdruck zum Schweigen zu bringen. Meist hatte er danach weitergeschlafen.

Erki war kein Morgenmensch. Eher das Gegenteil davon. Als wenig erfolgreicher Student im zwanzigsten Semester scheiterte er immer wieder am Besuch von Vorlesungen oder Seminaren, weil diese zur Unzeit in den frühen Vormittagsstunden abgehalten wurden.

»Morgenstund hat Gold im Mund!« Von wegen! Der Geschmack, den Erki an seinen ausgetrockneten Mundschleimhäuten verspürte, erinnerte ihn keineswegs an Gold. Vielmehr an etwas, dem durch sein regelmäßiges Vorkommen im Stoffwechselzyklus des Menschen deutlich weniger Wert beigemessen wurde. Nochmals drängte sich ihm das Wort »Scheiße« auf. Dieses Mal gelang es ihm, es auch auszusprechen.

Vom Klang der eigenen Stimme erschreckt, öffnete Erki die Augen. Der kleine Zeiger des Weckers zeigte auf die Zwei, und das zwischen den Vorhängen hereinbrechende Tageslicht machte ihm unmissverständlich klar, dass es sich um zwei Uhr nachmittags handeln musste.

»Verdammte Scheiße!« Trotz der Schwierigkeiten, die ihm sein dehydrierter Gaumen beim Sprechen bereitete, war es Erki gelungen, die Anzahl der Wörter zu verdoppeln. Er drehte sich vom Nachtkästchen weg, legte sich wieder auf den Rücken und starrte verzweifelt an die Zimmerdecke.

Er hätte Caterina anrufen sollen, um ihr ausgiebig vom gestrigen Abend zu berichten. Kurz nach Mittag. So war es seit Tagen ausgemacht gewesen, und er hatte ihr hoch und heilig versprochen, es ganz bestimmt nicht zu vergessen. Großartig, dachte sich Erki. Da sitzt die tollste Frau, der ich jemals begegnet bin, in ihrem New Yorker Apartment beim Frühstück und wartet auf meinen Anruf, und ich Depp liege halb bewusstlos in meinem Bett und verschlafe einen Termin zur Mittagszeit. Wie soll ich ihr das nur erklären? Entführung? Verhaftung? Unfall? Oder mit der Wahrheit? Keine dieser Optionen taugte auch nur ansatzweise.

Warum bin ich so abgestürzt?, fragte Erki sich. Wie konnte es mir bloß passieren, mich vor meinen besten Freunden als Komasäufer zu blamieren? Wohin ist meine Fähigkeit entschwunden, unbeschadet Unmengen an Alkohol in mich hineinschütten zu können? Erki versank in seinen Schuldgefühlen und glich die seelische Befindlichkeit der seines geschundenen Körpers an.

Zwei Stunden nach Mittag. Caterina saß jetzt sicher an ihrem Arbeitsplatz im Forschungszentrum der Columbia University und bereute ihre Entscheidung, sich einen Versager wie ihn als Freund genommen zu haben. Einhundertzwanzig verstrichene Minuten. Wie lange mochte sie wohl neben dem Telefon gewartet haben, bevor sie sich enttäuscht aufgemacht hatte, um mit der U-Bahn die fünf Stationen nach Morningside Heights zu fahren? Es gab Momente im Leben, wo man alles dafür geben würde, die Zeit zurückdrehen zu können. Augenblicke, in denen man das eigene Handeln und sich selbst verfluchte. Genau jetzt war so ein Zeitpunkt. Es war Freitagnachmittag, vierzehn Uhr, und Erki ekelte sich vor sich selbst.

Jirschis Geburtstagsfeier! Schemenhaft tauchten Bilder der gestrigen Feier im »Tschecherl« vor Erkis Augen auf. Sein bester Freund Jirschi Nemecek hatte seinen neunundzwanzigsten Geburtstag begangen, mit einem kleinen Fest im gemeinsamen Stammlokal.

»Einen Dreißiger kann jeder feiern«, hatte Jirschi verkündet, »aber in Wirklichkeit gehört der Neunundzwanziger begossen. Schließlich ist das der letzte Geburtstag, bevor man als Dreißigjähriger auf die vierzig zugeht und ab da dann gnadenlos dem Altersheim entgegensteuert.«

Ein letzter Umtrunk als junger Mensch sollte es werden. Ein Abgesang auf die Jugend und die Freiheit. Das zunehmende Entschwinden seiner Jugend verspürte Jirschi Woche für Woche als Mittelfeldmotor des Unterklasse-Fußballclubs Fünfhaus. Mit jedem Sonntag schienen die neunzig Minuten eines Spiels länger zu dauern, und insgeheim sehnte er bereits das Ende der Meisterschaftssaison herbei.

Was die Freiheit betraf, hatte diese für Jirschi schon im Herbst geendet. Der Grund dafür hieß Valerie. Eine resolute sechsundzwanzigjährige Kindergärtnerin, die so sehr in ihrem Beruf aufging, dass sie es auch nach Dienstschluss nicht lassen konnte, sich einer fürsorglichen Betreuungstätigkeit zu widmen. Der Schützling ihrer Freizeit- und Nachtstunden wurde umsorgt, bekocht und verwöhnt. Er war gestern neunundzwanzig Jahre alt geworden und hatte in den vergangenen Monaten gut fünf Kilogramm zugelegt.

Auch Jirschis ehemaliger Mitschüler Erik Neubauer war neunundzwanzig. Aber heute Nachmittag fühlte sich Erki wie ein Hundertjähriger. Kraftlos und steif. Und dazu kamen Schmerzen. Der Nacken tat ihm weh, die Schultern, die Arme. Vom Kopf ganz zu schweigen. Zudem steckte etwas in seinem Rücken. Eine Axt, ein Hammer oder sonst irgendein Mordinstrument bohrte sich unterhalb des Schulterblatts schmerzhaft in seine Haut.

»Du wirst einmal mit einem Messer im Rücken aufwachen!«, war ihm von Jirschi einst im Zuge einer seiner spektakulären »Schandtaten« prophezeit worden. Er hatte Wahlplakate mit tiefsinnigen Inhalten bereichert, die Blätter in den Speisekarten des Steakhauses in der Hütteldorfer Straße durch Seiten mit veganen Angeboten ersetzt und sich am Stephansplatz als Fremdenführer angeboten, um deutsche Touristen mit abenteuerlichen, aber frei erfundenen Geschichten zu erfreuen. Nie war bei diesen zur Belustigung seiner Freunde und Zechkumpane inszenierten Streichen jemand ernsthaft zu Schaden gekommen. Niemand außer ihm selbst. Fieberhaft dachte Erki nach, wem er den hinterrücks verübten Angriff auf sein Leben verdanken könnte. Doch das Denken bereitete ihm Schwierigkeiten, und so drehte er sich einfach kurz zur Seite und griff mit seiner Linken hinter sich. Ein Handy! Er war auf seinem Mobiltelefon gelegen. Die Mahner vor den gesundheitsschädlichen Folgen von Handys im Schlafzimmer hatten recht. Die Druckstelle würde einen schönen roten Fleck ergeben.

Erki verlagerte sein Gewicht auf die rechte Körperhälfte, um den schmerzenden Rückenbereich zu entlasten, und hielt sich das Mobiltelefon vor seine Augen. Das Gesicht Caterinas lächelte ihm vom Display entgegen. Die junge Frau mit den italienischen Vorfahren besaß das bezauberndste Lächeln zwischen Neusiedler und Gardasee. Und im Gegensatz zu ihm wusste sie auch, wie man dieses schöne Lächeln bei gesellschaftlichen Anlässen nicht durch übertriebenen Alkoholkonsum verlor.

»Nach dem zweiten Achtel beginne ich Wasser zum Wein zu trinken«, hatte sie ihm ihre Taktik verraten. »Je länger der Abend, desto mehr ersetzt dann das Wasser den Wein, an dem ich schließlich nur mehr anstandshalber nippe.«

Erki versuchte sich seine Freundin vorzustellen, wie sie ihm mit einem Weinglas in der Hand gegenübersaß und lachend ihr langes, brünettes Haar über die Schulter warf. Sie war weit weg.

Ein Forschungsprojekt hatte die Universitätsassistentin mit den in Rekordzeit abgeschlossenen Studienfächern Physik und Maschinenbau dazu veranlasst, ihren Lebensmittelpunkt in die Vereinigten Staaten zu verlagern, wo ihr die renommierte Columbia University die Möglichkeit bot, ihre in Wien begonnenen Arbeiten zur alternativen Energiegewinnung fortzusetzen. Es war eine einmalige Chance für die junge Wissenschaftlerin, und sie hatte nicht lange überlegen müssen, bis ihr Entschluss feststand, Wien für ein Jahr den Rücken zuzukehren.

Ihrem Freund Erki hatte sie den Schlüssel zu ihrer Wohnung hinterlassen, den Auftrag, ihren Kater zu versorgen, und den gut gemeinten Rat, sich vom »Tschecherl« fernzuhalten.

Während sich Kater Viktor seit dem Morgen einer unfreiwilligen Diät unterzog, machte sich Erkis Kater zunehmend in Form von höllischen Kopfschmerzen bemerkbar. Wie verrückt hämmerte es in seinem Hinterkopf. Das Echo der Schläge hallte sogar von seiner Wohnungstür wider. Erki brauchte eine halbe Ewigkeit, um mitzubekommen, dass jemand vor seiner Wohnung stand. Der Name »Caterina« zuckte wie ein Blitz durch seine Gedanken. Aber die konnte es unmöglich geschafft haben, innerhalb der vergangenen zwei Stunden von Manhattan nach Wien zu gelangen, um ihm die Leviten zu lesen.

Mit angehaltenem Atem lauschte er den Klopfgeräuschen. Wer auch immer zu ihm wollte, er war hartnäckig. Die Schläge gegen die braune Holztür seiner winzigen Gemeindewohnung wollten kein Ende nehmen. Erki wünschte allen Postboten, Zeugen Jehovas und den nach seinem nicht angemeldeten Fernsehgerät fahndenden GIS-Kontrolloren die Pest an den Leib. Endlich verstummte der Lärm, und der rekonvaleszente Student konnte sich wieder auf das Pochen im Inneren seines Schädels konzentrieren.

Er versuchte die kurzen Pausen zwischen den pulsierenden Kopfschmerzen zu nutzen, um sich an den gestrigen Besuch des »Tschecherl« zu erinnern. Geistige Synkopen, gewissermaßen. Das kleine Café in der Schwendergasse war in den vergangenen Jahren so etwas wie eine zweite Heimat für ihn geworden. Ein Lokal, das fast nur von Stammgästen frequentiert wurde. Man kannte sich, es wurde gescherzt, diskutiert und politisiert. Und natürlich durfte auch das eine oder andere stimmungshebende Getränk nicht fehlen, um damit auf Gott und die Welt anzustoßen oder um Herrn Friedl, den Hausherrn des »Tschecherl«, hochleben zu lassen.

Hier, im Mikrokosmos des typisch wienerischen Beisls, war die Welt noch nicht aus den Fugen geraten. Es war der verbliebene Rest einer Kultur des Feierns und der Lebenslust, die vor über hundertfünfzig Jahren ihren Höhepunkt erlebt hatte, als Carl Schwender an fast derselben Stelle den beliebtesten Vergnügungsbetrieb der Kaiserstadt begründete. Schwenders »Colosseum« hatte über mehrere Ballsäle, eine Bierhalle, ein Theater und ein Varieté verfügt. Das Angebot des »Tschecherl« nahm sich dagegen deutlich bescheidener aus. Es umfasste lediglich eine kleine, L-förmige Bar, einige Holztischchen und eine mit alten Singles bestückte Jukebox. Dennoch hatte Erki das Lokal früher fast täglich besucht. Der neu erstandene Kombi des Betreibers war bestimmt zu einem Gutteil mit dem Geld gekauft worden, das er in den vergangenen Jahren dort versoffen hatte.

Die Begegnung mit Caterina hatte seinen Trinkgewohnheiten dann ein jähes Ende bereitet und dafür gesorgt, dass er begonnen hatte, sich in seinem Stammlokal rarzumachen. Genau genommen waren es die Verletzungen und die Alkoholvergiftung, die er sich im Zuge dieses Kennenlernens zugezogen hatte. Zehn Tage Spitalsaufenthalt und die täglichen Besuche der attraktiven Universitätsassistentin hatten einen Antialkoholiker aus ihm gemacht. Wochenlang hatte Erki an ein frisch gezapftes Penzinger Märzen gar nicht einmal zu denken gewagt, ohne dass ihm dabei schlecht wurde. Sogar die Bierwerbungen im Fernsehen hatten seinem Magen zugesetzt. Aber der Mensch war ein Gewohnheitstier und der Weg zurück zu schlechten Angewohnheiten oft nur so kurz wie der Fußmarsch von Erkis Wohnung in der Märzstraße bis zum »Tschecherl« in der Schwendergasse.

Gleich nach Caterinas Übersiedlung auf die andere Seite des Atlantiks waren kleine Abweichungen bei seinen täglichen Wegen aufgetreten. Anstatt die Lebensmitteleinkäufe wie gewohnt am Meiselmarkt vorzunehmen, hatte es ihn vermehrt in die Geschäfte der äußeren Mariahilfer Straße gezogen. Tagelang war er in dem Viertel südlich der Westbahntrasse herumgeschlichen und hatte dabei seine Kreise um das Stammlokal immer enger gezogen, bis er schließlich der Versuchung nicht mehr widerstehen konnte, den alten Freunden einen Höflichkeitsbesuch abzustatten.

Aus vereinzelten Kurzbesuchen waren bald längere Aufenthalte geworden, und sowie sich mit den Primeln und Veilchen die ersten bunten Frühlingsboten im benachbarten Gustav-Jäger-Park eingestellt hatten, waren auch die farblosen Wassergläser vor Erki goldgelben Biertulpen gewichen. Es schmeckte noch ein wenig fremd, das Märzen aus der nahe gelegenen Brauerei. Aber zur großen Freude seiner alten Saufkumpane war es Erki schließlich doch gelungen, seine Abscheu vor alkoholischen Getränken wieder abzulegen. Dass er diese Abneigung am Vorabend dann derart gründlich verloren hatte, dass ihm nun gleich das Erinnerungsvermögen an mehrere Stunden seines Lebens fehlte, stellte eine neue Erfahrung für ihn dar.

Der Verlust seiner jahrelangen Nehmerqualitäten schien nicht nur ihm Sorgen zu bereiten. Mit einem Vibrieren ersetzte Jirschis Name das Foto von Caterina am Bildschirm des Telefons.

»Wie geht's dir, Alter?«

»Beschissen! Ich glaub, ich verreck!«

Das glucksende Lachen Jirschis drang durch den Lautsprecher des Handys an Erkis Ohr. »Würde mich nicht wundern, bei dem, was du alles gebechert hast. Der Friedl hat dir schon kurz vor Mitternacht nichts mehr ausgeschenkt. Du hast dann die Getränke der anderen ausgesoffen!« Erneut setzte Erkis ehemaliger Schulkollege zu seinem typischen Gelächter an.

»Mir ist schlecht, Jirschi. Lach nicht so blöd und sag mir lieber, wie ich heimgekommen bin.«

»Woher soll ich das wissen? Valerie hat mich nach Hause geschleppt. Da warst du gerade dabei, dem Langen und dem Erwin die siebzehnte Version von deinem Traumtor zu schildern!«

»Von meinem was?«

»Deinem Tor in der Vierten«, tönte es prustend aus dem Mobiltelefon. »Dem einzigen Tor deiner gesamten Karriere als begnadeter Fußballgott.«

»Das hab ich erzählt?«

»Und wie! Mit jeder Wiederholung ist dein Schuss schärfer und die Distanz zum Tor größer geworden. Wir haben uns zerkugelt vor Lachen!«

Erki schwieg, während Jirschi mit seinem Gelächter dort anknüpfte, wo es gestern durch den von Valerie erzwungenen Abgang unterbrochen worden war. Der einzige erfolgreich ausgeführte Torschuss, der dem völlig unbegabten Fußballer Erik Neubauer in seiner gesamten Schulzeit je gelungen war, beruhte auf dem Zusammentreffen von mehreren glücklichen Umständen. Im Versuch, sich vor einem scharfen Abschlag zu schützen, hatte er beide Unterarme vor sein Gesicht gehalten und ein Bein hochgezogen. Von seinem Knie war der auf ihn prallende Ball in hohem Bogen in Richtung Tor geflogen. Der gegnerische Torhüter hatte mit allem gerechnet, nur nicht mit einem Schuss Neubauers. Völlig perplex war er weit vor dem Tor stehen geblieben und hatte mit offenem Mund die Flugbahn des über ihn hinwegsegelnden Balles beobachtet. Als er dann endlich beschlossen hatte, doch zurück zum Tor zu laufen, war er ausgerutscht und der Länge nach hingefallen. Ganz langsam war der von Erkis Kniescheibe abgewehrte Ball über die Torlinie gerollt.

»Eine Bombe«, rief Jirschi. »Du hast erzählt, es wäre ein Bombenschuss gewesen. Genau ins Kreuzeck! Ich hab geglaubt, ich mach mir ins Hemd.«

»Jirschi!«, unterbrach ihn Erki. »Lass den Blödsinn. Ich frage mich, wie ich es nach Ende der Feier bis in die Märzstraße geschafft habe. Außerdem würde ich gerne wissen, ob ich mich bei einem deiner Gäste entschuldigen muss oder ob ich sonst irgendeinen gröberen Scheiß gebaut habe. Und hör mit diesem anstrengenden Gewieher auf. Mir zerreißt es den Schädel!«

»Ist schon gut«, antwortete Jirschi, noch immer mit seinem Lachkrampf kämpfend. »War alles halb so wild! Du warst einfach nur fett. Oder vielmehr stockbesoffen. Irgendwo zwischen Zweikampf mit der Schwerkraft und Verlust der

Muttersprache. Das soll vorkommen, wenn man säuft wie ein russischer Männerchor. Kenn ich nur zu gut. Ich hätte nur nie gedacht, dass auch dir so etwas einmal passieren kann. Dass du die Monate seit dem letzten Sommer komplett abstinent zugebracht hast, scheint dich verwundbar gemacht zu haben.«

»Ich hab wirklich keine Ahnung, was mit mir geschehen ist«, stotterte Erki.

»Egal. Jetzt weißt eben auch du, wie es sich für den Rest der Menschheit anfühlt, wenn man zu tief ins Glas geschaut hat. Pfeif drauf! Und wegen der anderen mach dir keine Sorgen. Die waren auch nicht unbedingt nüchtern. Morgen interessiert es keine Sau mehr, was du gestern gesagt oder getan hast. Bleib einfach liegen, schlaf deinen Rausch aus und sei froh, dass du nicht von der Polizei aus dem Bett geholt wurdest wie ich.«

»Die Polizei? Hast du was ausgefressen?«

»Erzähl ich dir morgen. Jetzt schläfst du besser weiter. Ruf mich an, wenn du nicht zurechtkommst! Ich schau später mal vorbei. Okay?«

»Alles klar«, murmelte Erki und ließ das Handy aus seinen Händen gleiten.

Mit geschlossenen Augen versuchte er erneut, sich an die Geburtstagsfeier zu erinnern. Aber das einzige Bild, das sich vor seinen Augen auftat, war das seines ehemaligen Turnlehrers Werner Pantzenböck. Der von den Gymnasiasten »Panzer« genannte Sportprofessor war dafür gefürchtet gewesen, Schüler mit mangelndem Bewegungstalent zu schikanieren. Schüler wie Erik Neubauer, dessen Turnunterrichtsstunden vor allem aus Straf-Liegestützen und Extra-Laufrunden bestanden hatten. Pantzenböck selbst konnte in sportlichen Belangen hingegen so gut wie alles. Die Wörter »höher«, »schneller« und »weiter« beschrieben seine Lebensphilosophie. Kaum ein Wettbewerb, an dem er teilnahm, wo er nicht auf einem der vordersten Ränge landete. Nur die Landung bei der dunkelhaarigen, langbeinigen Deutschprofessorin war ihm trotz seiner Modellathletenstatur nie gelungen. Dieser sportliche Misserfolg hatte den Panzer aus der Bahn geworfen und ihn schließlich dazu gebracht, seine eiweißdominierte Ernährung durch verschiedene Obstprodukte zu ergänzen, die sich farblich nur am Etikett der zugehörigen Flaschen unterscheiden ließen.

Das hochprozentige Doping in der Abgeschiedenheit der Sportlehrerkammer war nicht lange unentdeckt geblieben, und die Schüler kicherten und tuschelten hinter vorgehaltener Hand über die Veränderungen in Sprache und Motorik des Athleten. Vom Direktor des Gymnasiums war diese Entwicklung weniger amüsant empfunden worden. Nach mehreren fruchtlosen Verwarnungen hatte er sich gezwungen gesehen, dem angeschlagenen Mitglied seines Lehrerkollegiums die Rote Karte zu zeigen, als diesem ein peinliches Missgeschick unterlaufen war. Pantzenböck war auf die Idee verfallen, sich vor der Germanistin auf die Knie zu werfen, um ihr seine Liebe zu gestehen. Dabei hatte er die Anwesenheit der Klasse 2c aber genauso vergessen wie die Tatsache, dass er völlig unbekleidet war. Der Schnaps hatte begonnen, ihm Löcher ins Gehirn zu brennen. Folgerichtig war dann in der offiziellen Erklärung zu seiner Versetzung in den Vorruhestand auch von einem »Burn-out« die Rede gewesen.

Mit Jahren der Verspätung überkam Erki jetzt so etwas wie Mitgefühl für den ehemals verhassten Pädagogen. Sein Zustand ließ ihn nun nachvollziehen, wie sich der Panzer nach seinen Exzessen in dem kleinen Raum neben dem Turnsaal gefühlt haben musste. Wie auf einer nicht enden wollenden Karussellfahrt, bei der sich die Gedanken unentwegt im Kreise drehten.

Es fiel Erki schwer, sich auf den gestrigen Abend zu konzentrieren. Kurze Szenen aus dem »Tschecherl« tauchten auf. Vereinzelte Gesichter, klirrende Gläser, lautes Gelächter. Dazwischen mengten sich Pantzenböck, die ungeliebten Turnstunden, die attraktive Deutschlehrerin und andere Erinnerungen aus seiner Kindheit.

Eine kleine, schlanke Gestalt drängte sich in den Bilderreigen: Caterina. Sie fehlte ihm. Zu gerne wäre er mit ihr nach New York gegangen, aber sie hatte ihn dazu überredet, sich um die Beendigung seines Studiums am Institut für Geschichte der Uni Wien zu bemühen. Erki hasste es, aufzuwachen, ohne sie neben sich zu wissen. Er vermisste den Duft ihrer Haare, den weichen Stoff ihres kurzen Nachthemds und ihr leises Schnarchen. Seufzend drehte er sich zur anderen Hälfte des Doppelbetts und streckte seinen Arm aus. Erschrocken wich er zurück.

Caterinas Bettseite war nicht leer! Eine schäbige dunkelblaue Sporttasche lag halb verdeckt unter dem Kopfkissen. Das vom Sonnenlicht ausgeblichene Blau war an manchen Stellen grau geworden und mit zahlreichen Gebrauchsspuren übersät. An der Seite prangte das weiße Emblem eines bekannten Sportartikelherstellers. Erki glaubte nicht, dieses Relikt aus der Sportmode der siebziger Jahre jemals zuvor gesehen zu haben.

Ohne viel darüber nachzudenken, griff er nach der Tasche und zog sie am geöffneten Reißverschluss auseinander, um einen Blick auf den Inhalt zu werfen. Sofort zuckte er zurück, drehte sich zur Bettkante und erbrach seinen Mageninhalt auf den Teppich. Aus dem Inneren der Tasche hatte ihm der Tod entgegengestarrt.

3

»Hundertfünfzig Jahre ist es bald her, dass ›Don Giovanni‹ zum ersten Mal an diesem Haus gespielt wurde! Welch ein würdiges Stück für die Premierenaufführung des Kaiserlichen Hof-Operntheaters. Zu gerne wäre ich damals dabei gewesen! Ein Fest für ganz Wien muss das gewesen sein! Was rede ich – ein Fest für die Monarchie, für die Kultur des gesamten Abendlandes! Ein göttlicher Moment für die Ewigkeit!«

Friedemann Liebkind hob seinen Kopf und schloss die Augen. Die Streicher stimmten ihre Instrumente im Orchestergraben. Ein feierliches Lächeln umkränzte das Gesicht des bald siebzigjährigen Mannes. Er war zu Hause. In seinem Wohnzimmer, der Wiener Staatsoper. Herbert von Karajan hatte ihn hierhergebracht. Durch die Entscheidung des damaligen Operndirektors, seinem Ensemble nicht länger nur vereinzelt Gastsänger zur Seite zu stellen, sondern das Haus in großem Stil für die Verpflichtung von Weltstars zu öffnen. Das Gebäude am Ring war dadurch schlagartig zu einem der weltweit wichtigsten Opernhäuser aufgestiegen, und der junge Friedemann hatte sich mit zahlreichen anderen begeisterten Zuhörern auf den legendären Stehplatzrängen gedrängt, um Tenören, Bässen und Sopranistinnen von Weltruf bei der Arbeit zuzusehen.

Callas, Tebaldi, Coertse, Siepi, Gjaurow und Pavarotti! Er hatte sie alle gesehen und gehört. Und nicht nur das! Die meisten der bekanntesten Sängerinnen und Sänger der zweiten Hälfte des 20. Jahrhunderts hatte er mit der Zeit auch persönlich kennenlernen dürfen. Schon als Student war der Stehplatzstammgast mit seiner Begeisterung für das Musiktheater aufgefallen. Bald hatte man ihm angeboten, kleine Botengänge und Besorgungen für einzelne Mitglieder des Ensembles durchzuführen. Seine zuvorkommende Höflichkeit und die

Zuverlässigkeit, mit der er diese Dienste stets verrichtete, hatten ihm die Türen zu den Garderoben der Stars geöffnet, und schließlich war er von einem der von ihm verehrten Idole als Privatsekretär verpflichtet worden.

»›Am siebten Tag erschien der Mensch – es war Mozart!‹ Trefflicher als Grillparzer kann man das kaum ausdrücken! Es ist eine Schande, dass dieser musikalische Genius erst sterben musste, um von allen als das erkannt zu werden, was Haydn schon zu seinen Lebzeiten festgestellt hatte: ›Der größte Komponist aller Zeiten‹! Lassen Sie uns ein Gläschen Sekt darauf trinken, Fräulein Ehrentraud. Seien Sie doch so freundlich und holen Sie uns zwei Gläser. Aber nicht zu kalt, bitte! Es erwartet mich noch ein Interview.«

Ehrentraud Heidegger erhob sich mit einem angedeuteten Nicken von ihrem Platz neben Liebkind. Sie legte das Programmheft, in dem sie eben geblättert hatte, auf die mit rotem Stoff bespannte Sitzfläche ihres Sessels und strich sich das schlichte Kleid glatt.

»Beeilen Sie sich! Wir wollen den Beginn des zweiten Aktes nicht stören!«

Ohne ein Wort zu verlieren, verschwand die Angestellte Liebkinds aus der Loge. Sie sprach ungern. Es wurde in ihren Augen auf dieser Welt ohnehin viel zu viel geredet. In einem fort kam der Menschheit Bedeutungsloses über die Lippen. Sätze mit banalem Inhalt, die lediglich dem Zweck dienten, Momente empfundener Leere mit dem Klang der eigenen Stimme auszufüllen. Sinnloses Geschwätz. Welche Vergeudung der eigenen Lebenszeit. Die meisten dieser überflüssigen Worte dienten im Grunde doch nur dazu, sich selbst ins rechte Licht zu setzen oder anderen seine Meinung aufzuzwingen. Gefüllte Sprechblasen als Mittel der Selbstdarstellung.

Betraf das Gesprochene einmal nicht die eigene Person, war es allzu oft auch darauf bedacht, andere zu kritisieren, sie abzuwerten oder gar zu demütigen. Ehrentraud Heidegger hatte genug von Kränkungen. Ihr ganzes Leben war eine Abfolge von Verletzungen gewesen. Eltern, an die sie sich nicht mehr erinnern mochte, Großeltern, bei denen Disziplin und Gehorsam wichtiger gewesen waren als Geborgenheit und Zuneigung, und eine geliebte ältere Schwester, die sich mit siebzehn für den Freitod entschieden hatte. Das war mehr als genug Leid für einen Menschen. Mehr, als man mit Worten ausdrücken konnte. Die Privatsekretärin von Friedemann Liebkind, dem Doyen der Wiener Oper, hatte das Sprechen weitgehend eingestellt.

In ihrer Jugend hatte sie noch auf einen Helden gewartet. Einen starken Mann, der sie aus ihrem traurigen Dasein herausholen und auf Händen tragend weit, weit wegbringen würde. Fort, in ein neues, unbeschwertes Leben. Doch der Prinz ihrer Jungmädchenträume war nie erschienen. Vielleicht gab es diese Idealgestalt auch gar nicht. Irgendwann hatte sie es aufgegeben, Wunschgebilden nachzujagen, und sich immer mehr in ihr eigenes Ich zurückgezogen. Jetzt befand sie sich in der zweiten Hälfte ihrer Dreißiger und führte die Existenz einer in der Großstadt lebenden Eremitin. Auch wenn sie nicht allein wohnte. Seit mehr als zwanzig Jahren logierte sie im ehemaligen Gästezimmer Liebkinds. Einem großen, hellen Raum in der luxuriösen Innenstadtwohnung des Opernfachmannes, an den sich auch ein eigenes Badezimmer anschloss.

Als Privatsekretärin kümmerte sie sich nicht nur um die Korrespondenz des über Rundfunk und Fernsehen landesweit bekannt gewordenen Musikkritikers, sondern auch um seinen Haushalt. Nur kochen musste sie nicht. Er frühstückte auf seinem Stammplatz im Kaffeehaus am Universitätsring, sie auf ihrem Zimmer. Mittagessen gab es in der Wohnung nie, dafür wurde ausgiebig zu Abend gegessen, immer in den besten Restaurants der Stadt. Gelegentlich musste sie auch nächtliche Dienste für ihren Chef verrichten. Aber auch das ging ohne Worte und war meist in wenigen Minuten erledigt. Sie wusste, dass er sie danach wieder für mehrere Monate in Ruhe lassen würde. Zudem verhielt er sich in den Tagen nach seinen Besuchen in ihrem Zimmer stets außergewöhnlich aufmerksam und zuvorkommend – ein Verhalten, das er sich ansonsten lieber für die Medien, für die Größen der Bühnen und für Intendanten, Dramaturgen und Regisseure aufhob. Vor Publikum war er in seinem Element. Dort zog er alle Register seiner Kunst. Hier versprühte er seinen Charme und bewegte sich gekonnt zwischen eloquentem Witz und professioneller Ernsthaftigkeit.

Mit zunehmendem Alter neigte die anerzogene Höflichkeit Liebkinds jedoch immer mehr dazu, sich nach wenigen Stunden zu erschöpfen. Er tat gut daran, seine Termine kurz zu halten, denn die Phasen des Tages, in denen er sich launisch, missmutig oder gar unausstehlich präsentierte, wurden immer länger. Den Opernstars war diese Seite Liebkinds bislang weitestgehend verborgen geblieben, doch die Kellner und Küchenchefs zahlreicher Wiener Nobelrestaurants wussten ein Lied davon zu singen.

Ehrentraud Heidegger mengte sich unter die Schar vornehm gekleideter Opernbesucher, die auf die kleinen Stehtische im Marmorsaal zuströmten, um die Pause zwischen den zwei Akten des heiteren Dramas mit einer kleinen Stärkung zu überbrücken. Ihr schwarzes halblanges Kleid war genauso unscheinbar wie ihre ganze Erscheinung. Sie hatte ein Talent dafür entwickelt, nicht aufzufallen, und die gleichen Menschen, die sonst ganz aus dem Häuschen gerieten, sobald sie Professor Liebkind an ihrer Seite zu Gesicht bekamen, gingen an ihr vorüber, als ob sie aus Luft bestünde. Ihre Haare hatte sie an diesem Abend zu einem Knoten hochgesteckt, an den Schläfen mischten sich erste graue Strähnchen ins Dunkelbraun. Sie war ungeschminkt und hielt auch nicht viel von derartigen Verschönerungsversuchen. Wenn sie sich hinter einer künstlich errichteten Fassade versteckte, würde sie sich ihrer Umgebung doch nur als Geheimnis präsentieren, das es zu lüften galt. Eine Aufmerksamkeit, die sie unter allen Umständen vermeiden wollte. Ihr Innerstes war nicht für die Menschheit da draußen bestimmt. Der Schmerz, den sie in ihrem Herzen trug, sollte tief in ihr begraben bleiben. Sie zog es daher vor, ihr Äußeres so reizlos und bieder zu halten, dass es möglichst wenig Interesse hervorrief.

Wer und was bin ich eigentlich?, fragte sie sich selbst gedankenverloren, während sie sich in die Schlange vor dem Büfett einreihte. Hatte sie überhaupt ein eigenes Ich? Oder war es ihr bestimmt, auf immer und ewig nur als verlängerter Arm ihres Arbeitgebers gesehen zu werden? Wenn sie sich nicht gerade in der Abgeschiedenheit ihres Zimmers verkroch, führte sie ein Schattendasein direkt neben den Scheinwerferlichtern, in denen sich Liebkind in der Welt der elitären Künste sonnte. Eine Welt voller aufgesetzter Fröhlichkeit und gekünsteltem Lachen. Wie konnte es eigentlich sein, dass Hunderte auf einen Haufen zusammengedrängte Menschen alle gleichzeitig guter Laune waren? Hatte denn niemand eine schwere Bürde zu tragen? War keiner mit der Geschichte seines Lebens belastet? War es wirklich so einfach, all seine Sorgen mit dem Mantel an der Garderobe abzugeben?

Sie lauschte dem Kichern der goldbehangenen Damen und beobachtete das geckenhafte Gehabe ihrer männlichen Begleiter. In letzter Zeit hatten sich vermehrt auch jüngere Besucher unter das Stammpublikum der Oper gemischt. Neureiche aus florierenden Unternehmen der Informationstechnologie, die es hip fanden, sich bei Veranstaltungen der Hochkultur sehen zu lassen.

Mit Argwohn begutachtete Heidegger das Wettrüsten der Abendroben und Dekolletés im Marmorsaal und auf den Feststiegen. Worte überschwänglicher Begeisterung drangen an ihr Ohr, die das auf der Bühne Dargebotene mit allen nur erdenklichen Superlativen versahen. Die Menschen um sie herum lobten eine Aufführung, die sich bislang bestenfalls als durchschnittlich erwiesen hatte. Niemand hatte die schwache Besetzung der Donna Elvira bemerkt, und keinem schien aufgefallen zu sein, wie wenig fein abgestuft die Musik aus dem Orchestergraben gekommen war. Das Publikum zog es vor, sich lieber selbst zu belügen, als sich den Besuch einer schwachen Vorstellung einzugestehen. Ehrentraud Heidegger hasste diese Verlogenheit. Dieselben, die im Kollektiv so taten, als ob sie etwas Großartiges erlebt hätten, sahen auch gemeinsam weg, wenn es woanders Schlimmes zu sehen gab.

Eine Hand legte sich auf ihren Rücken, und die Sekretärin zuckte zusammen. Hinter ihr ertönte das markante Lachen von Kurt Wengler.

»Keine Angst, Fräulein Ehrentraud! Ich bin's nur.« Wengler war an ihre Seite getreten.

»Mein Name ist Heidegger«, korrigierte die Frau den Kritiker mit unbewegtem Gesicht. Ihre in einem ersten Anfall von Panik hochgezogenen Schultern entspannten sich wieder.

»Ich bitte Sie, Fräulein Heidegger! Wie lange kennen wir uns schon? Zwanzig Jahre?«

»Neunzehn Jahre und vier Monate.«

»Na sehen Sie. Da wäre doch eine Anrede beim Vornamen längst angebracht. Immerhin sind wir ja Kollegen.« Wengler zwinkerte der Frau verschwörerisch zu. Wie immer war er ohne Krawatte unterwegs und darum bemüht, sich lässig und leger zu geben. Das offen getragene Jackett seines taubengrauen Anzugs bot freie Sicht auf ein weißes Hemd, an dem die Knöpfe um die Leibesmitte mit Spannung zu kämpfen hatten. Heidegger hätte schwören können, dieses Hemd schon bei ihrem allerersten Kennenlernen im Theater an der Wien gesehen zu haben. Es hing dem Fünfundvierzigjährigen noch immer locker um die schmalen Schultern und hatte lediglich verabsäumt, mit dem Wohlstandsbäuchlein seines Besitzers mitzuwachsen.

»Ich muss Ihnen wohl nicht sagen, dass ich nur die Sekretärin von Professor Liebkind bin.«

Wieder lachte Wengler laut los, und Heidegger machte sich Sorgen, dass ihr die Hemdknöpfe um die Ohren fliegen könnten.

»Ich bitte Sie! Der alte Mann ist doch mit Schweinsohren ausgestattet. Der würde es nicht einmal hören, wenn der

Schnürboden auf die Bühne kracht. Wir wissen beide sehr gut, an welchem hübschen Köpfchen sich die Ohren befinden, die all die feinen Nuancen wahrnehmen, die Ihr Chef so geschwollen in seinen Kolumnen beschreibt.«

Grinsend wippte Wengler mit in die Hosentaschen gesteckten Händen auf seinen abgetragenen Mokassins vor und zurück. Ehrentraud Heidegger hatte sich über die Jahre mit dem betont nachlässigen Kleidungsstil und dem stets schulterlang getragenen Haar Wenglers abgefunden. Aber an die Angewohnheit des Mannes, Schuhe zu tragen, die selbst für die Altkleidersammlung der Caritas viel zu schäbig waren, hatte sie sich nie gewöhnen können. Beim Schuhwerk endete ihr Verständnis für modische Gestaltungsfreiheit. Wenglers weinrote Slipper, in denen er über die Marmorböden der Staatsoper schlurfte, waren schlichtweg ein Affront gegen die Würde des Hauses. Die Architekten Eduard van der Nüll und August Sicard von Sicardsburg waren schon während der Bauzeit des Gebäudes in Suizid und Herzinfarkt getrieben worden. Es war ein grober Akt der Unhöflichkeit, sie fast hundertfünfzig Jahre später durch das Tragen solcher Schuhe auch noch in ihren Gräbern rotieren zu lassen.

»Sie dürfen sich denken, was sie wollen«, bemerkte Heidegger kalt und vermied es, unter Wenglers Kinn zu blicken, wo das dichte Brusthaar aus dem oben geöffneten Hemd bis zum Hals hervorquoll.

»Bestens. Dann verrate ich Ihnen, was ich denke.« Er ignorierte die offensichtlichen Versuche Heideggers, ein schnelles Ende des Gesprächs herbeizuführen. »Ich denke, dass wir beide ein gutes Team abgeben würden. Ihr Hörvermögen und meine Kunst, Musik in Worte zu fassen, würden sich hervorragend ergänzen. Sie vergeuden Ihr Talent mit dem falschen Mann!«

Heidegger und Wengler waren im Zuge ihrer Unterhaltung in der Menschenschlange weitergereicht worden und hatten das Büfett erreicht. Die Sekretärin ließ das Angebot unbeantwortet und drängte sich zwischen zwei Männern an die Theke. Bewusst unterließ sie es, dem Konkurrenten ihres Chefs anzubieten, ein Getränk mitzubestellen. Wengler sollte sich um seinen eigenen Dreck scheren.

Mit beiden Händen umklammerte sie die georderten Sektgläser und bemühte sich, aus dem Gedränge zu entkommen, ohne etwas von dem Schaumwein zu verschütten. Bedächtig schritt sie über den Parkettboden des Schwind-Foyers. Sie wusste, dass sich Liebkind über ihre lange Abwesenheit beschweren würde. Es war ihr egal. Sie hatte gelernt, damit zu leben. Die unfreundlichen Reaktionen ihres Arbeitgebers waren nicht persönlich gemeint. Sie entsprangen vielmehr einem Lebensgefühl, das sie nur allzu gut verstand. Das Gefühl abgründiger Traurigkeit.

Hinter all dem Glanz und Ruhm des Opernexperten verbarg sich ein zutiefst unglückliches Wesen. Ein Mensch, der sich nach dem frühen Unfalltod der Liebe seines Lebens voll und ganz in die Welt der Musik geflüchtet hatte und dort in seinem fieberhaften Streben nach der absoluten Perfektion an einen Punkt gelangt war, wo ihn nichts mehr begeistern konnte. Seine Suche nach höchster künstlerischer Vollendung hatte ihn an die besten Opernhäuser geführt, gefunden hatte er sein Ideal jedoch nie.

Liebkind war nach seiner Zeit als Betreuer verschiedener Operngrößen auf Distanz zu seinen Künstlern gegangen. Im direkten Kontakt mit den Idolen seiner Jugend hatte er deren Schwächen und Unzulänglichkeiten kennengelernt. Viele waren in ihrer gesanglichen Entwicklung stecken geblieben oder gaben sich mit dem bisher Erreichten zufrieden. Anderen fehlte schlichtweg das Talent, um jenen Ausdruck erlangen zu können, der für das Ausfüllen der vom Komponisten geschaffenen Figur vonnöten gewesen wäre. Es gab gute Sänger, die schauspielerisch nicht zu überzeugen wussten, und talentierte Schauspieler, die aus gesanglicher Sicht besser beim Theater geblieben wären.

Im verzweifelten Bestreben, immer noch ein klein wenig

mehr aus der Performance seiner Schützlinge herauszuholen, hatte sich Liebkind zunehmend auf das Aufzeigen von Defiziten verlegt und damit schließlich seine wahre Berufung gefunden. Er war Kritiker geworden und hatte die Tätigkeit des Bemängelns zu seiner Profession erhoben. Seine fundierten Werturteile waren mit Interesse wahrgenommen worden, und bald war es ihm gelungen, sich eine Position zu erarbeiten, in der seine Meinung in Fachkreisen als ungeschriebenes Gesetz betrachtet wurde.

Außer von Kurt Wengler. Der mittlerweile bei einer TV-Gesellschaft unter Vertrag stehende Musikjournalist ließ seit über zwei Jahrzehnten nichts unversucht, Liebkinds Stellung als führender Opernberichterstatter zu untergraben und ihm die hart erarbeitete Position streitig zu machen.

»Was halten Sie von meinem Vorschlag, Fräulein Heidegger? Sie dürften dann auch Kurt zu mir sagen, und ich würde Sie Ehrentraud nennen. Oder ist Ihnen Traude lieber?« Auf seinen Schuhsohlen wippend hatte sich Wengler wieder vor der unscheinbaren Frau aufgebaut und ließ sie nicht passieren. Mit aufforderndem Lächeln blickte er über den Rand seiner schmalen Lesebrille.

»Sehr geehrter Herr Kurt Wengler«, antwortete Heidegger unter Betonung des Vornamens. »Ich arbeite mit niemandem zusammen, der seinen Frust über erfolgreiche berufliche Konkurrenz im Aufstechen von Autoreifen abzubauen versucht.«

»Ich bitte Sie, meine Liebe! Sie sprechen über Dinge, die eine Ewigkeit zurückliegen. Das waren doch nur Studentenstreiche. Zudem konnte mir nie eine Urheberschaft an den bedauerlichen Vorfällen nachgewiesen werden. Sie wissen, wie der Prozess ausgegangen ist! Ihr Arbeitgeber durfte nicht nur die Verfahrenskosten übernehmen, sondern auch die Ordnungsstrafe für das Beschimpfen der Richterin.« Wengler begleitete sein halbes Schuldeingeständnis mit einem unverschämten Grinsen.

»Sie scheinen Ihre Studien wieder aufgenommen zu haben,

Herr Wengler. Die Reifen am Fahrzeug des Professors sind erst vor wenigen Tagen ein weiteres Mal mutwillig zerstört worden. Ärgert Sie die neue, von meinem Chef gestaltete Kultursendung im Hauptabendprogramm gar so sehr?«

»Kultursendung!«, polterte Wengler. »Dass ich nicht lache! Sie sprechen von einem Klatschgeschichten-Format mit musikalisch unterlegtem Geplapper unerträglicher Möchtegern-Prominenz. Das einzig Kulturelle daran sind die Werbepausen! Wenn Sie wirklich guten Kulturjournalismus erleben wollen, dann müssen Sie zum Privatfernsehen schalten! Gleich nach den Weltnachrichten um zweiundzwanzig Uhr zehn.«

»Mit den Nachrichten gehe ich immer schlafen. Ich fürchte, Ihre Sendung ist mir zu spät angesetzt. Und jetzt entschuldigen Sie mich bitte. Der Professor erwartet mich.«

Sie ließ Wengler grußlos stehen und ging mit den Getränken vorsichtig über den mintgrünen Teppich des Ganges zurück zur Loge.

»Keine Gläser in den Logen!«, herrschte sie ein junger Platzanweiser an.

»Ist für Professor Liebkind«, antwortete Heidegger, ohne anzuhalten. Der Billeteur wollte etwas erwidern, wurde aber durch eine Geste eines herbeigeeilten älteren Kollegen davon abgehalten. Die Frau hörte die beiden Männer hinter sich leise diskutieren, während sie mit dem Ellbogen die Tür zu Liebkinds Loge öffnete. Das Gespräch mit Wengler hatte sie aufgehalten. Bestimmt war der Sekt in ihren Händen viel zu warm geworden. Ihr Chef würde sie mit Vorwürfen überhäufen. Es war nicht leicht, für jemanden zu arbeiten, der sein Geld mit kritischen Äußerungen verdiente. Liebkind würde wohl den Rest seiner Tage damit verbringen, einen Tenor als mangelhaft ausgebildet und ein Getränk als schlecht temperiert abzustempeln.

Der Opernexperte saß wie immer auf seinem Stammplatz in der vorderen der zwei Sesselreihen, von wo er das Bühnengeschehen am besten beobachten konnte. Um bei seiner Arbeit nicht gestört zu werden, pflegte Liebkind alle sechs Plätze der Loge zu reservieren. Beim Eintreten seiner Sekretärin befand sich dennoch eine weitere Person in dem kleinen, abgeschlossenen Zuschauerraum.

Erwin Pospischil hatte auf einem der Stühle hinter dem Kritiker Platz genommen und beugte sich über die Lehne des vor ihm stehenden Sessels. Verschwörerisch flüsterte er Friedemann Liebkind etwas ins Ohr. Pospischil wurde fürs Flüstern bezahlt. Gut bezahlt. Der »Gschmeidige«, wie der schlaksige Mann mit dem glatt zurückgekämmten Haar in seinen Kreisen genannt wurde, war nicht gerade billig. Dafür lieferte er zuverlässige Informationen aus erster Hand. Er bewegte sich in den Grauzonen der Stadt, wo Wirtschaft, Politik und Halbwelt aufeinandertrafen. Dort, wo zu nächtlicher Stunde auf Barhockern, an Spieltischen und in Whirlpools das preisgegeben wurde, was der »Gschmeidige« bei ausgewählten Kunden zu Geld machte: Insiderinformationen.

Heidegger bereitete der Informant Unbehagen, seit sie ihn zum ersten Mal getroffen hatte. Gegen die Übergabe eines verschlossenen Kuverts war Liebkind vor den Toilettenanlagen eines Innenstadtrestaurants ein Tipp zugesteckt worden, der zu seinem Ruf beigetragen hatte, sogar das Gras wachsen zu hören.

Verdis »Rigoletto« war zwei Tage danach in der aufwendigen Inszenierung von Sandro Sequi aufgeführt worden. Die Premierenvorstellung hatte ein begeistertes Publikum hinterlassen, und das Ensemble war umjubelt und gefeiert worden. Liebkind hatte die Besetzung des Herzogs von Mantua dennoch mit Kritik bedacht und konstitutionelle Schwächen bei dem Tenor geortet, die es diesem verunmöglicht hätten, sich an die absoluten Grenzen seiner gesanglichen Leistungsfähigkeit heranzuwagen. Zum Erstaunen der Fachwelt hatte er dem Sänger ernsthaft empfohlen, sich eine Auszeit zu nehmen und seinen Gesundheitszustand überprüfen zu lassen. Nur wenige Tage darauf hatte der Operntenor in einer eilig einberufenen

Pressekonferenz eine kürzlich diagnostizierte Krebserkrankung und seinen damit verbundenen Rückzug von der Bühne bekannt gegeben.

Liebkind schien als Einziger in der Lage gewesen zu sein, die vermeintliche krankheitsbedingte Beeinträchtigung der Gesangsdarbietung wahrnehmen zu können. Das hatte ihm endgültig den Nimbus eines Starkritikers eingebracht. Dass der behandelnde Arzt des Sängers in einer schwachen Stunde auf seine ärztliche Schweigepflicht vergessen hatte, war nur an wenige Ohren gedrungen. An die Hörorgane zweier freizügiger Damen osteuropäischer Herkunft mit den in diesen Regionen durchaus selten anzutreffenden Namen Monique und Michelle und an die geschulten Lauscher Pospischils, der genau gewusst hatte, wer für den Ankauf dieser Information empfänglich wäre.

Heideggers Abneigung gegen den Beschaffer derartiger Nachrichten hatte sich im Laufe der Jahre genauso wenig gewandelt wie dessen Kleidungsstil. Noch immer trug der »Gschmeidige« schwarz-weiße Schuhe mit Budapester Lochmuster zum Anzug und eine dünne schwarze Strickkrawatte, die in der Welt operntauglicher Herrengarderobe seit den achtziger Jahren als ausgestorben galt. Trotz dieser modisch fragwürdigen Attribute gelang es dem Informanten stets, unsichtbar zu wirken. Man nahm ihn erst wahr, wenn seine scharf gezeichnete Nase vor dem eigenen Gesicht auftauchte. Dann sprangen einem der stark hervorstehende Adamsapfel und das mit Gel nach hinten gelegte Haar ins Auge. Hinter dem Beinamen »der Gschmeidige« verbargen sich Pospischils außergewöhnliches Bewegungstalent und in seinen Taschen ein Springmesser, von dem gemunkelt wurde, dass es nicht nur der Fingernagelpflege diente.

Die Anwesenheit des undurchsichtigen Informanten in dem purpurrot getäfelten engen Raum machte Ehrentraud Heidegger Angst, und sie schickte sich an, die eben betretene Loge gleich wieder zu verlassen.

»Bleiben Sie, Ehrentraud, bleiben Sie nur«, rief ihr ein gut gelaunter Liebkind entgegen. »Unser Geschäftsfreund ist ohnedies gerade dabei, uns zu verlassen.«

Die Frau schlüpfte vorsichtig in die erste Sesselreihe der Loge, ohne Pospischil eines Blickes zu würdigen. Vorsichtig überreichte sie Liebkind eines der beiden Gläser. Als sie sich umwandte, war der »Gschmeidige« bereits verschwunden.

»Vorzüglich, liebste Ehrentraud! Der Sekt hat genau die richtige Temperatur.« Liebkind hatte an seinem Getränk genippt. »Auf Sie ist doch immer Verlass! Lassen Sie uns anstoßen!« Der große, gewichtige Mann hob lächelnd sein Glas. »Auf uns, liebstes Fräulein. Auf uns, auf dieses Haus, das Gott uns in seiner Gnade über eineinhalb Jahrhunderte hinweg erhalten hat, auf Mozart und auf seine ewig währende Musik.«

Der Klang aneinandergestoßener Gläser und Liebkinds Lachen erfüllten die Loge. Es musste eine gute Nachricht gewesen sein, die der »Gschmeidige« überbracht hatte. Heidegger genoss die Minuten, in denen sich ihr Chef in fröhlicher Stimmung zeigte. Mit dem Einsetzen des Orchesters war ihr auch wieder klar, wie sie es so lange geschafft hatte, an seiner Seite auszuharren. Es war ihre Seelenverwandtschaft durch die gemeinsame Liebe zur Musik, die sie miteinander verband.

Andächtig lauschten beide den Klängen des Terzetts mit Donna Elvira, Leporello und Don Giovanni. Mozart hatte die Oper als »Dramma giocoso« konzipiert, in dem sich am Ende das Gute durchzusetzen vermochte. Ehrentraud Heidegger wusste, dass das reale Leben anders verlief. Hier wurden auch Unschuldige von lodernden Flammen umzingelt und von der Erde verschlungen. Dennoch gelang es ihr, im dramatisch leidenschaftlichen Ton der Musik zu versinken und bis zu den Schlussakkorden nicht an den ungeöffneten Brief zu denken, den sie in ihrer Handtasche verborgen hielt.

4

»Sie sehen verheerend aus, Herr Neubauer! Sind Sie krank?«

»Ah, der Herr Jerabek! Grüß Sie, Inspektor! Krank? Ja, eine leichte Lebensmittelvergiftung. Was führt Sie denn zu mir? Hoffentlich nichts Berufliches!« Erki fuhr sich mit dem Handrücken über die Augen. Er hatte vergessen, seine Brille aufzusetzen. Das versteckte Grinsen hinter der Amtsmiene des Kriminalbeamten entging ihm daher.

Franz Jerabek stand in Cordhose und dicker Strickweste vor dem halb so alten Studenten und bemühte sich redlich, einen ernsten Gesichtsausdruck beizubehalten, aber angesichts des jämmerlichen Anblicks des schmächtigen Burschen vor ihm konnte er sich dann doch ein erkennbares Lächeln nicht verkneifen. »Könnte es sich bei dem verdorbenen Lebensmittel vielleicht um Rum mit Cola handeln?«

»Cola-Rum? Wie kommen Sie denn darauf?« Erki klammerte sich wie ein Seemann auf Landurlaub am Türstock fest. Er versuchte, eine ungezwungene Haltung einzunehmen, scheiterte in diesem Bemühen aber kläglich.

»Durch das viele Herumschnüffeln als Kriminalbeamter bekommt man eine feine Nase, Herr Neubauer. Ihre Rumfahne lässt sich aber auch für weniger geübte Nasen schon vom Haustor aus riechen. Und dass Sie zum Rum auch ein wenig Cola getrunken haben, weiß ich von Gottfried Schopp, dem Betreiber des ›Tschecherl‹ in der Schwendergasse. Eine durchaus ungesunde Kombination von Lebensmitteln, die Sie da vergiftet hat. Darf ich trotz Ihrer Krankheit reinkommen?«

Wortlos bedeutete Erki dem wenige Jahre vor seiner Pensionierung stehenden Kriminalpolizisten, einzutreten. Der Polizei konnte man schwer den Eintritt verwehren. Schon gar nicht, wenn es sich dabei um einen alten Bekannten wie Franz

Jerabek handelte, der Erki schon einmal in einer brenzligen Situation beigestanden hatte.

Erki bot dem Beamten einen der zwei Sessel seiner winzigen Wohnküche an, dieser zog es jedoch vor, sich zunächst im Raum umzusehen. Er legte nur seine kleine dunkelbraune Herrenhandtasche auf der Sitzfläche ab.

Zu gerne hätte sich Erki aus Ärger über sein unbedachtes Öffnen der Wohnungstür ins eigene Hinterteil gebissen. Aber ein Gelingen dieser akrobatischen Übung erschien ihm genauso hoffnungslos wie die Annahme, dass ihm der Ermittler einen Höflichkeitsbesuch abstattete. Statt des von ihm erwarteten Jirschi Nemecek sah er sich jetzt dem untersetzten grau melierten Beamten aus dem Landeskriminalamt in der Berggasse gegenüber. Kurz überlegte er, sich tot zu stellen. Aber das scheiterte schon daran, dass er sich bei der ungewohnten Handlung ertappte, schmutziges Geschirr vom Tisch in die Spüle zu befördern. Tote räumten keine Tische ab.

Auch wenn er wusste, dass es sich beim Abteilungsinspektor um einen ruhigen und freundlichen Beamten handelte, kam ihm dieses unerwartete Zusammentreffen doch äußerst ungelegen. Er trug noch immer die Kleidung, mit der er in der Nacht ins Bett gefallen war, und diese roch, genau wie er selbst, nach abgestandenem Rauch, Schnaps und Erbrochenem. Zudem war sein Kopf benebelt, seine Glieder schmerzten, und die Eingeweide spielten ihm das Lied vom Tod. Als Gastgeber war er in dieser Verfassung denkbar ungeeignet. Sollte Jerabek ihn als Helfer bei polizeilichen Untersuchungen benötigen, hatte er sich entschieden den falschen Tag ausgesucht.

Was zum Teufel hatte der Ermittler nur im »Tschecherl« verloren?, fragte sich der verkaterte Student, während er angewidert eingetrocknete Essensreste entsorgte. Mit hängendem Kopf schlurfte er von der Küchenzeile zum Tisch zurück. Seine schmalen Schultern hingen kraftlos nach unten, und das ansonsten stets verschmitzt lächelnde Gesicht mit den kleinen Sommersprossen hatte seinen lausbubenhaften Ausdruck verloren.

Jerabek hatte sich der bunt bemalten ehemaligen Küchenkredenz genähert, die jene Wand der Wohnstube einnahm, hinter der sich das Schlafzimmer des Studenten befand. Der auffällige, von Türen befreite Schrank war die Heimat von Erkis umfangreicher Schallplattensammlung.

»Das ist ja eine beeindruckende Kollektion! Respekt, Herr Neubauer! Haben Sie da auch etwas von Elvis Presley dabei?«

Trotz seines angegriffenen Zustands gelang es Erki, mit traumwandlerischer Sicherheit aus einer Reihe dicht aneinandergedrängter Langspielplatten ein rot-schwarzes Cover hervorzuholen, das er dem Kriminalpolizisten überreichte.

»›From Elvis in Memphis‹, eine seiner besten Platten! Von seinem Comeback, Ende der Sechziger.«

Ehrfurchtsvoll nahm Jerabek die LP aus Erkis Händen und betrachtete die Auflistung der Songs auf der Rückseite des 1969 erschienenen Albums. »Ich war gerade zwölf, als ›Suspicious Minds‹ und ›In the Ghetto‹ erschienen sind. Diese Aufnahmen gehören auch heute noch zu meinen Lieblingsliedern.« Vorsichtig zog er die Innenhülle mit der schwarzen Vinylscheibe aus dem Karton. »Ich mache Ihnen einen Vorschlag, Herr Neubauer. Sie begeben sich mal schnell unter die Dusche und bringen sich in einen halbwegs vernehmungsfähigen Zustand, und ich höre mir in der Zwischenzeit Elvis an.«

Erki nickte betreten. Eine Dusche würde mit Sicherheit nicht ausreichen, um seinen Kreislauf zu stabilisieren, zu einer geruchlichen Verbesserung sollte diese aber beitragen können. Er deutete auf den Plattenspieler neben der Kredenz und verzog sich mit unsicheren Schritten in das Badezimmer.

Das Wort »Vernehmung« machte ihm zu schaffen. Die schwache Hoffnung auf einen Höflichkeitsbesuch konnte er schon einmal abschreiben. Seit der Geschichte mit dem Diebstahl von Caterinas Forschungsdaten und dem Mord an ihrem Vorgesetzten, Professor Grünzweig, hatte er keinen Kontakt mehr zu dem Kriminalbeamten gehabt. Das plötzliche Wiedersehen diente bestimmt nicht nur dem Austausch gemeinsamer Erinnerungen an den nie restlos geklärten Fall oder dem

Fachsimpeln über legendäre Plattenproduktionen. Der Mann war im Dienst und wollte etwas von ihm erfahren. Aber was?

Mit einem äußerst unguten Gefühl stieg Erki in die Duschkabine, während in seinem Wohnzimmer die ersten Töne von »Only the Strong Survive« erklangen.

Das Fenster stand offen, als Erki geduscht und mit einem kanariengelben Bademantel bekleidet ins Wohnzimmer zurückkehrte.

»Ich habe mir erlaubt, Kaffee zu kochen. Wollen Sie auch einen?« Der Inspektor aus dem für Kapitalverbrechen zuständigen Referat eins des LKA saß seelenruhig am kleinen Esstisch vor der Küchennische, eine weiße Tasse in seinen Händen.

»Besser nicht!« Erki hielt abwehrend eine Handfläche hoch. »Ich weiß nicht, wie mein Magen darauf reagiert.«

Er war froh, dass die Tür zu seinem Schlafzimmer geschlossen geblieben war. Teppiche mit Erbrochenem hinterließen einen schlechten Eindruck. Besonders bei Gästen mit feinen Nasen. Es war schon schlimm genug, in so elender Verfassung den Besuch des Polizisten über sich ergehen lassen zu müssen. Alles musste dieser nun wirklich nicht wissen.

Erki setzte sich zu Jerabek an den Tisch, und Elvis beendete die erste Plattenseite mit der Hank-Snow-Komposition »I'm Movin' On«.

»Was hat Ihnen der Herr Friedl denn so alles erzählt?«

»Friedl Schopp war so freundlich, mir mitzuteilen, wer die letzten Gäste waren, die vergangene Nacht sein Lokal verlassen haben.«

Erki schob sich eine nasse Haarsträhne seines wirren Blondschopfs aus dem Gesicht. »So wie ich mich fühle, werde das wohl ich gewesen sein.«

Jerabek grinste. »Nicht ganz. Ihr alter Freund Ernst Stierschneider war auch noch bis zum Ende der Geburtstagsfeier dabei. Außerdem die Ihnen bestens bekannten Herren Novak und Meixner und ein gewisser Levon Kaltenbrunner, ein

Wiener mit armenischer Abstammung. Sagt Ihnen der Name etwas?«

Erki schüttelte den Kopf. »Kaltenbrunner? Nie gehört! Bestimmt kein Stammgast des ›Tschecherl‹.«

»War er auch nicht«, antwortete Jerabek ernst. »Laut dem Lokalbetreiber war Kaltenbrunner an diesem Abend zum ersten Mal dort. Schopp ist zuerst kurz davon ausgegangen, dass der Mann ein verspäteter Gast der Geburtstagsgesellschaft wäre. Der Jubilar kannte ihn jedoch gar nicht. Sie sollten ihn aber kennen, Herr Neubauer!« Jerabek erhob sich, trat zum Abspielgerät und wendete gekonnt die Langspielplatte auf dem Plattenteller.

Erki versuchte, sich zu konzentrieren. Das Ringelspiel in seinem Kopf und Elvis arbeiteten vehement dagegen. Seine Versuche, sich an einen Levon Kaltenbrunner zu erinnern, kommentierte Elvis über die Lautsprecher mit den Worten *»Crush it, kick it, you can never win«*.

»Ich? Warum ich? Mir sagt der Name rein gar nichts!«

Der Kriminalbeamte setzte sich wieder und legte seine altmodische Handgelenkstasche auf den Tisch. Er öffnete den Reißverschluss und entnahm ihr ein kleines Notizbuch.

»Herr Nemecek ist mit seiner Begleitung vierzig Minuten nach Mitternacht gegangen.« Jerabek blätterte in dem eng beschriebenen Büchlein. »Bis auf die von mir genannten Personen haben all seine Gäste die Feier bereits vorher verlassen. Ernst Stierschneider ist an der Bar eingeschlafen und musste zur Sperrstunde von Schopp geweckt werden. Die Herren Meixner und Novak waren in ein Streitgespräch verwickelt. Die beiden haben nach Angaben des Wirts gleich nach dem Abschied des Geburtstagskinds damit begonnen, sich wegen einer Nichtigkeit zu beflegeln, und sind wenig später des Lokals verwiesen worden. Bleiben drei Besucher auf meiner Liste übrig. Einer, der an der Theke eingenickt war, und zwei, die sich eine halbe Stunde lang ganz prächtig miteinander unterhalten haben, auch wenn einem der beiden Gesprächspartner das Reden schon ziemlich schwergefallen sein soll.«

»Ich und dieser Kaltenbrunner? Wie hieß der noch? Levon?«

Jerabek nickte.

Erki Neubauer saß vor dem Kriminalinspektor wie der Ochse vor dem neuen Tor. Verzweifelt raufte er sich die frisch gewaschenen Haare, bis diese in verschiedenster Richtung vom Kopf abstanden. Wie sollte er etwas zu seiner neuen Bekanntschaft im »Tschecherl« sagen können, wenn ihm schon die Erinnerung an die Stunden zuvor völlig fehlte?

»Ich befürchte, dass ich für Sie in dieser Angelegenheit keine große Hilfe bin. Wie Herr Friedl sicher bestätigen kann, war ich gestern komplett abgefüllt. An diesen Armenier hab ich keine Erinnerung mehr. Ich kann dem weder ein Gesicht noch eine Stimme zuordnen. Mir fehlt auch jegliche Ahnung, was ich ihm erzählt haben könnte. Wird wohl nichts allzu Gescheites mehr gewesen sein. Warum befragen Sie denn diesen Mann nicht selbst?«

Jerabek ließ die Blätter des Notizbuches über seinen Daumen streichen. »Würde ich sehr gerne, Herr Neubauer. Aber der kann mir nichts mehr erzählen. Der Kaltenbrunner ist tot. Man hat ihm heute Nacht den Schädel eingeschlagen.«

Erki musste schlucken. Ein Mord! An einem »Tschecherl«-Gast! Das war also der Grund, warum sein Freund Jirschi von einem frühmorgendlichen Besuch der Polizei gesprochen hatte. Jetzt wusste er auch, warum so heftig an seiner Tür geklopft worden war. Verzweifelt vergrub er das Gesicht in seinen Händen. Erschlagen. Ein Typ, mit dem er kurz zuvor noch gesprochen hatte. Mit brüchiger Stimme sagte er: »Ich glaub, ich brauch jetzt doch auch einen Kaffee!«

Die Milch im Kühlschrank war abgelaufen. Erki musste seinen Kaffee so trinken, wie es der Kriminalbeamte schon seit Jahrzehnten tat. Schwarz.

»Heißt das jetzt, dass ich mordverdächtig bin?«, fragte er kleinlaut und hielt sich den Bauch, in dem sein Magen widerwillig daran arbeitete, sich mit der zugeführten Brühe anzufreunden.

Jerabek trank Kaffee wie Wasser. Er befüllte seine Tasse gleich ein zweites Mal. »Für einen Mordverdacht fehlt uns das Motiv, Herr Neubauer. Sie hatten mit dem Kaltenbrunner keinen Streit, falls Sie das meinen. Im Gegenteil. Sie sollen recht freundschaftlich miteinander geplaudert haben, soweit das in Ihrem Zustand noch möglich gewesen ist. Schopp hat angegeben, Sie hätten sich mit dem Mann über altes Zeug unterhalten. Vergriffene Schallplatten, italienische Geigen und wurmstichige Möbel. Wenig verwunderlich. Kaltenbrunner war Antiquitätenhändler. Mit einem Geschäft in der Stadt.«

»Was wollte der im ›Tschecherl‹? Und um diese Uhrzeit?«

»Das habe ich erhofft von Ihnen zu erfahren!«

Erki schüttelte erneut den Kopf. »Tut mir wirklich leid. Aber ich habe einen Filmriss. Mir fehlt so ziemlich alles, was sich nach Mitternacht zugetragen hat. Ich bin wirklich froh, dass ich es irgendwie heimwärts geschafft habe. Was diesen Altwarenhändler betrifft, müssen Sie sich an den Friedl und die anderen Gäste wenden, mein Gedächtnis spielt da bedauerlicherweise nicht mit.«

Nervös wechselten Erkis Hände ihre Position zwischen Kaffeetasse und Kopf, wo die dünnen Finger immer wieder durch seine zerzausten Haare fuhren. Warum musste er ausgerechnet zu einem Zeitpunkt, zu dem er sich in einem Stadium völliger geistiger Umnachtung befunden hatte, in einen Mordfall verwickelt werden? Wo war sie nur geblieben, die gute alte Zeit, als er noch Unmengen in sich hineinschütten konnte, ohne den Punkt des Kontrollverlusts zu erreichen?

Jerabek nahm wieder sein Notizbuch zur Hand. »Die Vorkommnisse im Lokal haben wir anhand der Zeugenaussagen bereits einigermaßen rekonstruieren können. Kaltenbrunner ist etwa um Mitternacht im ›Tschecherl‹ aufgetaucht und hat sich an die Bar gesetzt. Er scheint dort auf jemanden gewartet zu haben. Er soll regelmäßig auf seine Armbanduhr und sein Handy geblickt haben. Sie sind mit Herrn Nemecek, dessen Freundin, dem Rauchfangkehrer Meixner und Herrn Novak an einem Tisch gesessen. Als dann der Nemecek von seiner besseren Hälfte nach Hause geschleppt wurde, sollen Sie an die Bar gewandert sein, um nicht in den Disput der am Tisch verbliebenen Herren verwickelt zu werden. Dort sind Sie dann mit dem Antiquitätenhändler ins Gespräch gekommen. Dem streitsüchtigen Meixner und seinem Kontrahenten ist vom Wirt kurz vor ein Uhr mit Nachdruck der Heimweg empfohlen worden. Sie sind noch für ein paar Minuten neben dem späteren Mordopfer auf einem der Barhocker sitzen geblieben.«

»Hab ich mit diesem Kaltenbrunner das ›Tschecherl‹ verlassen?«

Jerabek verneinte. »Angesichts Ihrer beträchtlichen Alkoholisierung hat sich der Lokalbetreiber nach eigenen Angaben intensiv bemüht, Sie zum Verlassen des Cafés zu überreden. Um zehn nach eins sind Sie dieser Aufforderung nachgekommen. Friedl Schopp hat dann noch die Abrechnung gemacht, um kurz vor halb zwei Uhr morgens den Antiquitätenhändler verabschiedet und schließlich den schlafenden Stierschneider geweckt, um ihn bei seiner Heimfahrt durch die Johnstraße am Meiselmarkt abzusetzen. Der Altwarenhändler war somit der letzte Gast im ›Tschecherl‹, sieht man einmal vom Schläfer ab. Knapp eineinhalb Stunden hat sich Kaltenbrunner in dem Lokal befunden und in dieser Zeit mehrere Verlängerte und ein paar Gläser Leitungswasser getrunken. Unterhalten hat er sich nur mit Schopp und mit Ihnen.«

»Wenn ich schon zwanzig Minuten vorher heimgetorkelt bin«, stellte Erki mit langsam vorgetragenen Worten fest, »dann kann ich ja gar nicht wissen, was mit dem Mann nach der Sperrstunde passiert ist.«

»Wir hätten von Ihnen gerne Hinweise zum Geschehen vor dem ›Tschecherl‹. Ist Ihnen am Heimweg irgendetwas aufgefallen? Eine Person zum Beispiel, die sich in der Nähe des Lokals herumgetrieben hat, oder ein wartender Wagen?«

Fragend musterte Jerabek den verkaterten Studenten. Dieser saß ihm mit herabgezogenen Schultern gegenüber und wagte es nicht, den Blick zu erwidern. Verzweifelt starrte er in seine Kaffeetasse.

»Ich weiß es nicht«, murmelte er schließlich, »ich kann mich wirklich an nichts mehr erinnern. Die letzten Bilder, die ich abgespeichert habe, sind von dem Tisch, an dem ich mit den anderen gesessen habe. Die Überreichung der Geburtstagstorte ist mir hängen geblieben, die lustige Ansprache von Jirschi sowie ein paar Gesprächsfetzen von der darauffolgenden Unterhaltung. Der Rest ist weg. Völlig ausradiert! Schleierhaft ist mir, wie ich es bis hierher geschafft habe. Irgendwie muss mir das ja gelungen sein, sonst wäre ich heute nicht in meinem Bett aufgewacht. Kann es sein, dass mir dieser Fremde geholfen hat?«

Jerabek schüttelte den Kopf. »So weit ist Kaltenbrunner nicht gekommen. Er ist auf dem Gelände der Straßenbahn-Remise gefunden worden, am Ende der Schwendergasse.«

»Erschlagen, haben Sie gesagt?«

»Ja! Mit einem ›schweren, stumpfen Gegenstand‹, wie es die Gerichtsmedizin so schön formuliert.«

»Ein Raubmord?«

»Unwahrscheinlich. Der Kaltenbrunner trug seine goldene Armbanduhr und seine Brieftasche bei sich, als er von der Frühschicht gefunden wurde. Mit Bargeld und mit allen Karten. Ein Trolley mit Kleidungsstücken lag daneben. Wir überprüfen gerade, ob er vorgehabt hatte zu verreisen. Nur sein Mobiltelefon war weg.«

»Verdammte Scheiße!«, wiederholte Erki und richtete seine Blicke gegen die Zimmerdecke. »Warum bin ich gestern nicht einfach zu Hause geblieben?«

»Es hätte schon geholfen, wenn Sie etwas maßvoller mit Ihrem Alkoholkonsum umgegangen wären! Sie scheinen in Abwesenheit Caterinas ein wenig in alte Verhaltensmuster zurückzufallen.«

»Das wissen Sie auch? Das mit Caterina?«

»Natürlich«, lachte der Ermittler, »die Polizei weiß alles. Und was sie nicht weiß, wird durch Nachforschungen in Erfahrung gebracht. Vielleicht auch mit Ihrer Hilfe, Herr Neubauer. Ich möchte, dass Sie mich morgen in meinem Büro besuchen. Ausgeschlafen und nüchtern, wenn ich bitten darf. Ich brauch Sie für eine protokollierte Zeugenaussage! Den heutigen Besuch werten wir angesichts Ihrer Krankheit als inoffizielles freundschaftliches Kaffeekränzchen. Ich hoffe doch sehr, dass Sie mir bei der eigentlichen Vernehmung mehr Informationen liefern können. Denken Sie bitte intensiv nach! Vielleicht fällt Ihnen ja doch noch etwas ein.«

Jerabek schob dem Häufchen Elend an der ihm gegenüberliegenden Seite des Tisches seine Karte zu und erhob sich.

»Danke für den Kaffee! Wenn ich Ihnen noch einen Rat geben darf, Herr Neubauer: Geben Sie besser acht auf sich! Das Leben kann manchmal ganz schön lebensgefährlich sein, und gerade Sie scheinen mir eine besondere Gabe dafür zu haben, solche Situationen anzuziehen!«

Elvis begleitete den Beamten, als er die Wohnung verließ, mit den letzten Klängen von »In the Ghetto«. Erki verharrte noch länger in seiner gekrümmten Position am Tisch. Die Nadel des Plattenspielers wanderte die Auslaufrille der schwarzen Scheibe entlang, wo sie schließlich hängen blieb und den Tonarm sinnlos weiterkreisen ließ, gefangen in einer Endlosschleife, irgendwo zwischen Memphis, Tennessee und Wien-Rudolfsheim-Fünfhaus.

Endlich stemmte Erki seinen vergifteten Körper hoch und schlich wie ein geprügelter Hund ins Vorzimmer, um die Eingangstür zu versperren und sich damit vor weiteren Überraschungsbesuchen zu schützen. Sein nächster Gedanke galt der blauen Tasche in seinem Schlafzimmer. Hätte er sie Jerabek gegenüber erwähnen sollen?

Wozu? Sie konnte nicht von Kaltenbrunner stammen. Es wäre dem Antiquitätenhändler oder Friedl Schopp bestimmt aufgefallen, wenn er sich beim Verlassen des »Tschecherl« fremdes Eigentum angeeignet hätte. Wahrscheinlich war ihm die alte Sporttasche auf seinem beschwerlichen Heimweg in die Hände gefallen. Er könnte sie in einer Hauseinfahrt neben einer Mülltonne aufgelesen haben. Es war aber auch denkbar, dass man ihm einen Streich hatte spielen wollen und ihm den Beutel umgehängt hatte. Doch wer wollte ihn damit das Gruseln lehren?

Erki holte die Tasche aus dem Schlafzimmer, entnahm ihr behutsam den Inhalt und legte ihn auf ein Geschirrtuch, das er auf dem Tisch ausgebreitet hatte. Er setzte sich rittlings auf einen Stuhl und bettete sein Kinn auf die am oberen Rand der Lehne platzierten Unterarme. Vor ihm befand sich ein menschlicher Totenschädel. Mit Schaudern betrachtete er die fahlen Knochen und die leeren dunklen Höhlen von Nase und Augen. Starr und unbeweglich lag dieses Symbol für die Vergänglichkeit allen irdischen Lebens auf der Tischplatte, und dennoch vermeinte Erki etwas verspüren zu können, das von dem Totenkopf ausging. Etwas Bedrohliches und Unheilvolles hing in der Luft.

Seufzend zog sich Erki an der Stuhllehne hoch und packte den Schädel weg. Wenn es die Absicht seiner Freunde gewesen sein sollte, ihm einen Schreck einzujagen, so war dieses Vorhaben gelungen. Für den Augenblick reichte ihm aber die Auseinandersetzung mit *einem* Toten. Eine Person, die gestern Abend noch gelebt und sich mit ihm unterhalten hatte.

Der Name Levon wollte dem Studenten nicht aus dem Kopf gehen. Er nahm »The Last Waltz« aus seinem Plattenschrank und besah das Cover der Aufnahme vom Abschiedskonzert der kanadisch-US-amerikanischen Gruppe »The Band« aus dem Jahr 1976. Das Gruppenmitglied Levon Helm war im Begleitheft der Dreifach-LP als Schlagzeuger und Sänger angeführt. Ein Musiker mit einem Vornamen, der so selten vorkam wie ein Totenkopf in einer Sporttasche. Intensiv betrachtete er die fünf Buchstaben. Von hinten gelesen hieß es »novel«. Welchen Roman hatte ihm dieser Levon im »Tschecherl« wohl erzählt? Hatte er eine Vorahnung besessen, dass dies die letzte Nacht seines Lebens sein würde?

Langsam schlurfte er zum Plattenspieler. Elvis wurde zurück nach Memphis verbannt, und The Band nahm den frei gewordenen Platz auf dem Plattenteller ein. Erki setzte die Nadel auf die letzte der sechs Plattenseiten, auf der sich der Bandklassiker »The Weight« befand. Zentnerschwer verspürte Erki die Last des eigenen schlechten Gewissens. Er sank zu Boden, legte sich auf den Rücken und lauschte dem Gesang Levon Helms: *»I pulled into Nazareth, was feelin' about half past dead – I just need some place where I can lay my head.«*

Was für ein beschissener Tag. Erki hob die Hände und betrachtete das Zittern seiner Fingerspitzen. Waren das Hände, die einen Menschen töten konnten? Mit einem schweren, stumpfen Gegenstand? Einfach so, im Kontrollverlust eines Vollrausches? Langsam glitten die Hände nach unten, und seine Finger krallten sich in den Gürtel des Bademantels. Schlafen! Er musste schlafen, damit das soeben in Erfahrung Gebrachte eine Chance hatte, sich als Alptraum zu entpuppen.

Sein entkräfteter Körper erfüllte ihm schon nach wenigen Augenblicken diesen Wunsch, und er fiel in einen kurzen, unruhigen Schlaf, durchzogen von wirren Träumen, in denen immer wieder Hände vorkamen. Zitternde Hände an Totenköpfen, unbeholfene Hände an Cola-Mixgetränken und langfingrige, stark behaarte Hände an Kaffeetassen und Gläsern mit Leitungswasser. Die Hände Levon Kaltenbrunners.

5

from: Caterina Delmedici
subject: missing person report
7:33 a.m.

Hallo Erik!

Ich bin's! Die kleine Brünette, die du in der Lagerhalle am Hafen kennengelernt hast! Die mit den blaugrünen Augen. Die, die zwei Wochen lang an deinem Krankenbett gesessen hat. Vor einem Jahr, kurz vor dem Sommer, als es dir so dreckig gegangen ist. Die, die dir Mut gemacht und deine Hand gehalten hat. Die Frau, die für dich da war. In der Zeit deines Spitalsaufenthalts und auch danach. Du weißt schon! Die Kleine, die deine Wohnung aufgeräumt und dafür gesorgt hat, dass dich deine Mutter auch mal für mehr als fünf Minuten allein lässt.

Dämmert es schon? Noch nicht? Okay, noch ein paar Hinweise: das winzige italienische Restaurant in der versteckten Seitengasse hinter dem Stephansdom. Das Musiklokal im Bermudadreieck. Du hast nur Wasser und Apfelsaft getrunken (und warst trotzdem witzig). Die Cocktailbar hinter dem Wien-Museum, die mit dem besten »Swimmingpool«. Die Taxifahrt mit dem todmüden Fahrer. Ich musste singen, damit der Kerl nicht einschläft und uns gegen eine Hauswand fährt. Zum Glück hatte ich einen X-Large-»Swimmingpool« intus. Da singt es sich leichter. Dann das quietschende Bett bei dir zu Hause. Das vorsintflutliche Stahlrohrbett deiner Großmutter! Wenigstens an das solltest du dich erinnern können. Du hast dir Sorgen gemacht, dass die alte Nachbarin aus der Nebenwohnung munter wird. Die mit dem Hörgerät. Dabei habe ich im Bett gar nicht mehr gesungen. Dafür habe ich dir am

Morgen danach ein Frühstück bereitet. Eine Kunst, bei deinem leeren Kühlschrank! Würde mich nicht wundern, wenn der jetzt wieder so ein trauriges Dasein fristet. Vielleicht bist du ja auch schon verhungert. Dann ist natürlich völlig klar, warum du mich heute nicht anrufen konntest. Im Moment will mir leider kein anderer Verhinderungsgrund einfallen.

Ich bin jedenfalls die Frau, die vergeblich auf den verabredeten Anruf gewartet hat. Jetzt ist eine Stunde vergangen, mein Frühstück habe ich allein beendet, und das Telefon ist stumm geblieben. Das heißt, nicht ganz. Andrew hat sich bei mir gemeldet. Er arbeitet im Betreuerteam. Daneben spielt er Basketball bei den Lions. Als Center! Aber du interessierst dich ja nicht für Ballsportarten. Wofür begeisterst du dich, Erik? Vor allem um die Wiener Mittagszeit? Es wäre schön, wenn du mir darüber berichten könntest!

Nachdem ich immer nur in deine Sprachbox gelange, werde ich mein Handy während der Arbeit ausnahmsweise eingeschaltet lassen, damit du mich erreichen kannst. Ich würde mich sehr freuen, deine Stimme heute doch noch zu hören.

Kisses from NYC
Caterina

6

»Wegen Krankheit geschlossen!« Erstaunt las Erki den handgeschriebenen Zettel an der Eingangstür des Café Tschecherl. Er stemmte sich ein zweites Mal gegen die breite Griffleiste vor dem Glas, auf dem in halbkreisförmigem Bogen der Name des Lokals angebracht war. Die Tür blieb verschlossen.

Was heißt hier Krankheit?, wunderte sich Erki. Gottfried Schopp, der Betreiber des »Tschecherl«, war noch nie krank gewesen. Zumindest nie so krank, dass er sein Café hatte schließen müssen. Herr Friedl, wie der Wirt von seinen Stammgästen liebevoll genannt wurde, war die Gesundheit in Person, sah man einmal vom Dauerhusten und der fahlen Gesichtsfarbe des Kettenrauchers ab. Das schlimme Wort »Lungenkrebs« kam Erki in den Sinn, während er versuchte, ins Innere seines Stammlokals zu spähen.

Die Straßenbahnlinien 9 und 52 hatten Erki in die Schwendergasse gebracht. Mit frischer Kleidung ausgestattet wollte er hier klären, von wem die alte Sporttasche stammte. Die kurze Nachmittagsruhe auf dem Boden seiner Wohnküche und zwei Aspirin schienen Wunder gewirkt zu haben. Er fühlte sich wieder so weit hergestellt, dass er sich getraut hatte, seine Wohnung zu verlassen. Jetzt stand er ratlos vor dem kleinen Beisl und schaute auf seine Armbanduhr.

Dort, wo um diese Tageszeit bereits rege Betriebsamkeit herrschen sollte, gab es nur gähnende Leere zu sehen. Die Barhocker standen, wie mit dem Lineal ausgerichtet, in perfekten Abständen zueinander vor dem Tresen, und die klapprigen Stühle ruhten mit ihren Beinen nach oben auf den kleinen dunkelbraunen Holztischen, die sich in der Nähe der Schank gruppierten. Wie an einem Montag! Diesen ersten Wochentag verbrachte Herr Friedl gewöhnlich damit, im Getränkegroßhandel einzukaufen, um die durch seine durstige Stammkundschaft geschmälerten Bestände des Warensortiments wieder aufzufüllen. Danach wurden kleine Reparaturen durchgeführt, der Boden aufgewaschen und die Gläser auf Hochglanz gebracht, bevor sich der Wirt bei einem kleinen Braunen aus dem Kaffeevollautomaten den Geschäftsbüchern widmete. Der typische Ruhetag eines Kleingewerbetreibenden.

Aber heute war Freitag, der umsatzstärkste Wochentag des Gastronomiebetriebs. Der Tag, an dem sich die Gäste lautstark auf das Wochenende einstimmten, ganz unabhängig davon, ob diesem eine Arbeitswoche vorangegangen war oder auch nicht. Nie würde Herr Friedl wegen einer Verkühlung oder Zahnschmerzen auf die Einnahmen aus dem Freitagsgeschäft verzichten. Nicht, solange sein Lebenstraum als handgefertigtes Modell zwischen den Schnapsflaschen am Hängeregal über der Bar stand. Eine Segelyacht. Ein modernes Langfahrtenboot in Stahlbauweise, mit Carbonsegeln, Teakholzdeck und einer Komplettausstattung für das Blauwassersegeln. Denn das langfristige Ziel des Gastronomen lag nicht in den Annehmlichkeiten der nahe gelegenen Seniorenresidenz Rudolfsheim, sondern vielmehr im beschaulichen Inselleben jenseits des Panamakanals.

Wenn es draußen in Strömen regnete und der Geschäftsgang schlecht war, konnte man Friedl Schopp mitunter dabei beobachten, wie er in auf seinen Schreibblock gekritzelten Zahlenkolonnen Berechnungen anstellte, wie lange er noch die Belastungen eines Gastwirts auf sich nehmen musste, bis er seinen Traum von der Yacht verwirklichen konnte. Seufzend legte er dann die Stirn in Falten, murmelte Unverständliches vor sich hin und wirkte dabei dennoch glücklich.

Es musste etwas Ernstes sein, das den Wirt dazu zwang, das »Tschecherl« an diesem Nachmittag geschlossen zu halten. Zögerlich klopfte Erki an die Glasscheibe der Eingangstür. Aus dem Inneren folgte keine Reaktion. Auch nach heftigerem Klopfen zeigte sich keine Regung zwischen den Tischen und Sesseln. Schließlich gab Erki auf. Er wandte sich enttäuscht ab, schulterte die dunkelblaue Sporttasche und trottete nachdenklich in Richtung Mariahilfer Straße davon.

Ein knackendes Geräusch am Schloss der Eingangstür ließ ihn stoppen. »Ich hab heut zu«, rief jemand hinter ihm. Gottfried Schopp hatte seinen Kopf aus der halb geöffneten Tür gestreckt.

»Ist heut nicht Freitag?«, gab Erki zurück.

Der Kopf nickte. »Ich hab trotzdem zu!«

Erki lief dem Gastronomen entgegen. »Ich muss dich was fragen, Friedl! Es ist wichtig.«

»Komm rein!« Gottfried Schopps dünn gewordenes Haar verschwand ins Innere des »Tschecherl«, und Erki eilte mit schnellen Sätzen zum Eingang, hinter dem ihn der Wirt in Jogginghose, Unterhemd und mit einer Zigarette zwischen den Lippen empfing. Sofort sprang ihm die Tätowierung an Schopps rechtem Oberarm in die Augen. Eine siebenflammige Granate. »Honneur et Fidélité«, stand darunter.

Erki erkannte das Zeichen der Fremdenlegion und wunderte sich. Schopp hatte nie etwas von militärischen Aktivitäten im Dienste Frankreichs erzählt.

»Was gibt es denn Wichtiges?«, wollte Herr Friedl wissen, während er hinter Erki die Tür abschloss. Er hatte Erkis interessierten Blick wahrgenommen und drehte seinem Besucher die nicht tätowierte Körperseite zu. »Komm mit nach hinten, wo man uns nicht sieht, sonst rennen mir die Kunden die Tür ein.«

»Wieso kannst du nicht offen lassen?«

Ohne zu antworten, ging Schopp voran und bedeutete Erki durch einen Wink, ihm zu folgen. Er zog ein Hemd von einem der Kleiderhaken und schlüpfte hinein, ohne die Zigarette aus seinem Mund zu nehmen.

Erki hatte schon unzählige Stunden im »Tschecherl« zugebracht. Hier kannte er jeden Sprung in den am Boden verlegten Fliesen und jeden Kratzer in den hölzernen Oberflächen der Tische. Doch noch nie war er in dem Bereich des Lokals gewesen, der nur dem Betreiber vorbehalten war. Erki folgte dem drahtigen Mittfünfziger hinter die Theke, wo sich der Durchgang zur kleinen Küche und zu einem angrenzenden Lagerraum befand.

»Mit der Küche bin ich schon fertig«, erklärte Schopp im Rahmen seiner kurzen Führung. »Hier noch nicht!« Er deutete auf die Tür zur Vorratskammer, und Erki warf einen Blick ins Innere des kleinen, fensterlosen Raums. Erschrocken wich er zurück.

»Wer hat dir denn das angetan?«

»Keine Ahnung! Die Küche hat genauso ausgesehen. Alles ist durcheinandergebracht worden!«

Erki schaute erneut in das Lager, in dem sich der Inhalt der Regale über den Fußboden verteilte. Zerbrochene Flaschen, Tiefkühlprodukte und Reinigungsmittel lagen zwischen aufgeplatzten Packungen, aus denen Mehl und Semmelbrösel hervorquollen.

»Schaut nach Arbeit aus! Drecksarbeit! Wann ist das denn passiert? Heute Nacht?«

Gottfried Schopp nickte. »Ich hab das Chaos am Vormittag vorgefunden. Nach einer kurzen Nacht. Am frühen Morgen war die Polizei in meiner Wohnung.«

»Bei dir auch? Ich bin vor zwei Stunden befragt worden. Aber ich kann mich an nichts mehr von gestern Abend erinnern.«

Der Wirt lachte heiser und verlor dabei beinahe die Zigarette aus seinem Mundwinkel. »Das wundert mich nicht, Erki! Du hattest einen Ordentlichen sitzen. So hab ich dich überhaupt noch nie erlebt. Wie bist du denn nach Hause gekommen?«

»Das weiß ich auch nicht mehr«, antwortete Erki betreten. Das Thema war ihm unangenehm. »Ich hab mir mit deinem Teufelszeug das Gedächtnis genommen. Mir fehlt der Großteil des gestrigen Abends. Bin ich wen ungut angestiegen? Muss ich mich bei jemandem entschuldigen?«

»Halb so schlimm, Erki. Ich bin besoffene Gäste gewohnt, das ist Teil meines Berufs. Da kann mich gar nichts mehr erschüttern.« Er zog eine Zigarettenschachtel aus der Brusttasche des Hemds, klopfte mit den Fingern an die Unterseite und entnahm ihr einen weiteren Tschick. »Du hast einen Haufen Schwachsinn verzapft, nicht viel anders als sonst. Aber ich glaube nicht, dass dir deswegen jemand böse ist. Bis auf den Fremden und mich waren gestern Abend ohnehin alle Besucher des ›Tschecherl‹ mehr oder weniger gezeichnet.«

»Du meinst das Mordopfer? Was wollte der Typ eigentlich hier?«

Herr Friedl zuckte mit den Schultern. »Hat anscheinend auf wen gewartet. Laut Polizei war für Mitternacht ein Termin in seinem Kalender eingetragen. Eine geschäftliche Verabredung, haben sie gesagt. Warum gerade hier bei mir, weiß man noch nicht. Vielleicht, weil ich mein Lokal besonders lang geöffnet halte. Sie sind gerade dabei, die letzten Stunden des Mannes zu rekonstruieren, und versuchen herauszufinden, wen er hier treffen wollte.«

Schopps Ausführungen wurden von einem Hustenanfall unterbrochen. Sein Körper rebellierte gegen die Unterbrechung der Nikotinzufuhr. Hastig zündete er die Zigarette an. »Das Warten war jedenfalls vergeblich. Außer ihm waren gestern nur Stammgäste da. Bis zur Sperrstunde ist er dort drüben gesessen und hat sich unauffällig und ruhig verhalten.« Schopp zeigte auf einen Platz an der Bar. »Er ist dann als letzter Gast gegangen. Weit ist er ja nicht gekommen.«

Erki betrachtete die Kunststoffoberfläche der L-förmigen Bar und versuchte sich an den Mann dahinter zu erinnern. »Ein komisches Gefühl. Ich muss eine der letzten Personen gewesen sein, die sich mit ihm unterhalten haben, und ich weiß nicht einmal mehr, wie er ausgesehen hat. Dabei bekommt man bestimmt nicht allzu oft die Gelegenheit, mit jemandem zu reden, der kurz darauf ermordet wird. Den letzten Worten von Menschen misst man ja eine besondere Bedeutung zu. Der Fremde hätte nicht mit mir plaudern sollen. Er hätte seine

Worte besser an wen gerichtet, der in der Lage war, sich das Gesagte auch zu merken!«

»Hat er auch«, lachte Friedl Schopp. »Nachdem ich dich mit viel gutem Zureden zum Verlassen des Lokals hab bewegen können, habe ich noch einen Kaffee mit dem Fremden getrunken und mit ihm über das Thema berufliche Selbstständigkeit philosophiert. Der Mann hatte ein Antiquitätengeschäft in der Burggasse.«

»Und was waren seine letzten Worte?«

»Was weiß ich. ›Scheiß-Finanzamt‹ womöglich.« Schopp lachte wieder laut auf, wurde aber durch einen erneuten Hustenanfall in seinem Heiterkeitsausbruch gestoppt. Nach zwei intensiven Zügen sprach er weiter. »Keine Ahnung, was der Trödler danach vorhatte, ich musste den Laden dichtmachen und mich um den Ernstl kümmern.«

»Hast du mitbekommen, was ich mit dem Fremden geredet habe? Die Polizei will das von mir wissen! Ich soll mich zu einer offiziellen Zeugenaussage im Landeskriminalamt einfinden.«

Gottfried Schopp kratzte sich im Brustbereich am Unterhemd. »Du hast ihn mit deiner Schallplattensammlung genervt. Unbezahlbare Raritäten, wertvolle Pressungen und so ein Quatsch. Da kennt er sich nicht wirklich aus, hat der Mann gemeint. Er wäre auf alte Möbel und Einrichtungsgegenstände spezialisiert.«

»Und sonst?«

»Was sonst? Hätte ich dein Gestammel etwa für die Nachwelt aufzeichnen sollen? Wenn ich mir alles genau anhören würde, was ihr hier den ganzen Tag lang verzapft, wäre ich schon längst im Irrenhaus.«

»Ich brauch die Informationen für die Vernehmung, Friedl. Die glauben mir nicht, dass ich gar nichts mehr weiß.«

Der Gastronom zog missmutig einen der Aschenbecher näher zu sich heran und seufzte. »Wie ich dir schon sagte: alte Schallplatten, wertvolle Möbel, historische Musikinstrumente. Etwa in dieser Reihenfolge. Du hast die Küchenkredenz deiner Großmutter erwähnt und eine schwarze Gitarre von irgendeinem Klepp oder Kleppton, der mit Vornamen auch Erik heißt, so wie du. Der Altwarenhändler hat über seine Wohnungsräumungen gesprochen und von einer uralten Geige erzählt, die er auf einem Dachboden gefunden hat und die sich dann doch als wertlos erwiesen hat. Die meiste Zeit hast du geredet. Der Fremde hat sich geduldig von dir zutexten lassen und selbst kaum etwas gesagt. Er hat nur immer wieder auf sein Mobiltelefon geblickt. Wahrscheinlich wäre er gerne von dir erlöst worden. Nachdem du mir das dritte Glas verschüttet hast, habe ich ihm den Gefallen getan und dich rausgeschmissen.« Er begann sich das Hemd zuzuknöpfen. »Reicht dir das für deine Einvernahme? Ich hab nämlich noch jede Menge zu tun. Der Glaserer müsste auch gleich kommen.«

»Glaserer? Wozu?«

»Die Einbrecher haben mir an der Rückseite das WC-Fenster eingeschlagen.«

»Fehlt etwas?«

»Hab ich nichts feststellen können. Das Wechselgeld war noch in der Kassa, und die Zigaretten wurden auch nicht angefasst. Vielleicht waren die auf Schnaps aus, ich hab die Flaschen noch nicht gezählt.«

»Jugendliche?«

»Jugendliche, Sandler, Junkies, was weiß ich! Jedenfalls Besucher mit einem schweren Hang zum Vandalismus. Du hättest die Küche sehen müssen!«

Vor dem »Tschecherl« war der Motorlärm eines Pritschenwagens zu hören, der halb auf dem Gehsteig einparkte. Der Wirt unterbrach das Gespräch und verließ die Küche. Er empfing zwei Männer in dunkelblauer Arbeitskleidung am Eingang und wies ihnen den Weg zur Toilette.

»Noch eine Frage, Herr Friedl«, rief ihm Erki hinterher. »Ich hab die Tasche da gestern irrtümlich mitgenommen. Weißt du, wem die gehört?«

Gottfried Schopp drehte sich kurz um und schaute auf die von Erki hochgehaltene Sporttasche. »Kenn ich nicht.« Er schüttelte den Kopf. »Hab ich noch nie gesehen. Wenn nichts drin ist, wird der hässliche Zeger auch keinem abgehen. Ich würd sie wegschmeißen.« Damit ließ er Erki stehen und wandte sich den an der WC-Tür wartenden Männern zu.

»Der Antiquitätenhändler«, rief ihm Erki nach, »hatte der keine Tasche mit?«

Doch Gottfried Schopp war bereits am Herrenklo verschwunden.

Erki setzte sich auf einen der Barhocker, nahm die Umhängetasche auf seinen Schoß und wartete. Durch die geöffnete WC-Tür drangen Wörter wie »Gesindel«, »Sicherheitsglas« und »Versicherungspolizze« an sein Ohr. Endlich verließ Schopp die mintgrün verflieste Herrentoilette, um den beiden Mitarbeitern eines Vierundzwanzig-Stunden-Glasbruch-Notdienstes zwei Krügerl zu zapfen. Er presste eine Biertulpe gegen den Gläserreiniger und hielt sie dann schräg unter den Zapfhahn. Langsam ergoss sich die goldgelbe Flüssigkeit in das Bierglas.

»Willst du auch eins?«

»Nein danke. Ich hab schon zwei Kopfwehpulver intus.«

Schopp nickte verständnisvoll. »Was wolltest du noch wissen?«

»Hatte der Fremde denn keine Tasche mit? Ich dachte, dass das schäbige Ding hier vielleicht ihm gehört haben könnte.«

»Der Mann war mit einem Koffer unterwegs«, sagte der Gastwirt, ohne seinen Blick vom Zapfgerät abzuwenden. Auf dem Bierglas bildete sich langsam eine formschöne Schaumkrone. »So einen kleinen, wie man ihn für Wochenendreisen und Städteflüge verwendet. Mit Haltegriff und Rollen. Wahrscheinlich ist er damit direkt vom Westbahnhof hierhermarschiert. Oder er wollte noch dorthin. Ich hab ihn nicht danach gefragt.«

»Dann wird die alte Tasche wem anderen gehören«, sinnierte Erki leise und beobachtete, wie Schopp das zweite Glas an den Zapfhahn führte. »Danke für die Auskunft, Friedl! Ich mach mich dann mal auf den Weg.«

Der »Tschecherl«-Wirt brummte Unverständliches und konzentrierte sich weiter auf seine Tätigkeit. »Morgen ist wieder geöffnet!«, hallte es hinter Erki her, als dieser das Lokal bereits verlassen hatte.

Die blaue Tasche fest an sich gedrückt, lief Erki über eine der Stiegen, die die Schwendergasse mit der parallel verlaufenden Mariahilfer Straße verbanden, um dort wieder den 52er zu besteigen. Der Straßenbahnzug war voll von Menschen, die sich dicht aneinandergedrängt in die inneren Bezirke Wiens transportieren ließen. Eingekeilt zwischen heimkehrenden Büroangestellten, Touristen und jugendlichem Partyvolk, legte Erki schützend seinen Arm um die Sporttasche, obwohl es nichts Schützenswertes darin zu finden gab. Er hatte den makabren Inhalt zu Hause gelassen.

Die Umhängetasche gehörte also niemandem aus dem »Tschecherl«. Er wusste nicht so recht, wie er diese Erkenntnis bewerten sollte. Eine Aussage wie »Ach, die ist vom langen Novak – lass sie nur da, ich sorge dafür, dass er sie zurückerhält« hätte er beruhigender empfunden. Damit wäre wenigstens eine der Fragen beantwortet worden, die Erki seit seinem Erwachen quälten. So verblieb das Rätsel um die Herkunft des Totenkopfs in einer Reihe weiterer unbeantworteter Mysterien, die sein hochprozentig beeinträchtigtes Erinnerungsvermögen hinterließ.

Am Westbahnhof wechselte Erki die Straßenbahnlinien. Neben einem Anzug und Krawatte tragenden Herrn mittleren Alters fand er einen freien Sitzplatz. Der Mann hielt ein Tablet in seinen Händen und betrachtete darauf die Beiträge eines Online-Nachrichtenportals, das sich redlich bemühte, die niedrige Qualität der zugehörigen Tageszeitung noch einmal zu unterschreiten.

Aus den Augenwinkeln konnte Erki die Schlagzeilen zu den zunehmenden Übergriffen auf Frauen aus islamischen Kulturkreisen lesen. Eine Gruppe selbst ernannter Beschützer des Abendlandes hatte vor Tagen damit begonnen, Kopftücher von den Köpfen strenggläubiger Musliminnen zu reißen. Die Aktionen hatten zahlreiche, zumeist jugendliche Nachahmungstäter gefunden und heftige politische Reaktionen hervorgerufen. Das Nachrichtenportal tat sein Möglichstes, um den Konflikt weiter aufzuschaukeln, und schrieb ohne Hemmungen Religionskriegsszenarien herbei.

Erki, der diese Art von Journalismus zum Kotzen fand, wollte seine Blicke bereits abwenden, als sein Sitznachbar die Seite wechselte. »Brutaler Mord in der Remise«, stand in großen Lettern als Überschrift auf der neuen Ansicht. Wie vom Blitz getroffen drehte sich Neubauer zur Seite und beugte sich über den kleinen Bildschirm. Sofort rückte der Mann im Anzug von ihm ab und drückte den flachen Rechner gegen seine Brust. Unter den vorwurfsvollen Blicken des Tabletbesitzers zog sich Erki mit einer entschuldigenden Geste in seine ursprüngliche Sitzposition zurück. Das Bildschirmgerät verschwand in einer Hülle und wurde in einer Aktentasche verstaut.

Erki hatte gerade genügend Zeit gefunden, um die fett gedruckten Wörter und die dem Artikel hinzugefügten Bilder für einen Augenblick betrachten zu können. Den meisten Raum hatte ein Archivfoto eingenommen, das die denkmalgeschützte Halle der Straßenbahn-Remise in der Schwendergasse zeigte. Unterhalb der reißerischen Schlagzeile hatten sich ein kurzer Begleittext und ein kleineres Bild den wenigen verbliebenen Platz geteilt.

Erki hatte auf ein Foto von Levon Kaltenbrunner gehofft. Vergebens. Dennoch hatte der sparsam gestaltete Onlinebericht gereicht, um ihn sofort hellwach werden zu lassen. Er presste seinen Rücken gegen die harte Holzlehne der Sitzbank, drückte die Sporttasche fest an sich und ballte seine Fäuste um den Trageriemen. Aufgeregt biss er sich auf die Unterlippe.

Müdigkeit und Abgeschlagenheit waren verflogen, und seine Gedanken drehten sich wieder in rasender Geschwindigkeit um die im Dunkeln liegenden Geschehnisse der gestrigen Nacht.

Auf dem kleinen Bild waren Uniformierte und Menschen in Einweg-Schutzanzügen zu sehen gewesen, die sich um einen Metallsarg drängten. Erkis Aufmerksamkeit hatte aber dem knallroten Fleck mit den weißen Punkten am linken Bildrand gegolten. Er hatte sogleich gewusst, worum es sich bei diesem überdimensionalen Fliegenpilz handelte. Es war der Trolley Levon Kaltenbrunners. Das auffällige Polka-Dot-Muster war urplötzlich aus den Bildern seiner wiederaufflammenden Erinnerung hervorgekrochen, mitsamt einer klaren Vorstellung, wo er den Koffer mit diesem Design zuletzt gesehen hatte. Er hatte auf einer Parkbank gelegen, die vor einer Einfriedung aus Pflastersteinen und einem niedrigen Eisengitter stand, in deren Mitte der Stamm einer Hopfenbuche emporwuchs.

Im »Tschecherl« konnte es schon mal vorkommen, dass einer der stets zu derben Scherzen aufgelegten Stammgäste einen Gummibaum oder einen lebensgroßen Kaktus mitbrachte und an der Bar behauptete, dass sein Kumpel etwas zu trinken benötigte. Bei einer mehrere Meter hohen Buche hörte der Spaß jedoch auf. Diese Bäume waren nur außerhalb des Cafés zu finden, und Erki wusste auch, wo. Bei der Umgestaltung des Platzes am Schwendermarkt waren vor einigen Jahren kleine, von Bänken umstellte Grünflächen angelegt worden, in deren Mitte die raschwüchsigen Laubbäume mit den hopfenartigen Fruchtständen gepflanzt worden waren.

Nachdenklich kratzte sich Erki an seiner Nase. Wenn man den Weg, der vom »Tschecherl« zu der Stelle am Marktplatz führte, an der er das Gepäckstück des Altwarenhändlers nach der Sperrstunde gesehen hatte, in gerader Linie fortsetzte, dann gelangte man an einen Ort, von dem er inständig hoffte, ihn letzte Nacht nicht besucht zu haben: die Straßenbahn-Remise Wien-Rudolfsheim.

Er versuchte, sich durch Konzentration auf das an den Fenstern vorbeiziehende Geschehen von seinen dunklen Gedanken abzulenken, doch sein Blick blieb an einem neben der Scheibe angebrachten Nothammer hängen. Ein »schwerer, stumpfer Gegenstand«. Kleine Schweißtropfen bildeten sich auf seiner Stirn, und die Farbe wich aus seinem Gesicht. Der Alptraum wollte ihn nicht loslassen. Immer fester krallten sich die Hände um den Tragegurt, bis die Befestigungsnaht an der Tasche mit einem schnalzenden Geräusch nachgab. Er hatte den Riemen ausgerissen.

Überrascht sah Erki zuerst auf sein Zerstörungswerk, dann zu seinem Sitznachbarn. Eine unverständliche Entschuldigung murmelnd sprang er hoch und lief zur anderen Seite des Wagens. Hier konnte er nicht sitzen bleiben. Der Mann hatte ihn angestarrt wie einen Mörder.

7

»Das hört sich doch gut an!« Friedemann Liebkind blickte vom Platz hinter dem Lenkrad seines S-Klasse-Mercedes kurz zur Seite, wo seine Sekretärin aufmerksam den vor dem Beifahrersitz angebrachten Bildschirm betrachtete.

»Fürchten Sie nicht, dass Sie mit dieser Formulierung ein wenig übertrieben haben?« Ehrentraud Heidegger stoppte die Aufzeichnung von Liebkinds letztem TV-Auftritt und betätigte den Bildrücklauf. Noch einmal erschien das formatfüllende joviale Lächeln des Opernexperten, mit dem er bemerkte, dass ihn die Bewegungen des Dirigenten an epileptische Anfälle erinnert hätten.

»Eine treffliche Bezeichnung!« Liebkind lachte laut auf.

»Ich weiß nicht so recht«, warf Heidegger zögernd ein. »Sie hätten auch von übertriebener Gestik oder verwirrender Körpersprache reden können.«

»Papperlapapp! Das Fernsehen braucht griffige Beschreibungen, die beim Publikum hängen bleiben. Mit zurückhaltenden und sorgfältig abgewogenen Ausdrücken bringt man heutzutage keinen Zuseher mehr hinter dem Ofen hervor. Zudem habe ich in der Sache vollkommen recht. Das Zusammenspiel der Musiker wird nicht besser, wenn man sich gebärdet, als ob man eben in den Stromkreis geraten wäre. Wussten Sie eigentlich, dass sich Jean-Baptiste Lully, ein Musiker am Hof von König Ludwig XIV., beim Herumhantieren mit seinem Taktstock so schwer am Fuß verletzt hat, dass er einige Monate später an Wundbrand verstarb?«

Heidegger enthielt sich einer Antwort und beendete ohne weitere Anmerkung die Wiedergabe am Bordfernsehgerät.

Liebkind streckte seinen Kopf in Richtung Windschutzscheibe und las die Angaben auf dem Überkopfwegweiser, unter dem sie eben hindurchrasten. Die Bedenken seiner Sekretärin ließen ihn kalt. Seine treffsicheren und pointierten Kommentare zu den Aufführungen der österreichischen Musiktheater gefielen dem Publikum. Und nur darauf kam es an. Er betrachtete es als seine missionarische Lebensaufgabe, die Meisterwerke vergangener Jahrhunderte nicht in Vergessenheit geraten zu lassen, und dabei war ihm jedes Mittel recht.

Schon während seiner Zeit als persönlicher Betreuer und Manager von Operngrößen hatte er Kolumnen für die auflagenstärkste Tageszeitung geschrieben und dabei immer wieder Anekdoten aus seinem Erfahrungsschatz im Umgang mit den Stars eingebaut. Insiderwissen, das ihm auch einen ersten Bucherfolg eingebracht hatte. »Hinter den Kulissen – Geschichten aus den Garderoben der Wiener Staatsoper« war überdurchschnittlich gut verkauft worden.

Aber erst das Fernsehen hatte ihn zum »Opernexperten der Nation« gemacht. In den achtziger Jahren hatte er die Macht dieses Mediums für sich entdeckt, und schon bald war er zum unverzichtbaren Bestandteil der Kultursendungen der staatlichen Fernsehsender geworden. Er selbst hatte sich dabei genauso zu einem Markenzeichen entwickelt wie seine in Rot und Gold gehaltenen Krawatten, die er in unzähligen Ausführungen und Varianten am Bildschirm zur Schau stellte. Die besondere Farbgebung brachte die Hauptfarben des Interieurs der Wiener Staatsoper in die Wohnzimmer seiner Zuseher, die trotz der zunehmenden Konkurrenz durch die Privatsender kaum weniger geworden waren.

Liebkind verlangsamte die Geschwindigkeit der goldfarbenen Limousine mit den bordeauxroten Ledersitzen und wechselte auf die Abbiegespur. Auf den letzten Schildern war »Ausfahrt Bozen-Nord« zu lesen gewesen. Nach sechs Stunden Fahrzeit hatten sie ihr Ziel beinahe erreicht.

»Es ist schön hier.« Ehrentraud Heidegger blickte auf die Bergketten, die den Talkessel mit der Südtiroler Landeshauptstadt auf drei Seiten umgaben.

»Bozen ist ein Sauloch«, entgegnete Liebkind abfällig. »So hat es Mozart zumindest bei seiner Italienreise im Jahr 1769 beschrieben. Wollen wir hoffen, dass sich die Stadt seither zum Positiven entwickelt hat. Das ›Parkhotel‹ soll ja recht komfortabel sein.«

»Ich habe uns Karten für das Konzerthaus organisiert. Heute Abend werden Beethovens Klavierkonzerte eins und fünf gegeben. Mit dem Bozener Haydn-Orchester.«

»Was täte ich nur ohne Sie, liebste Ehrentraud!« Der Musikkritiker hatte die Autobahn verlassen und fuhr auf der Via Innsbruck am Ufer der Eisack entlang.

Die Frau mit den feinen, schmalen Gesichtszügen kramte in ihrer Handtasche, ohne wirklich nach etwas zu suchen. Seit dem Auftauchen des Informanten in der Loge der Staatsoper zeigte sich ihr Chef von seiner charmantesten Seite. Er scherzte und lachte neben ihr, als ob er um sie werben würde. Sie fragte sich, was diese Stimmungsaufhellung bewirkt haben könnte. Sechs Stunden waren sie seit ihrer Abfahrt aus Wien nebeneinandergesessen, und Liebkind, der Flugreisen fast noch mehr hasste als seinen Konkurrenten Wengler, hatte über Gott und die Welt gesprochen, aber kein Wort über den wahren Zweck ihrer Reise verloren. Sie wusste nur, dass er einen Geschäftstermin bei einem Dr. Ausserhofer wahrnehmen wollte. Sie hatte nach dem Namen gegoogelt und war auf einen Frauenarzt dieses Namens gestoßen, der am Rande Bozens eine Kinderwunschklinik betrieb.

Hatte der Professor gar vor, in seinem fortgeschrittenen Alter noch eine Familie zu gründen? Liebkind war ohne Frau gewesen, als sie ihn in dieser denkwürdigen Regennacht vor der Oper kennengelernt hatte. Bis auf die selten stattfindenden körperlichen Zuwendungen, die sie selbst betrafen, war ihr seither kein Interesse ihres Arbeitgebers am anderen Geschlecht aufgefallen. Ein geschwätziger alter Burgschauspieler hatte in ihrer Anwesenheit einmal ein gut gehütetes Geheimnis ausgeplaudert, wonach Liebkind als Student unsterblich in eine Tänzerin des Staatsopernballetts verliebt gewesen sein sollte, die in jungen Jahren bei einem Unfall ums Leben gekommen war. Man erzählte sich, dass er diesen Verlust nicht verwunden und sich daraufhin zur Gänze in die Welt der Musik zurückgezogen habe. Sie hatte es nie gewagt, ihn danach zu fragen.

Jeder hatte seine Bürde zu tragen. Sie dachte wieder an den Brief in ihrer Tasche, der ohne Angaben von Adresse und Absender vor der Wohnungstür gelegen hatte. Ein einziger Satz stand auf dem Blatt Papier im Inneren des Kuverts: »Ich will mein Eigentum zurück.« Die unregelmäßigen Buchstaben der mit einer alten Schreibmaschine getippten Wörter hatten ihr Angst gemacht.

»Dr. Ausserhofer erwartet uns zwischen fünfzehn und sechzehn Uhr. Wir sind gut in der Zeit. Wollen Sie sich vorher im Hotel noch kurz frisch machen?«

»Nein danke. Die Pause in Salzburg war lang genug. Ich möchte nicht, dass wir abends zu spät zum Konzert kommen.«

Liebkind nickte ernst. Er setzte zu einer Erklärung an, verstummte aber gleich wieder und wetterte stattdessen gegen den Lenker eines vor ihm fahrenden Lieferantenfahrzeugs, das im Schneckentempo die Ausfahrt zur Ponte Roma nahm. Die Eisack schien wie eine Wetterscheide auf das Gemüt des Opernexperten zu wirken. Mit dem Übersetzen in den Stadtteil Gries-Quirein war seine Lockerheit urplötzlich verflogen und machte einer Anspannung Platz, von der Ehrentraud Heidegger genau wusste, dass jedes falsche Wort zur Explosion führen konnte. Sie drückte sich in ihren Sitz, umklammerte die goldbraune französische Handtasche und schwieg.

Der schwere Wagen rollte am Stadion des drittklassigen Fußballclubs FC Südtirol vorbei und gelangte über die Drusbrücke in die Altstadt, östlich der Talfer. Vor dem Stadttheater am Guiseppe-Verdi-Platz kündigten große Werbebanner eine Aufführung der »West Side Story« an. Normalerweise hätte Liebkind jetzt eine unterhaltsame Geschichte über Leonard Bernstein zum Besten gegeben, aber der sonst so wortgewaltige Musikkritiker zog es vor, die Einstellungen am Navigationssystem seines Wagens zu bemängeln und die von einer sonoren Frauenstimme gesprochenen Orientierungsangaben zu verfluchen. Dennoch brachte das Gerät sie zuverlässig in den Osten der Stadt, wo sich die Hügel von Sankt Magdalena erhoben.

Die Straßen wurden enger und führten an alten Höfen und Weingütern vorbei. An den Hängen links und rechts der steil ansteigenden Wege leuchtete das helle Grün der Austriebe an den Weinreben. Hier würden im Herbst die Vernatschtrauben reifen, aus denen der leichte regionaltypische Rotwein gewonnen wurde. Nach den ersten engen Kehren begann Liebkind seine Entscheidung zu bereuen, seinem Chauffeur freigegeben zu haben. Irgendwie gelang es ihm aber auch ohne Karl, den großen Wagen durch die Kurven zu lenken. Um kurz nach fünfzehn Uhr hatten sie das Anwesen des Frauenarztes schließlich erreicht.

Der ausladende Landsitz unterschied sich durch nichts von den anderen alten Gehöften des Weilers. Lediglich ein Messingschild am Pfeiler des offen stehenden Tores wies darauf hin, dass hier die Kinderwunschklinik von Dr. Benedikt Ausserhofer zu finden sei. Langsam bewegte Liebkind den Mercedes an Wirtschaftsgebäuden vorbei und steuerte die Parkplätze an, die sich unmittelbar vor dem Haupthaus befanden.

Der Professor und seine Sekretärin wurden von zwei Mitarbeiterinnen des Arztes empfangen, die einem Modejournal entsprungen zu sein schienen. Beide Frauen waren fernöstlicher Herkunft, sprachen aber akzentfrei Deutsch und trugen raffiniert geschnittene Sommerkleider, deren Farbgestaltung perfekt zu den in der Umgebung angebauten Weinsorten passte. Den Neuankömmlingen wurden Erfrischungen gereicht und der Aufenthalt in einem Wartesaal angeboten, der einer alten Südtiroler Bauernstube nachempfunden worden war.

Heidegger nahm auf einer bequemen Bank Platz, die neben einer bunt bemalten Truhe stand. Sie stellte ihre Tasche neben sich auf den mit Traubenornamenten bedruckten Stoff der Sitzfläche. Liebkind zog es vor, im Raum auf und ab zu gehen. Nur vereinzelt hielt er an, um die Gemälde an den Wänden zu betrachten. Er war sich nicht sicher, ob es sich bei den Darstellungen bäuerlicher Szenen um Originale von Albin Egger-Lienz handelte.

Es dauerte lange, bis Dr. Ausserhofer die Zeit fand, seine Besucher zu empfangen, und der gewichtige Opernexperte war von Minute zu Minute unruhiger geworden. Endlich erschien der Leiter der Klinik in einem blütenweißen Sommeranzug mit weinrotem Hals- und Stecktuch.

»Entschuldigen Sie die Verspätung, lieber Professor. Die Geschäfte! Sie verstehen!«

Der altersmäßig schwer einzuschätzende Mann bewegte sich mit sportlichen Schritten auf Liebkind zu. Er war deutlich kleiner als dieser, wirkte aber durch seinen drahtigen Körperbau und die sonnengebräunte Haut weitaus vitaler und kraftvoller als sein schwerfälliger Gast. Ehrentraud Heidegger waren sofort die leichten Sommerschuhe aus Segeltuch aufgefallen, die der Arzt ohne Socken trug. Er nickte ihr freundlich zu, ohne ihr jedoch die Hand zu reichen.

»Kommen Sie doch weiter. Ich möchte Sie keine Sekunde länger warten lassen!«

Liebkind und Heidegger folgten dem Mann in ein geräumiges Büro mit riesigem Panoramafenster, das einen imposanten Ausblick auf den dahinterliegenden Weinberg bot. Ganz im Gegensatz zum Rot und Braun der verzierten hölzernen Bauernkästen im Warteraum dominierten hier das Weiß bilderloser Wände und Einrichtungsgegenstände aus Kunststoff, Glas und Metall.

Auf Heidegger hatte der Mediziner zunächst wie ein an Land gespülter Besitzer einer Luxusyacht gewirkt. Die perfekt gestylte, gepflegte Erscheinung des sportlichen Mannes im sommerlichen Maßanzug passte nicht zu den in Erdtönen gehaltenen klobigen Figuren auf den Gemälden des bekannten Osttiroler Malers in der Bauernstube. Inmitten der kühlen Umgebung seines Büros fügte sich Ausserhofer weitaus besser ins Bild. Hier wurde einem wieder bewusst, dass man sich in einer Klinik befand. Einem Ort, an dem von Menschen in den Lauf der Natur eingegriffen wurde.

Ausserhofer setzte sich hinter einen großen Schreibtisch mit gläserner Platte und bot seinen Besuchern davor Platz an.

»Sie haben eine weite Fahrt auf sich genommen, um mich zu sprechen. Was kann ich denn für Sie tun?«

Liebkind räusperte sich. »Nun. Die Dienste, die von Ihrer Klinik angeboten werden, sind in gewisser Weise doch recht speziell, um nicht zu sagen einzigartig. Man sagt, Sie hätten eine besondere Gabe, neues Leben entstehen lassen zu können.«

»Eine besondere Gabe!« Ausserhofer lächelte. Er fuhr mit einer Hand über sein nachgefärbtes dunkles Haar. »Das erscheint mir doch ein wenig übertrieben zu sein. Wir bemühen uns hier lediglich, die neuesten wissenschaftlichen Erkenntnisse aus der Forschung anzuwenden. Fertilitätsprobleme stellen schließlich ein immer größer werdendes Problem für unsere Gesellschaft dar. Wir betrachten unsere Arbeit als kleinen, aber unverzichtbaren Beitrag, um diesen Planeten vor dem Aussterben der Spezies Mensch zu bewahren.«

»Nimmt denn die Weltbevölkerung nicht in rasantem Ausmaß zu?«

»Global gesehen mögen Sie recht haben, Professor Liebkind. Doch der Zuwachs betrifft ausschließlich die Länder der Dritten Welt. Dort, wo sich die Erde mit Nahrungsmittelknappheit, kriegerischen Auseinandersetzungen und Umweltkatastrophen gegen das überbordende Wachstum zur Wehr setzt. Aber nicht bei uns! In höher entwickelten Staaten sind die Geburtenzahlen rückläufig. Hier nicht gegenzusteuern würde den Untergang unserer Zivilisation und den Rückfall in die Steinzeitkulturen primitiver Völker bedeuten. Der

Ansturm gegen den Westen hat bereits begonnen. Als Mann der Wissenschaft kann ich das nicht zulassen.«

Liebkind streckte ein Bein von sich. Die muschelartige Sitzschale seines Designerstuhls aus Plastik bereitete ihm ebenso Unbehagen wie die Weltsicht des Mannes hinter dem Schreibtisch.

»Ich möchte Ihnen die zugrunde liegende Problematik an einem einfachen Beispiel erläutern«, fuhr der Mediziner fort. »Stellen Sie sich im Labor gehaltene Mäuse vor, die statt Wasser nur Cola zu trinken bekommen. Sechs Generationen! So lange braucht es bei den Versuchstieren, bis diese ihre Fortpflanzungsfähigkeit verloren haben.« Ausserhofer trommelte mit seinen manikürten Fingern auf die Glasplatte des Tisches, um seine Aussagen zu unterstreichen. »Die industrielle Nahrungsmittelerzeugung macht das Gleiche mit dem Menschen. Die Bevölkerung der höher entwickelten Nationen wird mit Zucker, künstlichen Geschmacksstoffen und Pestiziden großgezogen, und es wundert nicht, dass immer mehr junge Paare ohne Nachwuchs bleiben. Auch die Menschheit hat die sechste Generation erreicht!«

»Und wie gedenken Sie die Fruchtbarkeit wieder anzukurbeln?«

Liebkinds Frage zwang den Frauenarzt zu einem spöttischen Lächeln, das leichte Grübchen an seinen Wangen bildete. »Diesen Kampf, mein lieber Professor, hat die Menschheit bereits verloren! Es liegt an uns Ärzten, neue Wege für den Erhalt des Homo sapiens zu finden. Wege, die sich von der seit Tausenden von Jahren geübten Methode der Fortpflanzung unterscheiden.«

»Erzählen Sie uns doch mehr über diese Möglichkeiten«, bat Liebkind.

Das überhebliche Lächeln des Frauenarztes verschwand, hinterließ jedoch kleine Fältchen rund um seine braunen Augen. »Das Angebot unseres Institutes unterscheidet sich kaum von dem anderer Kinderwunschkliniken. Ich kann Ihnen Hormontherapien, Einnistungs-Curettage, Spermiogramme,

Präimplantationsdiagnostik und vieles andere mehr anbieten. Aber ich gehe nicht davon aus, dass Sie deswegen gekommen sind.« Ausserhofer legte die Fingerspitzen seiner Hände aneinander und blickte fragend über die riesige Tischplatte, auf der sich nicht einmal ein Kugelschreiber befand.

»Sie wissen, warum wir hier sind, Dr. Ausserhofer. Es ist Ihr Sonderprogramm, das uns ins schöne Südtirol geführt hat. Ihre reproduktive Arbeit, wenn ich das so bezeichnen darf.«

Benedikt Ausserhofer beugte sich zur Seite. Er öffnete eine Lade seines Schreibtisches, zog ein Blatt Papier hervor und legte es vor sich auf die Glasplatte.

»Sie stimmen sicherlich mit mir überein, dass für geschäftliche Beziehungen auf dieser Ebene ein beträchtliches Maß an gegenseitigem Vertrauen vonnöten ist!« Aus seinen kleinen Augen bohrte sich ein stechender Blick in das gerötete Gesicht Liebkinds.

Dieser bestätigte sein Einverständnis durch ein deutliches Nicken.

»Ich bin ein vorsichtiger Mann, Professor. Sie werden daher verstehen, dass ich meine Netzwerke bemüht habe, um im Vorfeld Erkundungen über Sie einzuholen.« Er nahm den Zettel vom Tisch und las: »Friedemann Sebastian Liebkind. Geboren am 21. Dezember 1949 in Wien-Währing, Ignaz-Semmelweis-Klinik. Mutter: Franziska Liebkind, Musikerin, ledig. Als Vater wurde Nikolaj Kowaljow angegeben, russischer Besatzungssoldat. Mit Auszeichnung maturiert am Realgymnasium Marianum in der Scheidlstraße. Studium der Musikwissenschaften und slawischen Sprachen an den Universitäten Wien und Heidelberg, daneben Tätigkeiten als Journalist für verschiedene Tageszeitungen. Heute freiberuflicher Kritiker, Feuilletonist und Kulturreporter. Wohnhaft in Wien, Innere Stadt, Sommerresidenz an der Alten Donau, alleinstehend.« Seine Blicke streiften kurz Ehrentraud Heidegger. »Sie haben einen langfristigen Vertrag beim Österreichischen Rundfunk und gestalten für das Fernsehen eigene Sendungen.« Ausserhofer sah von seinen Notizen auf.

Liebkind blickte selbstbewusst zum Mann in Weiß. »Die Angaben sind korrekt.«

»Ich war auch so frei, Ihre Vermögensverhältnisse zu durchleuchten«, fuhr Ausserhofer fort. »Meine Dienste sind nicht gerade billig. Zudem sollte Ihnen bewusst sein, dass sich das Verständnis der Öffentlichkeit für die Möglichkeiten der modernen Medizin in engen Grenzen hält. Seit Jahren wird die dringend erforderliche Anpassung der Gesetzeslage von ignoranten Kräften blockiert. Eine für die Wissenschaft höchst unerfreuliche Situation, die es notwendig macht, äußerste Diskretion walten zu lassen.«

Wieder traf ein messerscharfer Blick den Opernexperten. Das Lächeln hatte sich aus dem Gesicht Ausserhofers nun gänzlich verabschiedet.

Liebkind richtete sich in seinem Sessel auf und hob die Schultern. »Ich bin mir dieser delikaten Problematik durchaus bewusst, und Sie können auf meine Verschwiegenheit vertrauen. Den Gefahren einer allfälligen Strafverfolgung zum Trotz habe ich beschlossen, die mit Ihrer Arbeit verbundenen Risiken auf mich zu nehmen. Meine Lebenszeit ist beschränkt, und tief in meinem Innersten fühle ich, dass mir nur mehr wenig Zeit bleibt, um mich für eine Wiederkehr jenes göttlichen Geschöpfs einzusetzen, das der Welt so früh genommen wurde.«

»Nun gut. Dann wollen wir uns ein wenig über die Technologien unterhalten, die geeignet sind, Ihr Vorhaben zu verwirklichen.« Der Arzt erhob sich und trat neben den Schreibtisch. »Sie haben von reproduktiven Prozessen gesprochen. Diese sind in der Natur nichts Außergewöhnliches. Betrachten Sie doch einmal meinen Weinberg.«

Ausserhofer zeigte auf das eindrucksvolle Fenster.

»Um den Bestand innerhalb einer Kultur größtmöglich homogen zu halten, stammen alle Reben an diesen Weinstöcken von einer Mutterpflanze ab. Der Weinbau beruht auf einer Vermehrung mit Stecklingen. Im biologischen Sinne sind Rebsorten somit Klone. Auch der hier von mir angebaute Lagrein.

Eine Fortpflanzung durch Klonen finden Sie bei vielen Pflanzen, zum Beispiel auch bei Erdbeeren. Wir sprechen hier immer von genetisch identen Gewächsen, die aus gemeinsamen Vorläufern entstanden sind. Die Wissenschaft ist seit vielen Jahrzehnten bemüht, dieses Prinzip auch auf Säugetiere zu übertragen. 1996 haben britische Forscher erstmals ein Tier aus einer Spenderzelle erschaffen, das berühmte Klonschaf Dolly. Die Verfahrensweisen sind seither stetig verfeinert worden. In Belgien stehen heute geklonte Rennpferde, in Südkorea lassen sich genetische Zwillinge verstorbener Haustiere erwerben, und in der chinesischen Hafenstadt Tianjin wurde für dreißig Millionen Euro eine Fabrik mit Gendatenbank aus dem Boden gestampft, die bis zum Jahr 2020 eine Million Kühe produzieren wird, um den rasant gestiegenen Fleischbedarf der Bevölkerung zu decken. Technologisch ist das alles kein Problem mehr. Nur der Mensch hat sich lange Zeit als äußerst schwierig zu reproduzierendes Wesen erwiesen.«

»Ist der Mensch, biologisch betrachtet, denn nicht auch ein Säugetier?«

Ausserhofer nickte. »Es ist der hohe Grad der Differenzierung unserer Zellen, der es zunächst unmöglich erscheinen ließ, aus einer genetischen Information einen vollständigen menschlichen Organismus herzustellen. Der Durchbruch ist erst vor wenigen Jahren gelungen.«

»In China?« Liebkind sah halb auf Dr. Ausserhofer, halb auf die attraktive Assistentin des Arztes, die soeben den Raum betreten hatte und zwei Gläser mit Wasser vor ihm und seiner Sekretärin auf den Tisch stellte.

Der Leiter der Klinik setzte wieder sein vorgefertigtes Lächeln auf. Er wechselte ein paar Wörter auf Mandarin mit der jungen Frau im weinroten Kleid, worauf sich diese leicht verbeugte und mit eleganten Schritten den Raum verließ.

»Ich vermute, dass auch Sie Ihre Erkundigungen eingezogen haben. Das ist natürlich Ihr gutes Recht.« Ausserhofer hatte wieder auf seinem Bürodrehstuhl hinter dem Schreibtisch Platz genommen. »Neun Jahre habe ich im Reich der

Mitte zugebracht und dabei an verschiedenen Projekten mitgewirkt. Es ist ein Land, das der Forschung sehr offen gegenübersteht. Es entspricht aber auch der Mentalität der Chinesen, wissenschaftliche Ergebnisse nicht sofort an die große Glocke zu hängen. Die entscheidenden Schritte werden somit einem Team um Dr. Shoukhrat Mitalipov in den Vereinigten Staaten zugeschrieben. Zumindest ist das die offizielle Variante.«

Benedikt Ausserhofer setzte seine Ellbogen auf die Tischplatte und faltete die Hände. »Der aus Kasachstan stammende Arzt hat 2013 in Portland, Oregon, Kerne von Hautzellen in Spender-Eizellen verpflanzt, daraus Embryonen gewonnen und erstmals kultivierbare Stammzellen geschaffen. Die vom eigenen Zellkern befreite Eizelle und der eingesetzte Zellkern wurden mit Hilfe eines Virusmoleküls möglichst sanft miteinander verschmolzen, dann durch einen Stromstoß aktiviert und mit dem bakteriellen Stoff Trichostatin behandelt, der dazu dient, die Zelle in einen embryonalen Urzustand zurückzuversetzen. Die größte Schwierigkeit lag in der Synchronisation der Eizelle mit dem neuen Zellkern. Was denken Sie, mit welchem Stoff Mitalipov dieses Problem in den Griff bekommen hat?«

Liebkind war kurz versucht, »Rotwein« zu sagen, beließ es aber bei einem Achselzucken.

Der Frauenarzt nahm ihm die Antwort ab. »Mit Koffein! Diese psychotrope Substanz hemmt bestimmte Eiweiße in der Zelle und hält diese dadurch lange genug ruhig, damit sie gleichzeitig mit dem neuen Zellkern aktiv wird. In Kulturschalen mit Nährflüssigkeit entwickelt sich durch mehrfache Zellteilung dann ein Embryo. Aufgeschlossene Länder wie Großbritannien oder die Niederlande erlauben ein Heranreifen dieses Embryos bis zum Blastozystenstadium. Zielsetzung ist hier das therapeutische Klonen, also die Entnahme und Kultivierung embryonaler Stammzellen, aus denen sich gesunde Zellen entwickeln, die in kranke Organe eingesetzt werden können, ohne vom Körper abgestoßen zu werden.

Wenn man sich jedoch für den nächsten Schritt entschließt und den Embryo in eine Gebärmutter verpflanzt, dann begibt man sich auch in diesen Ländern auf rechtlich dünnes Eis.« Ausserhofer machte eine Pause und ließ seine Worte wirken.

Von dem großen Mann im weißen Plastiksessel war ein leichtes Schnaufen zu vernehmen. »Wie ist denn die Gesetzeslage hier, in Italien?«

Ausserhofer stieß ein verächtliches Lachen aus. »Wir befinden uns im Mutterland der katholischen Kirche. Wissenschaft und religiöser Glaube stehen hierzulande in großem Widerspruch zueinander. Die Strafen sind demzufolge drakonisch. 2010 ist ein Gesetz verabschiedet worden, das ein Strafmaß von zehn bis zwanzig Jahren Gefängnis für das Klonen menschlicher Embryonen vorsieht. Von Bußzahlungen in Millionenhöhe und Berufsverbot ganz zu schweigen. Wohl eine politische Reaktion auf die medial für Aufsehen sorgenden Arbeiten meines Kollegen Severino Antinori, der schon Anfang der neunziger Jahre einer über sechzigjährigen Frau zu einem Kind verholfen hat.«

»Das sind recht unerfreuliche Aussichten.« Liebkind kratzte sich nachdenklich an seinem fleischigen Kinn.

»Die Zeit wird kommen, Professor, in der die Welt ihre Religionen und Mythen zu Grabe tragen wird. Glauben Sie mir. Diese Zukunft ist nicht mehr allzu fern. Doch noch gilt es, große Vorsicht walten zu lassen.«

»Gibt es denn keine Möglichkeit, das Risiko einer Strafverfolgung zu umgehen?«

»Gewiss! Wenn es die nicht gäbe, würde ich nicht hier sitzen und mit Ihnen sprechen. Die Lösung liegt in der weltweit uneinheitlichen Rechtsprechung. Im Streit um den grundrechtlichen und bioethischen Status eines Embryos in vitro ist es der UNO bislang nicht gelungen, eine Resolution gegen das Klonen zu erlassen. Es gibt noch immer Nationen, in denen kaum ein gesetzlicher Rahmen vorhanden ist. Sollten Sie nach der Nennung meines Preises noch Interesse an der Entstehung eines zeitversetzt lebenden eineiigen Zwillings zeigen, wird die Durchführung daher nicht in dieser Klinik, sondern außerhalb Europas stattfinden.«

Liebkind warf theatralisch einen Arm in die Luft. »Es ist mir gleich, wo Sie Ihre Laborarbeit betreiben. Entscheidend ist lediglich das Ergebnis. Wie hoch sind denn die Erfolgsaussichten bei dem von Ihnen beschriebenen Verfahren?«

»Eine hundertprozentige Garantie werden Sie von mir nicht erhalten, verehrter Professor. Doch ich kann Ihnen versichern, dass sich gerade in den letzten Jahren ein technologischer Quantensprung ereignet hat. Selbst der von Dr. Mitalipov gesetzte Meilenstein ist durch laufende Verbesserung der Methoden längst schon überholt. Was vor noch nicht allzu langer Zeit zu fünfundneunzig Prozent misslang, verhält sich heute umgekehrt. Wir können von einem Routineverfahren sprechen. Ein gewisses Restrisiko für das Entstehen von Anomalien und vorzeitige Geburten bleibt dennoch. Aber das gilt ja auch für Kinder, die auf herkömmlichem Weg entstehen.«

Liebkind sah auf die Finger seiner Sekretärin, die sich in das vinylgetränkte Baumwollgewebe ihrer Tasche krallten. Heidegger hatte seit dem Betreten der Klinik kein einziges Wort gesprochen. Sie starrte wie hypnotisiert auf das goldene Emblem an der Brusttasche des weißen Anzugjacketts von Dr. Ausserhofer, das aus einer eigenartigen Symbiose von Davidstern und Hakenkreuz bestand.

Leicht verunsichert wandte sich der Professor wieder an den Frauenarzt. »Wie ist es zu erklären, dass dieser enorme Fortschritt vor den Augen der Weltöffentlichkeit verborgen geblieben ist?«

»Das liegt zum einen an den schwierigen gesetzlichen Rahmenbedingungen, zu einem guten Teil aber auch an der langen Entwicklungsdauer für ein funktionierendes Verfahren. Die Nachricht von der Existenz des Klonschafs Dolly hat im Februar 1997 einen weltweiten Schock ausgelöst. Die Menschen haben alle zuvor erdachten Zukunftsvisionen mit einem Mal eingetreten gesehen. Mangels konkreter Ergebnisse hat sich aber bald die Erkenntnis durchgesetzt, dass diese Vorstellungen von der Realität noch weit entfernt sind, und die Debatte ist schließlich wieder eingeschlafen. Doch die Forschung schläft nie. Genau in solchen Phasen öffentlichen Desinteresses finden oft jene Umbrüche erst statt, deren mögliches Eintreten Jahre zuvor schon diskutiert wurde.«

Ausserhofer presste wieder die Fingerkuppen seiner beiden Hände aneinander. »Bald ist es so weit. Wir stehen kurz davor, ins Zeitalter der Wissenschaft einzutreten. Religionen werden ihre Bedeutung verlieren und damit auch das Bedürfnis, sich wegen überkommener Weltanschauungen gegenseitig umzubringen. Die Menschen werden erkennen, dass es keinen Gott gibt, keinen Himmel, keine Hölle und auch keine Seele, die zu diesen Orten emporsteigt. Wir werden das Paradies nicht mehr im Leben nach dem Tode suchen, sondern hier auf Erden.«

Der Arzt drehte sich auf seinem Sessel halb zur Panoramascheibe und sprach mehr zu seinem Weinberg als zu seinen Besuchern. »Es ist an der Zeit, den finsteren Epochen der Verblendung zu entfliehen und endlich damit zu beginnen, den Möglichkeiten der uns gegebenen Technologien zu vertrauen. Erst dann werden wir bereit sein für eine Wiederkehr jener höher entwickelten Wesen, die vor vielen tausend Jahren den Grundstein zu unserer Existenz gelegt haben. Bereit, ihr Wissen zu übernehmen und der Menschheit ewiges Leben in Harmonie und Frieden zu verschaffen.«

Schwungvoll sprang Ausserhofer auf und stützte sich gegen die gläserne Tischplatte. Seine Stimme zitterte vor Erregung. »Der erste Schritt dazu ist bereits getan. Es sind vielleicht noch nicht so viele, wie Weinstöcke auf dem Hügel hinter mir zu sehen sind, aber die ersten geklonten Menschen leben längst schon unter uns.«

8

Nachdenklich war Erki nach Hause geschlendert und hatte sich in das WC seiner kleinen Wohnung zurückgezogen. Dort saß er auf der Klobrille und betrachtete die Schattierungen in den Fliesen links und rechts der Tür. Mit etwas Phantasie ließen sich in den dunkelgrauen Farbeinschlüssen der glasierten Oberfläche Figuren und Gesichter erkennen. Abhängig von Lichteinfall und Betrachtungswinkel gab es hier immer wieder neue Gestalten zu entdecken. Oft konnte er diese nur ganz flüchtig wahrnehmen, ehe sie sofort wieder verschwanden. Dann kniff Erki die Augen zu schmalen Schlitzen zusammen, fixierte hoch konzentriert die eben betrachtete Stelle und hoffte so, das kurz zuvor erhaschte Bild wieder einfangen zu können.

Der Weg von dieser Übung zu einer glorreichen Idee war oft recht kurz. So mancher Geistesblitz hatte Erki hier schon ereilt, und auch die meisten seiner kreativen Streiche zur Erheiterung von Freunden und Zechkumpanen waren genau an diesem Örtchen ausgeheckt worden. Leider auch die Schnapsidee, dem aus einem Zugfenster gestreckten Kopf eines Bahnreisenden bei der Abfahrt vom Westbahnhof eine Ohrfeige zu verpassen – eine Aktion, mit der Erki sich im vergangenen Jahr große Schwierigkeiten eingehandelt hatte.

Jetzt galt es aber keinen Streich zu planen, sondern dahinterzukommen, wie er in den Besitz des Totenkopfs gelangt war. Doch sosehr er sich auch abmühte und angestrengt nachdachte, die Fliesen verweigerten ihm jeden Hinweis auf die Herkunft des verblichenen Gastes, den er in der Tasche zu sich nach Hause gebracht hatte. Es half nichts. Er musste Kontakt mit der Antiquitätenhandlung aufnehmen, um mit Sicherheit ausschließen zu können, dass es sich bei dem Schädel um eine Leihgabe des Ermordeten handelte.

Erki verließ den Ort der inneren Einkehr und durchsuchte

das Internet nach Eintragungen zu einem Handelsunternehmen mit dem Namen Kaltenbrunner. Jeder zweite Arzt in Wien schien diesen Namen zu tragen, doch keiner davon beschäftigte sich mit leblosen Objekten vergangener Jahrhunderte. Das Antiquitätengeschäft von Levon Kaltenbrunner musste ein Dasein ohne Internetpräsenz fristen. »Zum Sterben verurteilt«, murmelte Erki, als er seine Jacke vom Haken an der Garderobe fischte. Sie stank nach einer Mischung aus Aschenbecherinhalt und abgestandenem Schnaps. Angewidert hängte Erki sie zurück und verließ seine Wohnung in T-Shirt und Hemd.

Gleich hinter dem Eingangstor zum Wohnhaus des Studenten lehnte Erkis Hauptverkehrsmittel am bröckelnden Verputz. Das alte italienische Rennrad hatte schon bessere Zeiten gesehen, aber es war noch so weit verkehrstüchtig, dass es seinen Besitzer sicher durch die Stadt transportieren konnte. Meist sogar direkter und schneller, als das mit einem Auto möglich gewesen wäre. Erki schob das hellblaue »Colnago Super« auf den Gehsteig vor dem Gebäude, versperrte das Haustor und schwang sich in den Sattel. Der handverlötete Leichtbaurahmen des Zweirads war nur wenig schwerer als eine der modernen, unbezahlbaren Carbonkonstruktionen, und schon nach wenigen Minuten hatte er die städtische Hauptbibliothek am Urban-Loritz-Platz erreicht. Von dort war es nur mehr ein kurzes Wegstück bis zur Burggasse, die ihren Namen der Ausrichtung auf die ehemalig kaiserliche Hofburg verdankte.

Zwischen den vielen kleinen Geschäftslokalen, die die belebte Straße zu beiden Seiten säumten, befanden sich Studentencafés, deren Einrichtungen einer Altmöbelausstellung recht nahe kamen. Einen wirklichen Laden für Antiquitäten konnte Erki jedoch nicht entdecken.

Langsam rollte er vom Lerchenfelder Gürtel bis zum Volkstheater hinab und dann über den Gehsteig wieder retour. An einem winzigen russischen Spezialitätengeschäft machte er halt und erkundigte sich nach armenischen Händlern im Bezirk. Doch die Verkaufsangestellte erwies sich als genauso stumm wie die bunt bemalten Matrjoschka-Puppen, die in schmutzigen Schaufenstern zwischen Wodkaflaschen und wenig vertrauenerweckenden Lebensmittelverpackungen verstaubten. Auch sein gesamter, aus *sa sdorowje* und *ja ljublju tebja* bestehender Russischwortschatz half Erki nicht weiter. Unverrichteter Dinge bestieg er wieder sein Rennrad. Einer Notbremsung hatte er es schließlich zu verdanken, dass er das Geschäft des unfreiwillig aus dem Leben geschiedenen Gewerbetreibenden dann doch noch fand.

Beim Überqueren der Neubaugasse war er beinahe auf der Motorhaube eines Taxis gelandet. Nur um wenige Zentimeter verfehlte der Wagen sein Vorderrad. Unbeeindruckt von dem Fast-Zusammenstoß setzte der Taxifahrer seine Fahrt fort, ohne den tobenden Studenten hinter sich eines Blickes in den Rückspiegel zu würdigen. Teils aus dem Bewusstsein heraus, soeben beinahe überfahren worden zu sein, teils aus Ärger über die zu scheitern drohende Suchaktion setzte Erki zu einem Schwall an Beschimpfungen an, um sich ein wenig Luft zu verschaffen. Irgendwo zwischen »Sautrottel« und »Schwindlicher« entdeckte er dann das Altwarengeschäft von Levon Kaltenbrunner, gerade noch rechtzeitig, bevor seine öffentliche Brandrede wider das Taxigewerbe ins Ordinäre abzugleiten drohte.

An der Häuserfront entlang der die Burggasse kreuzenden Neubaugasse ragte oberhalb schmaler Auslagen ein hölzerner Vorbau über das Trottoir. »Eriwan Altwaren«, stand darauf zu lesen. Die großen roten, in orientalischem Schriftbild gestalteten Buchstaben kamen Erki bekannt vor. Er musste diesen Namenszug schon einmal gesehen haben. Vage und verschwommen tauchte die Erinnerung an eine Visitenkarte auf, und Erki griff hastig nach seiner Brieftasche. Zwischen Führerschein und Studentenausweis fand er tatsächlich eine Geschäftskarte Kaltenbrunners, die eine verkleinerte Abbildung des Firmenschilds zierte.

Als er die Angaben auf dem kleinen Stück Karton in seinen Händen studierte, fiel ihm plötzlich das Gesicht des Mannes wieder ein, der ihm dieses Kärtchen überreicht hatte. Unrasierte, hohle Wangen, dichte Augenbrauen über einer markanten Nase und dunkles dichtes Haar. Ganz deutlich hatte Erki jetzt das fahle Gesicht des Altwarenhändlers vor sich. Zu viel Kaffee, zu viele Zigaretten, zu viele Sorgen. Levon Kaltenbrunner hatte schon vor seinem Tod nicht gerade wie das blühende Leben ausgesehen.

Erki steckte die Karte wieder weg und fuhr näher an das Geschäft heran. Zwischen den Auslagen beschrieben zwei handbemalte Holztafeln das Tätigkeitsfeld des Ladeninhabers: »Altwaren, Raritäten & Kleinkunst« sowie »Ankauf von Verlassenschaften«. Darunter hatte der Besitzer eine Telefonnummer mit der Vorwahl eines selten genutzten Mobilfunkbetreibers angeführt.

Hinter den Schaufensterscheiben türmten sich Unmengen an Hausrat vergangener Epochen. Es musste einem Drahtseilakt gleichen, ein Porzellanfigürchen oder ein Kaffeeservice mit Goldrand aus diesem Bereich zu bergen, ohne ein Scherbenmeer zu hinterlassen. Die voll bestückten, übereinandergeschlichteten Tischchen und Anrichten schienen für die Ewigkeit drapiert worden zu sein. Kein Quadratzentimeter Abstellfläche war hier ungenutzt geblieben. Silbergeschirr reihte sich an Gläser und Vasen aus Kristall, Bilderrahmen und Messingleuchten. Dazwischen fanden sich Blechspielzeug, Küchenwaagen, Emailleschilder und geschnitzte Holzfiguren. Es musste viele Jahre gebraucht haben, den ganzen Krempel zusammenzutragen.

Erki löste sich vom Anblick der Altwarenberge und lehnte seinen Drahtesel gegen einen der eisernen Poller, die aus dem Gehsteig ragten. Dann verband er beides mit einem kunstvoll angefertigten Gebilde aus Stahlketten und Absperrschlössern.

Fahrraddiebstahl hatte sich seit der Ostöffnung zu einer Art Kavaliersdelikt in der Metropole an der Donau entwickelt, und die Zahl der gestohlenen Zweiräder war derart sprunghaft angestiegen, dass das Innenministerium dazu übergegangen war, Diebstahlserien zu einzelnen Delikten zusammenzufassen, um die jährliche Statistik weniger besorgniserregend erscheinen zu lassen. Wer ein müdes Lächeln ernten wollte, durfte den Verlust seines Drahtesels getrost zur Anzeige bringen. Die Chancen auf ein Ergreifen des Täters und das Wiedererlangen seines Gefährts lagen jedoch im statistischen Bereich eines hohen Lottogewinns.

Erkis Rennrad stammte aus einer Zeit, als sich die Elite des Radsports noch ohne ärztliche Begleitung mit französischem oder italienischem Rotwein dopte. Dennoch war es ratsam, nicht ausschließlich auf die abschreckende Wirkung von Alter und Hässlichkeit zu setzen. Dass diese Strategie nur bedingt dazu geeignet war, potenzielle Interessenten von vornherein auszuschließen, konnte jeder Hochzeitsfotograf bezeugen.

Beim Öffnen der Eingangstür erklang das leise Klirren von metallenen Glöckchen. Erki hatte Glück gehabt. Am Freitag schloss das Geschäft später. Er schickte ein lautes »Guten Tag« voraus und betrat über eine Stufe den Verkaufsraum. Keine zwei Schritte weiter versperrte ihm eine mit Keramik bestückte Vitrine den Weg. An den Glasschrank reihten sich weitere Kästen, Tische und Kleinmöbel, die allesamt mit Ware derart überladen waren, dass es eine Zeit lang dauerte, bis Erki den schmalen Pfad entdeckte, der zwischen Bücherstapeln und auf Stangen aufgehängter Kleidung ins Innere des Geschäftslokals führte. Er folgte dem verschlungenen Weg und bewegte sich vorsichtig an achtlos aufgeschichteten Lampenschirmen, von der Decke hängenden Landschaftsgemälden und Bergen von Backformen und anderen Kochutensilien vorbei. Wer auch immer hinter dem undurchschaubaren Ordnungssystem steckte, er war bestimmt der Einzige, der hier etwas finden konnte. Gegen das Chaos, das sich Erki bot, wirkte seine eigene Wohnung wie das Ausstellungsobjekt eines Möbelhauses.

Vor einem mit Comics vollgestopften Regal hielt Erki an und überflog die teils arg in Mitleidenschaft gezogenen Hefte. Ein zerfleddertes »Schindelschwinger«-Exemplar aus dem Jahr 1976 fiel in seine Hände. Engel und Teufel stritten sich darum, einen bunten Haufen anarchistischer »Proben«

wiedereinzufangen. Schmunzelnd blätterte Erki in dem vor Phantasie sprühenden Werk und bemerkte den Schatten, der ihm gefolgt war, erst, als sich dieser dicht hinter ihm befand.

»Kann ich Ihnen behilflich sein?«

Erki zuckte zusammen und fuhr herum. Vor ihm stand ein Mann mit Stirnglatze und langen schwarzen Haaren. Eine runde, randlose Brille hätte dem Angestellten das Aussehen eines Althippies verliehen, wäre da nicht der teure dunkelrote Kaschmirpullover gewesen, dessen eingesticktes Designer-Logo weder zur Frisur des Mannes noch zu dessen Arbeitsstätte passen wollte.

»Sind Sie aus Eriwan?«, war das Erste, das Erki in den Sinn kam.

Der Mann lächelte und faltete seine Hände. »Nicht ganz! Ich stamme aus Bergkarabach. Wir sind …«, er zögerte und musterte seinen Kunden über den Rand der John-Lennon-Brille hinweg, »wir sind eine eigenständige Republik.«

Erki nickte. »Kenn ich. Zwischen Armenien und Aserbaidschan.«

»Sie waren schon dort?« Der Designer-Althippie hob interessiert den Kopf. Seine Beine steckten in einer schäbigen, weit geschnittenen Dreiviertelhose, mit der er nicht einmal als Pirat auf einem Seeräuberschiff eine gute Figur gemacht hätte.

»Nein. Mit meinen Finanzreserven komme ich maximal bis an den Neusiedler See. Ich habe darüber gelesen. Im Internet. Keine besonders friedliche Gegend.«

Der Mann lächelte wieder auf die bescheidene, aber wissende Art, die Erki von Menschen mit vornehmlich persischer Herkunft kannte. »Ach, bis auf die unmittelbaren Grenzregionen ist es ruhig geworden. Sie müssten sich die Hauptstadt Stepanakert einmal ansehen. Hier wird laufend modernisiert, und auch der Flughafen erstrahlt in neuem Glanz. Schade nur, dass er wegen der Bedrohung durch den Nachbarstaat nicht angeflogen werden kann. Ein Flughafen ohne Flugzeuge! Eine richtige Besonderheit!« Laut lachend präsentierte er Erki sein unvollständiges Gebiss. »Ich selbst stamme aus Hadrut, im

Süden. Ich hätte Bücher über das armenische Volk und die Kaukasusregion hier, falls Sie das näher interessiert.«

Erki winkte ab. »Danke. Ich wollte mich nur ein wenig umsehen. Haben Sie vielleicht Schallplatten?«

»Schallplatten?«

»Ja, diese in bunten Hüllen verpackten schwarzen Scheiben mit Musik drauf. Ich sammle das Zeug.«

»Ich weiß, wovon sie sprechen«, meinte der Verkäufer lächelnd, ohne in irgendeiner Weise eingeschnappt zu wirken. »Musik hat eine lange Tradition in meinem Kulturkreis. Es ist unsere Stimme gegen das Vergessen von jahrhundertelanger Unterdrückung und Völkermord. Unsere Sharakan-Hymnen gehen bis ins 5. Jahrhundert zurück. Damit gilt meine Heimat als Mutterland der ältesten europäischen Musik. Kennen Sie Aram Khatschaturjan oder Awet Terterjan?«

»Ich bin mehr an den Hymnen der Rockmusik interessiert«, entgegnete Erki.

Der Verkäufer nickte verständnisvoll. »Ich weiß nicht, ob ich Ihnen mit Rockmusik dienen kann. Aber wir sollten hier tatsächlich irgendwo Schallplatten gelagert haben. Sie dürfen diese gern durchsehen.«

So schnell, wie er erschienen war, tauchte er im Dickicht des Altwarendschungels unter, um wenig später mit einer Bananenkiste wiederzukehren, in der sich Langspielplatten befanden. Vor dem Wellpappekarton hockend, sah Erki, dass die Füße des Mannes in bunt gemusterten Stutzen und braunen Bäckersandalen steckten. Wenn der Kleidungsstil des Verkäufers die Nationaltracht von Bergkarabach darstellte, wunderte es ihn nicht, dass die Menschen dort aufeinander schossen.

Erki benötigte nicht allzu lange, um festzustellen, dass der Inhalt der Schachtel zur Gänze aus musikalischem Schrott bestand, und wandte sich an den Mann im Pullover, der ihm nicht von der Seite gewichen war.

»Leider nichts dabei. Haben Sie vielleicht Dekomaterial für meine Sammlung?«

»Was meinen Sie damit? Lichterketten oder Leuchten?«

»Ich hätte an etwas gedacht, das den wilden und rebellischen Charakter von Rockmusik unterstreicht. Ein Totenschädel zum Beispiel. Den könnte ich neben den Werken von den Doors ins Plattenregal stellen. Oder zu den Heavy-Metal-Bands. Verkaufen Sie so etwas?« Erki erhob sich langsam.

Die dunklen Augen des Armeniers blickten wieder eindringlich über den Rand der runden Brille. »Wie kommen Sie darauf, dass Sie hier einen Totenkopf finden könnten?«

Erki zuckte mit den Schultern. »Ich weiß nicht. Ich glaube, Ihr Chef hat mir gegenüber einmal erwähnt, dass er so etwas zu verkaufen hätte.«

»Mein Chef also«, murmelte der Verkäufer leise. »Sie kennen meinen Chef?«

»Ich bin ihm mal über den Weg gelaufen. Er hat mir auch von den Schallplatten erzählt. Schade, dass nichts für mich dabei war. Ist Herr Kaltenbrunner heute nicht da?« Erki sah seinem Gegenüber möglichst gleichmütig in die Augen. Für einen kurzen Moment hielt sich ein Anflug von Anspannung im Gesicht des armenischen Angestellten, doch sogleich gewann das orientalische Lächeln wieder die Oberhand.

»Der Besitzer von ›Eriwan Altwaren‹ hat sich auf eine längere Reise begeben. Soll ich ihm etwas ausrichten?«

»Nicht notwendig«, wehrte Erki ab. »Ich werde bei Gelegenheit wieder vorbeikommen. Vielen Dank für das Heranschleppen der Kiste.«

»Aber gerne doch. Rufen Sie mich doch einfach an, wenn Sie weitere Fragen zu Platten, zu Büchern oder auch zu Totenschädeln haben. In diesem Gewerbe herrscht ein Kommen und Gehen. Man weiß nie, welche Antiquitäten gerade vorrätig sind. Vergessen Sie dabei nicht, dass wir auch Ware ankaufen. Je wertvoller ein Gegenstand ist, desto höher ist unser Interesse daran.«

Als er das Geschäft verließ, hielt Erki eine Karte mit dem Namen Tarek Sheridian und einer Telefonnummer in Händen. Er befreite sein Rennrad von den Absperrketten und schob es über die Neubaugasse in Richtung Neustiftgasse. Nachdenklich sah er noch mal zurück.

Gleichmäßig trat Erki in die Pedale und versuchte einzuordnen, was er eben erlebt hatte. Dieser Tarek war stutzig geworden, als er den Totenkopf erwähnt hatte, so viel stand fest. Aber hatte das etwas zu bedeuten? Würde nicht jeder Mensch verwundert reagieren, wenn man ihn nach einem Totenschädel fragte? War der Gedanke, sich den Schädel eines Verstorbenen zur Plattensammlung stellen zu wollen, nicht derart abwegig, dass mit einer solchen Reaktion gerechnet werden musste? Vielleicht hätte er zum Ausdruck bringen sollen, dass er bereits im Besitz eines Totenkopfs unbekannter Herkunft war. Der Mann hatte deutlich genug durchklingen lassen, dass ein hohes Interesse am Ankauf wertvoller Gegenstände bestand. War sein nächtliches Mitbringsel gar wertvoll?

Erki wurde nicht wirklich klug aus dem Verhalten des Armeniers. Er fixierte die schmale Bereifung seines Vorderrads, das lautlos über den Asphalt rollte, und ärgerte sich darüber, nicht gleich mit der Tür ins Haus gefallen zu sein. Er hätte dem Mann die Tasche zeigen sollen. Was wäre schon dabei gewesen? Ob diese jetzt bei ihm zu Hause auf dem Bett lag oder im Chaos des Altwarenladens versank, konnte ihm doch egal ein. Levon Kaltenbrunner sowieso. Der befand sich schließlich auf einer »längeren Reise«. Von wegen »Reise«! Dieser Tarek Sheridian wusste ganz genau, auf welchem Trip sich sein Chef befand. Ganz sicher war er einer der Ersten gewesen, die von Jerabek befragt worden waren.

Doch warum war seine Frage nach dem Ladeninhaber so kryptisch beantwortet worden? Oder fehlte ihm bloß das Gespür, Antworten richtig einzuordnen? Wie hätte er selbst auf die Frage nach einem kürzlich ermordeten Arbeitgeber reagiert? »Mein Boss? Ach der ist gestern ums Eck gebracht worden! Abgemurkst! Erschlagen! Umgebracht! Darf's vielleicht noch ein Bilderrahmen sein oder eine Schmuckschatulle mit falschen Edelsteinen? Die Öllampen sind heute im Angebot!« Nein. Er hätte wohl genauso ausweichend geantwortet. Was ging den Kunden der wahre Grund für die Abwesenheit des Inhabers an? Vermutlich sah er bloß Gespenster. Die Gedächtnislücken zum Geschehen der vergangenen Nacht mussten sein Urteilsvermögen beeinträchtigt haben.

Hier war dringend Hilfe von außen angesagt. Er würde sich mit Jirschi beraten. Sein bester Freund dachte pragmatischer als er. Als Bauingenieur waren diesem die Gesetze der Logik nicht so fremd wie ihm selbst, der am liebsten alles aus dem Bauch heraus beurteilte. Er würde ihn sofort nach seiner Heimkehr anrufen. Zu zweit ließen sich die gesuchten Antworten bestimmt leichter finden.

Sein Entschluss, Jirschi hinzuzuziehen, beruhigte Erki. Zufrieden bewegte er sein Rad die sanfte Steigung der Neustiftgasse hoch. Gleichmäßig hoben und senkten sich die Enden des Rennlenkers mit jedem Wiegetritt, beinahe lautlos verrichteten Getriebe, Zahnkränze und Kette ihren Dienst. Sobald Erki mit dem Treten innehielt, ertönte das vertraute Surren des Leerlaufs, und schon bald hatte er jene harmonische Symbiose zwischen Fahrrad und Fahrer geschaffen, die es ihm ermöglichte, Verkehr und Großstadtlärm rund um ihn herum nur mehr am Rande wahrzunehmen. Dadurch blieb ihm auch der weiße Kastenwagen verborgen, der sich seit dem Überqueren der Zieglergasse an sein Hinterrad geheftet hatte.

Der Transporter folgte dem Radfahrer mit ein paar Fahrzeuglängen Abstand über den Lerchenfelder Gürtel, die Hütteldorfer Straße und die Zinckgasse bis zu Erkis Wohnung in der Märzstraße, unweit der Rudolfsheimer Pfarrkirche. Dort rollte er gemächlich am Eingangstor des Wohnhauses vorbei, während sich aus seinem Inneren das Objektiv einer Kamera auf den Studenten richtete. Als Erki die mahagonibraune Tür zu seiner Studentenbude öffnete, war der große Wagen längst wieder verschwunden.

9

from: Caterina Delmedici
subject: long time no see, long time no say
12:51 p.m.

Hallo Erik!

Bist du schon von den Toten auferstanden? Oder handelt es sich bei deinem Ableben um einen nachhaltigen Zustand? Tote sollen ja einen recht entspannten Umgang mit dem Zeitbegriff pflegen. Wer früher stirbt, ist einfach länger tot.

Lebende denken hier in etwas engeren Kategorien. So unterteilt der überwiegende Teil der Menschheit den Tag in vierundzwanzig Stunden. Eine Zeitspanne, in der die Sonne je einmal morgens aufgeht und abends wieder untergeht. Auch in New York! Wir sind hier nur sechs Stunden später dran als ihr in Wien. Die Maßeinheit einer sechzig Minuten umfassenden Stunde gilt dennoch für beide Seiten des Atlantiks. Die Zeitverschiebung zwischen Rudolfsheim-Fünfhaus und Manhattan sollte sich somit auch von Studenten der Historisch-Kulturwissenschaftlichen Fakultät berechnen lassen.

Selbstverständlich könntest du hier Einsteins Relativitätstheorie einwenden, der zufolge die Zeit vom jeweiligen Bezugssystem abhängig ist. Je schneller sich eine Uhr bewegt oder je stärker das Gravitationsfeld ist, in dem sie sich befindet, desto langsamer geht sie. Bei Lichtgeschwindigkeit oder am Rand eines schwarzen Lochs vergeht quasi überhaupt keine Zeit. Die Professoren hier an der Columbia Engineering könnten uns das gewiss genauer erklären. Jedenfalls wäre es theoretisch denkbar, dass du gestern auf deinem klapprigen Rennrad in einem Tempo von dreihunderttausend Kilometern pro Sekunde durch die Märzstraße geflogen bist, um auf Höhe des Reithofferparks von einem schwarzen Loch verschluckt zu werden. Demnach wäre für dich die Zeit stehen geblieben und du befändest dich zu dieser Stunde noch im Gestern. In diesem Fall müsste ich dir von Herzen gratulieren, denn du hättest damit eine Möglichkeit entdeckt, dich ewig jung zu erhalten.

Ich hingegen bin seit gestern um einen Tag älter geworden und habe die vergangenen sechs Stunden dieser Zeitspanne damit verbracht, auf deinen Anruf zu warten. Vielleicht denke ich da rückschrittlich, wo doch die Wissenschaft davon ausgeht, dass es sich bei Zeit und Raum nur um Illusionen handelt, die von unserem Bewusstsein geschaffen wurden, um die Realität zu verstehen. Über einen Anruf von dir hätte ich mich dennoch sehr gefreut. Ich selbst habe mehrfach versucht, dich zu erreichen, bin aber immer nur in deiner Sprachbox gelandet. Hoffentlich ist dir nichts Schlimmes passiert! Sollte dich das schwarze Loch heute wieder freigeben, dann melde dich bitte bei mir. Ich beginne mir Sorgen zu machen!

Jetzt ist es 12:45 in Manhattan, und ich sitze mit meinem Laptop auf einer Bank vor der Earl Hall am Campus. In wenigen Minuten muss ich mich wieder ins Labor begeben, wo ich mit Abigail an einer neuen Versuchsreihe arbeite. Abi hat mich gefragt, ob mein Freund ein Muskelprotz wäre. Der einzige Österreicher, den sie kennt, ist Arnold Schwarzenegger. Ich hab ihr ein Foto von dir gezeigt. Sie hat gemeint, dass es mit dem Muskelaufbau bis zur nächsten Mister-Olympia-Veranstaltung zeitlich etwas knapp werden könnte. Die Frau hat viel Humor, und es ist schön, sie mit im Team zu haben.

Abi ist seit den neunziger Jahren an der Universität beschäftigt und behauptet manchmal scherzhaft, schon unter König Georg II. dabei gewesen zu sein. Dass die Columbia um einiges älter ist als die USA selbst, ist schon eine faszinierende Vorstellung. Alles hier am Campus ist geschichtsträchtig, und auf der Tafel mit den berühmten Absolventen finden sich neben renommierten Wissenschaftlern, bekannten Autoren und

Sportlern auch die Namen der Präsidenten Roosevelt, Eisenhower und Obama.

Es ist einfach phantastisch, an diesem Projekt in einer der führenden Hochschulen der Welt mitwirken zu dürfen. Ganz anders als in Wien. Hier wird nicht ständig über Geld geredet. Die Gewinne aus dem Stiftungsvermögen der Uni haben wieder zugelegt, und bei einem Jahresetat von knapp vier Milliarden Dollar verbleibt auch für meine bescheidenen Forschungen genügend Budget. Ich hoffe, diesen Vertrauensvorschuss mit Ergebnissen zurückzahlen zu können. Wer weiß, vielleicht geht sich gar der 83. Nobelpreis für die Columbia aus. Würdest du mit mir dann nach Schweden fliegen? Die hohen Bierpreise in Skandinavien tangieren dich ja jetzt nicht mehr. Wir könnten zum Polarkreis fahren und vom Fenster dieses aus Eisblöcken gefertigten Hotels im hohen Norden die Mitternachtssonne betrachten! Was hältst du davon?

Andrew hat uns für heute Abend Opernkarten verschafft. An der Met steht »Die Hochzeit des Figaro« auf dem Programm. Ich freue mich riesig darauf, könnte die Aufführung aber mit Gewissheit noch mehr genießen, wenn ich wüsste, warum du seit Stunden nicht erreichbar bist. Ist dein Handy defekt? Bitte setz dich mit mir in Verbindung!

Kisses from NYC
Caterina

10

»Sie verwahren etwas, das ich verloren habe. Der Gegenstand ist für mich von großem persönlichem Wert. Für eine Rückgabe biete ich Ihnen daher 1000 Euro Finderlohn. Absolute Diskretion wird vorausgesetzt! Ich werde mich in den nächsten Stunden telefonisch melden.«

Erki hatte die Botschaft jetzt zum vierten Mal gelesen. Sein Blick blieb dabei stets an der Zahl mit den drei Nullen hängen. »Eintausend Euro«, wiederholte er ungläubig. Angeboten für die Übergabe eines Gegenstands, der ihm nicht einmal wirklich gehörte. Ein Objekt, das er gefunden haben musste. Sonst hätte der Verfasser des Schreibens nicht auf einen »verlorenen Gegenstand« hingewiesen. Also doch ein im Verlauf des nächtlichen Heimwegs zufällig in die Hände gelangtes Objekt! Aber wie kam man eigentlich dazu, einen Totenschädel aufzulesen? Wer verlor so etwas? Man verlor Haustorschlüssel, Handschuhe oder seinen Verstand. Vom Verlust eines Totenkopfs hatte Erki noch nie gehört.

Das Blatt Papier hatte auf den billigen PVC-Fliesen des Vorzimmers gelegen. Ein Computerausdruck mit gängiger Schriftart, ohne Datum und Unterschrift. Jemand musste sich Zugang zum Haus verschafft und die Nachricht unter der Wohnungstür hindurchgeschoben haben, während er auf dem Sofa ein kleines postalkoholisches Schläfchen hielt. Erki blickte auf die Wanduhr über dem Plattenschrank. Zwanzig Uhr zehn. Eigentlich hatte er gleich nach dem Besuch von Levon Kaltenbrunners Altwarengeschäft Jirschi anrufen wollen. Doch sein vom Vorabend geschundener Körper hatte seinen Tribut eingefordert. Er war für eine Stunde weggedöst.

Mit dem Zettel in der Hand schritt er langsam in das Schlafzimmer, wo er seinen Fund auf das Bett geworfen hatte. Der säuerliche Geruch seines Erbrochenen hing in der Luft, und Erki musste sich die Nase zuhalten, um nicht Gefahr zu laufen, sich erneut zu übergeben. Er klemmte die Tasche unter den Arm und eilte zurück ins Wohnzimmer. Dort entfernte er das Kaffeegeschirr vom nachmittäglichen Besuch des Kriminalbeamten und positionierte Botschaft, Sporttasche und Schädel auf dem Tisch seines kleinen Essbereichs.

Zunächst wurde die alte Tasche einem genauen Augenschein unterzogen, es ließ sich aber nichts Besonderes an ihr erkennen. Ausführungen dieser Bauart gab es wie Sand am Meer. Eines jener billigen Produkte, die vor Jahrzehnten zu Hunderttausenden produziert worden waren, um als unverzichtbarer Ausrüstungsgegenstand weltweit im Schul- und Nachwuchssport zum Einsatz zu gelangen. An der Außenseite befand sich ein Seitenfach. Darauf zierte der halb abgeblätterte weiße Schriftzug des Herstellers die brüchig gewordene Kunststoffoberfläche, deren ursprüngliche Farbgebung am ehesten einem Marineblau entsprochen haben musste. Die Innenseite war durch das Tragen am Körper so stark abgescheuert geworden, dass hier die dunkelblaue Farbe in ein speckig glänzendes Grau übergegangen war.

Weder im Seitenfach noch unter der herausnehmbaren Bodeneinlage ließ sich ein weiterführender Hinweis entdecken, und in den Falten und Ecken war nur der über viele Jahre angesammelte Dreck zu finden. Angewidert zog Erki seine Finger zurück. Der Sportbeutel schien in den Jahrzehnten seines Bestehens nie einer Reinigung unterzogen worden zu sein. Die Schmutzflecken, der ausgerissene Tragegurt und ein defekter Reißverschluss machten die Tasche zu einem Fall für den Müll. Der Student schob sie zur Seite und wandte sich dem Kopfskelett zu.

Fasziniert begutachtete er die Nähte zwischen Stirn-, Scheitel- und Hinterhauptbein. Die gelblichen Knochenplatten, die hier zusammengewachsen waren, mussten einst jemandem gehört haben, der geatmet hatte. Jemandem, der aus den dunklen Augenhöhlen die Welt betrachtet hatte und dessen ausgeblichene Kiefer beim Sprechen in Bewegung gewesen waren. Nur mehr sieben Zähne steckten im Oberkiefer, der Unterkieferkörper war mit Draht am Jochbogen befestigt worden. Erki tastete die Nasenscheidewand, den Augenhöhlenrand und die Warzenfortsätze unterhalb der Schläfenbeine ab.

Es war ein merkwürdiges Gefühl, menschliche Überreste anzufassen. So vertraut einem auch die grafische oder figürliche Darstellung eines Totenkopfes war, der Kontakt mit einem echten Schädel verursachte dann doch ein wenig Unbehagen. Vor Erki lag keine Piratenflagge, keine bildliche Darstellung von Hamlet und auch nicht der Silberschmuck vom Ringfinger Keith Richards'. Auf der Tischplatte lag ein Mensch. Oder besser: das, was von diesem Menschen übrig geblieben war. Eine gespenstische Erinnerung an ein verloschenes Leben. Und wo sich das Leben verabschiedet hatte, dort folgte der Tod. Das war so sicher wie das Amen im Gebet.

Wie lange mochte es her sein, dass der Besitzer dieser Hirn- und Gesichtsschädelknochen abgetreten war? Der Schädel sah alt aus. Seine Farbe erinnerte an das Aussehen ehemals weißer Tapeten, die an den Wänden von Raucherwohnungen klebten. Ein gelblicher Grauton, in den sich vereinzelt braune Flecken gemischt hatten. Vermutlich sehen alle Toten irgendwie alt aus, dachte sich Erki. Auch die Nichtraucher.

Er schickte dem Schädel ein lautes »Hallo« entgegen und tippte vorsichtig an die verknöcherte Stirn. »Wer bist du? Der Urgroßvater des Verfassers der geheimnisvollen Nachricht? Seine verstorbene Geliebte?«

Dunkle Höhlen starrten Erki entgegen. Der Totenkopf blieb eine Antwort schuldig. Worin lag die persönliche Verbindung zwischen dem Kopf und dem Verfasser des Schreibens? Wer war bereit, für die Überreste eines Verstorbenen tausend Euro Finderlohn hinzublättern? Ein Besessener? Ein Irrer? Oder gar jemand mit Hang zur Nekrophilie? Erki hatte von einem deutsch-amerikanischen Radiologen gelesen, der den Leichnam seiner an Tuberkulose verstorbenen Geliebten mit Formaldehyd mumifiziert hatte. Der Gelehrte hatte die Mumie zu sich nach Hause genommen und mehrere Jahre mit der in ein weißes Brautgewand gekleideten Toten verbracht, bis man ihn wegen Leichenschändung verhaftete.

Konnte man weibliche von männlichen Schädelknochen unterscheiden? Die Knochen von Männern sollten größer und voluminöser sein, dachte Erki und drehte den Kopf einmal um die eigene Achse. Sonderlich groß wirkte er nicht. Fest stand lediglich, dass es sich um die Schädelknochen eines Erwachsenen handeln musste. Erki wusste noch aus dem Biologieunterricht in seiner Schulzeit, dass beim Neugeborenen das Größenverhältnis von Hirnschädel zu Gesichtsschädel acht zu eins betrug. Eine Relation, die sich im Zuge des Heranwachsens in Richtung zwei zu eins verschob und damit die Vermutung nahelegte, dass für den erwachsenen Menschen das Aussehen an Bedeutung gewann, zulasten der Kapazität seines Denkvermögens. Ein Blick in die Societyberichte der TV-Sender genügte in der Regel, um diesen Verdacht zu erhärten.

Aber egal, ob näher an Einstein oder näher am Einzeller, am Ende blieb von allen nur die Hülle eines zu Staub zerfallenen Gehirns. Welche Gedanken dort auch immer gefasst worden waren, hochgeistig philosophische genauso wie ganz alltägliche, sie waren verflogen.

Die Leichtigkeit des Seins erfuhr man vermutlich erst mit dem Tode, sinnierte Erki und hob den Schädel hoch, um sein Gewicht zu schätzen. An der Unterseite konnte er das große Hinterhauptloch in der Schädelbasis sehen. Eine Öffnung, die an den Auslass eines Waschbeckens erinnerte und Erki in dem Glauben bestärkte, dass manche Menschen nicht ganz dicht waren.

Schon wollte er den Schädel wieder vor sich hinstellen, als ein paar dunkelgraue Flecken am Rand des Durchbruchs für die Wirbelsäule seine Aufmerksamkeit erregten. Er griff nach einem Geschirrtuch, um die Stellen von Schmutz zu befreien, ließ es aber sofort wieder fallen, als ihm klar wurde, was er soeben entdeckt hatte. So schnell es sein entkräfteter körperlicher Zustand erlaubte, stürzte er ins Vorzimmer und durchwühlte die Laden des alten Schranks, der so ziemlich alles enthielt, was man irgendwann im Leben einmal gebrauchen konnte oder auch nicht. Erki verfluchte die Unordnung, die hier herrschte, bis er endlich die Leselupe seiner Großmutter in Händen hielt. Bewaffnet mit dem dicken Sehbehelf machte er sich unter dem Schein der Esstischlampe daran, die grauen Flecken näher zu untersuchen.

Mit dunkler Tinte hatte hier jemand Buchstaben auf die Knochen geschrieben, die schon so weit verblasst waren, dass sie sich an der Grenze zur Unleserlichkeit befanden. Die ersten zwei Zeichen waren dennoch schnell entziffert. Undeutlich, aber doch erkennbar hoben sich in geschwungener lateinischer Schrift die Buchstaben »J« und »C« vom Untergrund ab. Was dahinter folgte, war trotz Lupe schwerer zu entziffern. Das dritte Zeichen glich am ehesten einer Wellenlinie, dann folgten zwei Buchstaben, die sich so wenig von der Farbe der sie umgebenden Knochenoberfläche unterschieden, dass Erki mehrere Anläufe aus verschiedenen Sichtwinkeln benötigte, bis er sich endlich sicher war. Die Inschrift lautete »JC Wellenlinie TM«. War das ein Hinweis auf den Namen des Verstorbenen, dessen knöcherne Überreste auf Erkis Esstisch lagen? Oder hatte hier nur ein Besitzer des Schädels seine Initialen hinterlassen?

Fieberhaft dachte Erki an die Anfangsbuchstaben von Namen berühmter Persönlichkeiten und konzentrierte sich zunächst auf »J« und »C«. Sofort fiel ihm Johnny Cash ein. Zu gerne hätte er den charismatischen Countrysänger einmal persönlich kennengelernt. War er dem Mann in Schwarz jetzt etwa doch noch begegnet? Wohl kaum. Die Patina des Schädels, die Schreibweise der Buchstaben und das Verblassen der Tinte sprachen für jemanden, der eine längere Zeitspanne unter der Erde zugebracht hatte. Möglicherweise auch eine sehr, sehr lange Zeit. Jemand wie Julius Cäsar.

»Julius Cäsars toter Mörder«, fabulierte Erki zu den Buchstaben am Schädel und stellte sich dabei Brutus vor als einen mit Dolch bewaffneten Römer, dessen vornehme weiße Tunika durch rote Blutspuren vom Verrat am väterlichen Kaiser und Diktator zeugte. Sogleich verwarf er diese Theorie wieder. Zu weit hergeholt mutete ihn die spontan erdachte Wortkonstruktion an. Wer teilte noch mit Cäsar seine Anfangsbuchstaben? Der Seefahrer und Entdecker James Cook fiel ihm ein, die Schauspieler Joan Crawford, Curd Jürgens und James Coburn, von denen er nicht genau wusste, seit wann sie nicht mehr unter den Lebenden weilten, und schließlich auch Josef Czerny, sein alter Biologieprofessor, für dessen Schädel wohl kaum wer einen Euro lockermachen würde. Nicht einmal der harte Kern der Abschlussklasse, der sich jährlich zum Maturatreffen einfand, um in feuchtfröhlicher Runde auf die am Professor verübten Streiche aus der Schulzeit anzustoßen.

Erki wollte die Suche nach Verstorbenen mit den Initialen J und C bereits sein lassen, als ganz langsam ein weiterer Name in seine Gedanken einsickerte. Jesus Christus. Er pfiff durch seine Zähne. Der Totenschädel Jesu wäre wohl die Reliquie aller Reliquien. Da konnten der Mittelhandknochen von Franziskus und das Schlüsselbein von Antonius nicht einmal annähernd mithalten. Selbst eine Haarlocke Marias würde gegen diesen Knochenfund verblassen. Ganz zu schweigen von den Auswirkungen, die dieser auf die römisch-katholische Kirche hätte. Mit einem Schlag wären zweitausend Jahre christlicher Lehren zu hinterfragen, die alle auf dem Glauben beruhten, dass Jesus von Nazareth der Sohn Gottes sei. Inklusive Wundertätigkeit und Auferstehung. Ein überirdisches Bild, in das kein weltlicher Totenschädel passte. Denn wer von den Toten auferstand, hinterließ keine sterbliche Hülle. Bestimmt galt das als ungeschriebenes Gesetz in kirchlichen Kreisen.

Ein Gefühl von Ehrfurcht machte sich in der kleinen Wohnung breit. Die Möglichkeit, etwas Heiliges, wenn nicht sogar Göttliches, vor sich liegen zu haben, ließ Erki den Schädel in einem ganz anderen Licht erblicken. Was fehlte, war ein Beweis für diese Annahme. In der Anatomie der Knochen war wohl kaum ein Unterschied zwischen Religionsgründern aus vergangenen Jahrtausenden, Schauspielern aus Hollywood und Trinkern aus dem »Tschecherl« zu ersehen. Und dennoch war Erki plötzlich davon überzeugt, die Aura eines besonderen Menschen zu verspüren.

Gebannt starrte er auf den Totenschädel, bis das logische Denken wieder von ihm Besitz ergriff. »JC« konnte alles und auch nichts bedeuten. Genauso wie »TM«. Ohne weiteren Anhaltspunkt hatte es absolut keinen Sinn, sich über die Bedeutung der vier Buchstaben Gedanken zu machen. Nachdem eine Internetabfrage zu »JCTM« außer dem Hinweis auf eine brasilianische Technologiefirma keine Ergebnisse erbracht hatte, gab Erki die Namenssuche auf und verstaute den Schädel wieder in der alten Tasche.

Fest stand, dass seine nächtliche Fundsache jemandem eintausend Euro wert war! Aus »persönlichen Gründen«, was immer auch der Schreiber der Zeilen damit meinte. Das Interesse der Person an dem Totenkopf war jedenfalls groß genug, dass sie sich neben dem Angebot eines Finderlohns auch die Mühe gemacht hatte, bis an seine Wohnungstür vorzudringen. Ein Gedanke, der Erki gar nicht gefiel. Er wusste, wie leicht es war, auch ins Innere seiner Wohnung zu gelangen. Eine kleine Narbe an seinem Hinterkopf erinnerte ihn bis heute an den ungewollten Besuch durch einen Kriminellen, der sich im vergangenen Jahr nicht nur an ihm selbst, sondern auch an seinen Schallplatten vergriffen hatte. Er konnte noch immer nicht sagen, was ihn mehr getroffen hatte. Jedenfalls war der Schädel hier nicht sicher. Eintausend Euro durfte man nicht so leichtfertig auf seinem Esstisch herumliegen lassen.

Hin- und hergerissen zwischen Bahnhofsschließfach, einem Versteck im Wald und dem Schmucktresor im Schlafzimmer seiner Eltern fiel Erki schließlich die optimale Lösung ein. Zufrieden mit sich selbst griff er zum Telefon.

11

»Ich kann das nicht!« Ehrentraud Heidegger saß weinend auf der Kante ihres Betts und starrte auf das fein gearbeitete Werkstück Südtiroler Holzschnitzkunst in ihren Händen, einer Darstellung der römischen Fruchtbarkeitsgöttin Ceres. Die auf einem kleinen Marmorsockel befestigte Figur aus Lindenholz war ihr von Dr. Ausserhofer beim Abschied aus der Bozener Kinderwunschklinik überreicht worden. Heideggers Finger fuhren über die kunstvoll gestalteten Falten der bodenlangen Tunika und berührten Fackel, Füllhorn und die aus Weintrauben gebildete Kopfbedeckung. »Ich kann das nicht machen! Warum ich?«

»Weil es Ihre verdammte Pflicht und Schuldigkeit ist!« Friedemann Liebkind lief wie ein eingesperrtes Raubtier im Zimmer seiner Sekretärin auf und ab. Er hielt seine Hände hinter dem Rücken gefasst und hatte die Schultern so weit nach vorne gestreckt, dass seine Füße mit dem Oberkörper kaum Schritt halten konnten. Der Gang des großen Mannes wirkte unrund. Er trug nur einen Schuh. Den zweiten hatte er eben vor lauter Zorn gegen die Wand geworfen und dabei nur knapp eine mit Widmung und Autogramm versehene Fotografie von Luciano Pavarotti verfehlt.

»Wir können doch nicht Gott spielen! Das ist nicht recht!« Heidegger wagte es nicht, ihren Arbeitgeber anzusehen.

Liebkind stoppte auf seinem Rundgang, zog die Hände hinter dem Körper hervor und begann, wild zu gestikulieren. »Jetzt kommen Sie mir nur nicht mit moralischen Bedenken! Gott hat es zugelassen, dass diese neue Methode zur Erschaffung von Menschen technologisch machbar geworden ist. Er wird in seiner Weisheit einen guten Grund dafür gehabt haben. Maßen Sie sich nicht an, über den Willen des Allmächtigen zu befinden! Wir sind dazu berufen, uns seinen Plänen zu fügen!«

»Aber dieses Klonen widerspricht doch allen grundlegenden Gesetzmäßigkeiten der Fortpflanzung auf unserem Planeten. Sollte nicht stets verschiedenes Erbgut kombiniert werden, um das Entstehen völlig neuer Lebewesen zu ermöglichen? Ohne die Vermengung von mütterlichen und väterlichen Anteilen ist doch keine Weiterentwicklung möglich. Nur diesen immer wieder neu gebildeten Zusammensetzungen haben wir es zu verdanken, dass im Laufe der Evolution aus einem affenartigen Wesen der heutige Mensch geworden ist.«

Heideggers gesenkter Blick ruhte auf der Schlange, die sich als Symbol aller lebenspendenden, aber auch aller todbringenden Gottheiten um die nackten Füße der Fruchtbarkeitsgöttin wand. Mit dem Ärmel ihres Kleides wischte sie sich die Tränen aus den Augen.

»Ich bitte Sie!«, polterte Liebkind. Hektisch nahm er seinen Gang durch das geräumige Zimmer wieder auf und warf dabei aufgeregt seine Hände in die Luft. »Evolution, Entwicklung! Pah! Wir wären schon ganz woanders, wenn uns so viele große Geister der Vergangenheit nicht viel zu früh verlassen hätten. Denken Sie nur an van Gogh, Kafka oder Schubert. Es ist eine göttliche Fügung, dass die Wissenschaft jetzt endlich in der Lage ist, einen vor der Zeit erfolgten Tod nicht als endgültiges Ende betrachten zu müssen. Auch der Sohn Gottes ist von den Toten wiederauferstanden. Dieser Schritt wurde uns vom Schöpfer selbst vorgelebt. Denken Sie an die Worte Dr. Ausserhofers: ›Ausgewählten wird es gegeben sein, ewiges Leben zu erlangen!‹«

»Das ist Wahnsinn«, warf Heidegger nach einem Moment angespannten Schweigens mit tränenerstickter Stimme ein. »Ein Kind besteht doch aus mehr als nur der Summe seiner Gene! Es kommt ebenso sehr auf die Lebensumgebung, die äußeren Einflüsse und auch auf die Erziehung an. Man kann einen verstorbenen Menschen nicht neu erschaffen.«

Liebkind war jetzt kurz davor, völlig auszurasten. Er stürmte auf Heidegger zu, die abwehrend ihre Arme vor das

Gesicht hielt. Wie ein Orkan zog das Gebrüll Liebkinds über die Frau hinweg. »Dieses Kind wird die beste Erziehung erhalten, die um Geld zu kaufen ist. Es wird in einem kultivierten Haushalt aufwachsen, umgeben von Musik. Es wird zu dem heranwachsen, was es einmal gewesen ist. Zu einem göttlichen Geschöpf!«

Eine lange, verschwitzte Haarsträhne fiel in das blutrot angelaufene Gesicht des Kritikers. Er achtete nicht darauf. Nur wenige Zentimeter von dem durch dünne Unterarme notdürftig verdeckten Kopf seiner Sekretärin schrie er weiter. »Ich werde die Erziehung übernehmen. Ich persönlich! Sie haben sich da nicht einzubringen. Ihre Aufgabe ist es lediglich, das Kind auszutragen. Neun Monate! Mehr verlange ich nicht von Ihnen!«

Langsam richtete er sich auf und blieb am ganzen Körper bebend vor ihr stehen.

Einem Häufchen Elend gleich kauerte Ehrentraud Heidegger auf der Matratze und versuchte sich möglichst klein zu machen. Sie hatte nie gelernt, zu widersprechen. Seit sie sich erinnern konnte, war ihr Leben von Unterordnung und Gehorsam geprägt gewesen. Sie hatte sich in vorgegebene Strukturen eingefügt und nie gewagt, diese in Frage zu stellen. Die vorgebrachten Einwendungen waren ihre ersten Versuche gewesen, sich gegen die bestimmende Macht in diesem Haus aufzulehnen. Deutlich spürte sie, wie viel Kraft sie diese Bemühungen gekostet hatten.

Zaghaft unternahm sie einen letzten Anlauf. »Ich will aber nicht die Leihmutter für dieses Laborkind sein«, presste sie unter einem Schwall von Tränen hervor. Mit dem Mut der Verzweiflung riss sie ihren Kopf nach oben und blickte direkt in das vor Zorn entstellte Gesicht ihres Chefs. »Sie gehen zu weit! Das können Sie von mir nicht verlangen!«

Wie ein Panther sprang Liebkind auf seine Sekretärin zu und packte sie bei den Schultern.

»Was heißt, sie wollen nicht?«, schrie er. Seine großen Pranken rissen die zart gebaute Frau hin und her. »Ich kann das nicht verlangen? Und wie ich das kann! Sie sind mir das schuldig! Wer hat Sie denn aus dem Dreck gezogen, Ihnen ein Heim, einen Beruf und eine Aufgabe gegeben? Ohne mich wären Sie auf der Straße verhungert oder erfroren. Sie haben mir nicht nur Ihr Leben, sondern auch Ihr ganzes Sein zu verdanken! Ohne mich sind Sie nichts!«, brüllte er. »Nichts! Verstehen Sie das? Absolut nichts!«

Langsam zog er seine Arme zurück und betrachtete entgeistert die Innenflächen seiner Hände.

»Ich werde gehen.« Ehrentraud Heidegger hatte die drei leise von sich gegebenen Worte kaum ausgesprochen, als sie der heftig ausgeführte Schlag Liebkinds traf. Sie kippte zur Seite und landete mit dem Kopf auf einem der im Bett liegenden Kissen. Wimmernd zog sie ihre Beine hoch und verkroch sich unter der Decke.

»Ich bestimme, wann Sie gehen«, hörte sie den Mann über sich mit erstaunlich gefasster Stimme sagen. Dann entfernte sich Liebkind mit schweren Schritten aus dem Zimmer und warf die Tür hinter sich mit solcher Wucht zu, dass dem vor ihm stehenden Karl die von der Vorzimmerkommode genommene Broschüre aus der Hand fiel, auf der das Wort »Rael« unter einem mit Hakenkreuz versehenen Davidstern zu lesen war.

»Was wollen Sie denn hier?« Liebkind begegnete seinem Chauffeur mit offener Aggression. »Ich hab Sie nicht zu mir gebeten!« Seine Augen standen weit offen. Speichel hing in seinen Mundwinkeln.

»Ich habe geläutet«, stammelte Karl. »Niemand hat reagiert, und da dachte ich …« Seine Worte versiegten. Der glatzköpfige Fahrer hatte in den sechsundzwanzig Jahren seiner Tätigkeit für den Opernkritiker schon viele Launen seines Chefs über sich ergehen lassen müssen, aber so eine direkte feindselige Haltung war ihm noch nie untergekommen. Er merkte, wie seine Knie zu schlottern begannen. Vorsichtig wich er zurück. »Ich dachte, ich komme besser gleich herein.«

»Sie werden nicht fürs Denken bezahlt«, schnauzte ihn

Liebkind an. »Sie schreiben keine Konzertkritiken, Sie geben keine Interviews, und Sie treten nicht im Fernsehen auf! Überlassen Sie das Denken qualifizierteren Personen. Sie sind Fahrer! Sie haben sich um den Wagen zu kümmern. Das dürfte ja auch für so einen geistig restringierten Menschen wie Sie zu verstehen sein!« Er machte einen großen Schritt auf Karl zu.

»Gerade deswegen bin ich hier, Professor.« Nervös knetete Karl die karierte Schirmmütze in seinen Händen und sah sich verstohlen nach der Tür zum Vorzimmer um. »Wegen des Wagens.«

Er trat von einem Fuß auf den andern und bewegte sich mit jedem Aufsetzen seiner Halbschuhe auf dem Fischgrätparkett um ein paar Zentimeter zurück. »Er ist kaputt.«

»Das ist unmöglich!« Liebkinds Hände ballten sich zur Faust. »Der Wagen ist erst vor zwei Wochen zum Jahresservice in der Werkstatt gewesen.«

Angsterfüllt blickte der Chauffeur zu Boden. »Es handelt sich um keinen Defekt, Professor. Es ist, wie soll ich sagen …«

»Reden Sie!«, schrie Liebkind. »Und schauen Sie mich dabei gefälligst an, Sie nichtsnutziger Kulturbanause!«

Karl versuchte sich am Riemen zu reißen. Schließlich konnte er nichts für das Talent seines Chefs, sich Feinde zu machen. Entschlossen richtete er sich zur vollen Größe auf, auch wenn diese mit kaum einem Meter siebzig nur wenig respekteinflößend war. »Der Mercedes ist zerstört worden. Unten, in der Garage.«

»Wo? In welcher …« Liebkinds Worte gingen in einem Hustenanfall unter. Vornübergebeugt hustete der Musikexperte, als müsse er einen Lungenflügel zum Vorschein kotzen. Mit der Linken griff er sich an die Brust, und Karl war sich sicher, Zeuge eines Herzanfalls zu sein. Blitzschnell fasste er einen in der Nähe stehenden Sessel und schob ihn hinter seinen Arbeitgeber.

»Setzen Sie sich doch! Ich werde einen Arzt rufen!«

Liebkind winkte energisch ab. »Es geht gleich wieder«, krächzte er prustend. Schwerfällig ließ er sich auf die bereitgestellte Sitzgelegenheit fallen, zog ein zusammengefaltetes Stofftaschentuch aus seiner Hosentasche und wischte sich den Schweiß von der Stirn. Wenige Sekunden später war er wieder so weit gefasst, dass er seine Frage fertig formulieren konnte. »Was heißt hier ›zerstört‹? Ist ein anderer Garagenbenützer in mein Fahrzeug gedonnert?«

Karl schüttelte den Kopf. »Es scheint, als hätte ein vorsätzlicher Anschlag auf den Wagen stattgefunden. Man hat die Scheiben eingeschlagen und den Lack beschädigt.«

»Ein feiger Akt von Vandalismus, sagen Sie? In meiner Garage?« Liebkind war wieder aufgesprungen. Schnaufend betupfte er sein Gesicht mit dem Tuch und steckte es dann weg. »Er hat es tatsächlich gewagt. Ich kann es nicht glauben. Zeigen Sie mir das infame Werk dieses verkommenen Subjekts! Sofort!«

Ohne sich der Mühe zu unterziehen, seinen zweiten Schuh aus Ehrentraud Heideggers Zimmer zu holen, folgte Liebkind seinem Chauffeur zum Aufzug, der beide Männer in die Tiefgarage brachte. Hier standen den zahlungskräftigen Mietern eigene Parkplätze zur Verfügung. Liebkind drängte Karl zur Seite, um als Erster zu der Parkfläche zu gelangen, die seit vielen Jahren exklusiv für ihn reserviert war.

Er fand die Limousine auf platten Reifen inmitten eines Meers aus winzigen Glassplittern vor. Der Täter hatte die Seitenfenster eingeschlagen und die Außenspiegel abgerissen. Das Verbundglas der eingedrückten Frontscheibe war von einem feinen Netzwerk kleiner Risse durchzogen. Deutlich ließen sich die Stellen erkennen, an denen ein schwerer Gegenstand die Scheibe getroffen hatte.

Dem Rumpelstilzchen gleich hüpfte Liebkind auf einem Bein um das Auto und fluchte. Karl hielt sich mit Respektabstand im Hintergrund und vermied es, den Mund aufzumachen. Er hatte den Streit in Heideggers Zimmer mitbekommen und tat sein Möglichstes, kein weiteres Öl ins Feuer zu gießen.

Dieses loderte ohnehin schon gefährlich hoch. Der Opernfachmann stand kurz vor seiner nächsten Explosion. Fassungslos starrte er auf die Beifahrerseite seines Wagens. Der teure Mercedes war hier über seine ganze Länge mit roter Farbe besprüht worden. In großen Buchstaben hatte jemand die Wörter »Mein Eigentum« auf dem goldfarbenen Lack hinterlassen.

»Das könnte dir so passen!«, rief Liebkind und zog sein Handy aus der Tasche. »Du wirst es nie zu so einem Fahrzeug bringen! Nicht, solange ich lebe!« Hektisch strichen seine dicken Finger über die Bedienoberfläche des Mobiltelefons.

»Wengler!« Liebkinds Intimfeind meldete sich gleich nach dem ersten Läuten.

»Dieses Mal kriege ich Sie dran, Sie schamlose Ausgeburt eines niederträchtigen Antonio Salieri.«

Wengler lachte. »Ah, Kollege Liebkind! Sie scheinen schlechter Laune zu sein. Hat man Ihnen denn endlich den Sendeplatz für Ihre seichten Beiträge weggenommen? Das wäre eine Wohltat für die gebührenzahlenden Fernsehkonsumenten!«

»Sparen Sie sich Ihren fachlichen Neid, Sie Kretin! Sie wissen, warum ich anrufe!«

»Natürlich weiß ich das«, brüllte Kurt Wengler durch das Telefon. »Sie wollen sich zur Ruhe setzen. Vermutlich haben Sie auch schon ein schönes Plätzchen am Zentralfriedhof für sich reserviert. Eine gute und richtige Entscheidung! Ich gratuliere.«

»Was schreien Sie so laut, Sie krimineller Abschaum? Nehmen Sie Drogen?«

»Ich schreie, weil Sie schwerhörig sind. Anders kann ich mir den Schwachsinn nicht erklären, den Sie Woche für Woche am Bildschirm verzapfen. Sie besprechen Aufführungen, von denen Sie nicht einmal mehr die Paukenschläge vernehmen können. Was wollen Sie überhaupt von mir? Journalistische Nachhilfe?«

Auch Friedemann Liebkind verstärkte jetzt die Lautstärke

seiner Stimme. »Was ich will? Das können Sie sich ja denken! Ich will Sie hinter Schloss und Riegel sehen!«

»Das würde Ihnen so passen, Sie vorsintflutlicher Tyrannosaurier. Aber so leicht können Sie sich Ihrer Konkurrenz nicht entledigen. Ich bin unverzichtbar für die Medienlandschaft. Das an Musik interessierte Publikum will Qualität sehen, keine Seifenopern.«

»Unverzichtbar? Haben Sie denn schon mit allen fünf Stammzusehern Ihrer dilettantischen TV-Einschlafhilfe persönlich gesprochen? Sie befinden sich doch sowohl beruflich als auch menschlich unterhalb jeder Wahrnehmungsgrenze! Verschonen Sie mich bitte mit Ihren amateurhaften Billigproduktionen. Ich rufe Sie wegen Ihrer wahren Leidenschaft an. Und die hat mit Kunst herzlich wenig zu tun.«

»Werter Vorkriegskollege. Drehen Sie doch ein wenig an Ihrem Hörgerät und lauschen Sie meinen Worten! Ich arbeite gerade an einem aufsehenerregenden Bericht, der nach seiner Ausstrahlung dazu angetan sein wird, Ihre Inkontinenz zu verstärken. Meine Zeit für Ihre telefonischen Anfeindungen ist somit beschränkt. Kommen Sie daher bitte zur Sache und sagen Sie endlich, was Sie wollen. Bestimmt haben auch Sie heute noch Wichtiges zu tun. Das Füttern der Tauben im Volksgarten zum Beispiel.«

»Ich kümmere mich nur um einen Tauben, und das sind Sie! Sie haben Ihre Ohren vor meinem gut gemeinten Rat verschlossen, sich von meinem Eigentum fernzuhalten. Nun, wer nicht hören will, muss fühlen. Die Polizei ist bereits verständigt!«

»Wollen Sie mit der Polizei nicht vielleicht gleich auch den Rettungsdienst rufen, der Sie mit Blaulicht in die Psychiatrie überstellt?«

»Das sagen gerade Sie mir?« Liebkinds Stimme bebte vor Zorn. »Ein Psychopath, der es nicht lassen kann, sich an Automobilen zu vergreifen?«

Wengler, der die Ausbrüche Liebkinds bisher mit Belustigung und Spott zur Kenntnis genommen hatte, wurde jetzt ärgerlich. »Ach hören Sie mir doch auf mit dieser alten Geschichte! Sie haben den Prozess verloren. Finden Sie sich damit ab!«

»Das nächste Verfahren werde ich gewinnen«, konterte Liebkind. »Da können Sie Gift darauf nehmen. Irgendwo findet sich ein Fingerabdruck, ein Haar oder eine Hautschuppe. Die modernen Methoden der Spurenauswertung werden Sie überführen!«

»Jetzt? Nach zwanzig Jahren? Wo nehmen Sie plötzlich diese Zuversicht her? Ist die Demenz schon so weit fortgeschritten, dass Sie die Jahrhunderte zu verwechseln beginnen?«

Der ältere der beiden Opernkritiker war mittlerweile außer sich vor Zorn. Wild gestikulierend stand er auf einem Schuh und einer Socke neben seinem beschädigten Luxuswagen und brüllte in das Mobiltelefon.

»Ich rede von Ihrem heutigen Werk, Sie pubertierender Schmierfink. Die Reifen allein waren Ihnen diesmal wohl zu wenig. In Ihrem krankhaften Wahn mussten Sie sich auch noch an Scheiben und Lack vergreifen. Damit sind Sie einen Schritt zu weit gegangen. Ihren nächsten legasthenischen Schülerzeitungsartikel werden Sie in einer Zelle verfassen müssen.«

Liebkinds letzte Worte waren im Gelächter seines Konkurrenten untergegangen.

»Das goldene Seniorenfahrzeug mit den peinlichen roten Schweinsledersitzen ist zerstört worden?«, prustete Wengler. »Die Scheiben sind zerschlagen, der Lack ist ab? Welch herrliches Sinnbild für das Ende Ihrer Karriere, Kollege! Entschuldigen Sie bitte meinen Heiterkeitsausbruch, die Farbgebung Ihres Gefährts hat mir schon immer Magenschmerzen bereitet und den Stuhl gelockert. Aber kaufen Sie sich meinetwegen ruhig noch so ein Protzfahrzeug, Liebkind. Möglichst mit Echtgoldlackierung. Gönnen Sie sich etwas für die wenigen Jahre, die Ihnen noch bleiben. Sie können Ihr Geld ja doch nicht ins Grab mitnehmen. Von Ihnen wird nichts bleiben bis auf die schale Erinnerung an laues TV-Entertainment.«

»Lachen Sie nur, Wengler! Ihr infantiles Grinsen wird Ihnen noch vergehen. Schon in den nächsten Minuten wird die Polizei an die Tür Ihrer Substandardwohnung klopfen!«

»Aber gerne doch, werter Kollege Leibwind. Für die Exekutive stehe ich immer zur Verfügung. Wenn Sie bitte die Güte hätten, einen Zettel mit der Adresse meines momentanen Aufenthaltsortes an meiner Wohnungstür anzubringen: ›Plaza Hotel‹ in der 5th Avenue, Zimmer 3.022, oder auch Metropolitan Opera, 30 Lincoln Center Plaza. Beides ist übrigens in New York zu finden. Sie wissen, diese Weltstadt, die man mit ein wenig Courage per Flugzeug erreichen kann. Wenn Sie mehr über meine Tätigkeiten an der Met erfahren wollen, denen ich hier seit Montag nachgehe, empfehle ich Ihnen, bei der Übertragung meiner nächsten Kultursendung Ihr Empfangsgerät aufzudrehen. Einen schönen Tag noch und danke für das angenehme Gespräch.«

Wengler legte auf, und Liebkind kam es vor, als ob er auch nach der Unterbrechung der Verbindung noch das Lachen seines Konkurrenten über den Atlantik bis nach Wien hören konnte. Wutentbrannt warf er sein Handy zu Boden, machte einen Schritt auf das Fahrzeug zu und trat mit dem beschuhten Fuß eine Delle in die Tür. Sofort bohrten sich ein paar scharfkantige Splitter durch die Socke in die Fußsohle seines Standbeins.

Liebkind stieß einen Fluch aus, von dem Karl nicht vermutet hätte, dass er im Vokabular seines Chefs vorhanden wäre, und humpelte zur nahe gelegenen Treppe neben dem Lift. Dort ließ er sich auf einer der Stufen nieder und befreite seinen Fuß von den Glasteilchen.

Karl eilte herbei, um seine Hilfe anzubieten.

»Was stehen Sie hier so saublöd rum, Sie Rhinozeros«, herrschte ihn sein Arbeitgeber an. »Rufen Sie doch endlich die Polizei und vereinbaren Sie einen sofortigen Reparaturtermin mit der Werkstatt! Oder muss ich mich um alles selbst kümmern?«

Der Chauffeur bewegte sich ein paar Schritte zur Seite und brachte ein altmodisches Tastentelefon aus seiner Lederjacke zum Vorschein. Von seinen Freunden aus der Tarockrunde als Seniorenhandy belächelt, hielt Karl wegen der überlegenen Akkuleistung seit Jahren an diesem Modell fest. Nur einmal pro Woche brauchte er das Gerät ans Netz anzuschließen, immer an seinem freien Tag. Zweiundvierzig Ladungen, so hatte er berechnet, musste er Liebkind noch zur Verfügung stehen. Dann würde er dieses Symbol permanenter Erreichbarkeit auf dem WC seiner kleinen Garçonnière feierlich dem Wiener Kanalsystem überantworten.

Während Karl mit der Polizei telefonierte, zog sich der Musikkritiker laut hörbar nach Luft ringend die Socke aus und presste sein Taschentuch gegen den Fußballen. Keiner von beiden hatte den Mann in der blauen Arbeitsjacke wahrgenommen, der mit einem Strohhut in den Händen weiter oben an der Treppe gestanden hatte und sich jetzt leise entfernte.

12

»Wir haben einen Notfall.« Erki hatte die Nummer von Jirschi gewählt, um seinen besten Freund in die Vorgänge rund um den Taschenfund einzuweihen.

»Ist es ein wichtiger Notfall? Oder eher ein nebensächlicher?«

»Was soll an einem Notfall bitte nebensächlich sein?«

»Keine Ahnung. Aber ich sehe mir mit Valerie gerade einen Film an.«

»Spannend?«

»Dazu möchte ich mich jetzt nicht näher äußern. Was gibt es, Alter?

»Jemand hat mir für die Übergabe eines Gegenstands eintausend Euro angeboten!«

»Einen Fetzen? Sag nicht, dass du deine Plattensammlung versilberst! Brauchst du Kohle, Erki?«

»Nein. Du kennst mich doch. Ich komme immer irgendwie über die Runden. Hier geht es um etwas, das ich in der Nacht gefunden habe.«

»Meinst du die gestrige Nacht, an die du dich nicht mehr erinnern kannst?« Jirschi lachte. »Erki, der Jäger des verlorenen Schatzes. Mit Ledermantel, Peitsche und Hut. Auf der Suche nach dem sagenumwobenen Riesendiamanten von Rudolfsheim-Fünfhaus.« Wieder gelangte Jirschis typisches Kichern an Erkis Ohr. »Du hattest einen Rausch wie ein Oberlehrer, Indiana Jones! Etwas gefunden, haha! Du kannst froh sein, den Heimweg gefunden zu haben und nicht den Tod. Sollen ja auch schon welche im Suff von der Brücke über die Westbahn gestürzt sein.«

»Du wirst es nicht glauben, Jirschi, aber ich habe den Tod gefunden! Irgendwo zwischen dem ›Tschecherl‹ und meiner Wohnung.«

»Dafür hörst du dich noch recht lebendig an. Würdest du bitte nicht in Rätseln sprechen? Und komm zur Sache! Im Film finden gerade die Liebenden zueinander. Ich fürchte, ich muss Valerie gleich mit Taschentüchern versorgen.«

»Ich kann dir das jetzt nicht am Telefon erklären, Jirschi. Schon gar nicht in Kurzfassung. Die Geschichte ist ein wenig verzwickt. Ein anonymes Schreiben lag in meinem Vorzimmer, die Überreste eines Toten in meinem Schlafzimmer. Vielleicht ist ein Wahnsinniger hinter mir her. Oder ein Leichenschänder! Wenn ich mich nur erinnern könnte!«

Erki lauschte den Atemgeräuschen Jirschis am anderen Ende der Leitung. Im Hintergrund war das Gefiedel von einer Armada an Violinen zu vernehmen. »Jirschi?«

»Ich bin noch dran. Ich warte auf die weißen Mäuse.«

»Welche Mäuse? Was zieht ihr euch da für einen Scheißfilm rein? Ich brauch deine Hilfe, Mann! Könntest du dich bitte ein wenig konzentrieren?«

»Ja, ja, ist schon gut. Hast du eigentlich etwas gesoffen?«

»Gestern Abend? Nur das Notwendigste! Wieso fragst du? Du warst dabei.«

»Ich meine, danach. Heute Nachmittag etwa oder jetzt gerade eben?«

»Sag, spinnst du? Mir ist noch immer sauschlecht von gestern. Ich freu mich über jede Minute, die vergeht, damit sich der Restalkohol verabschiedet. Am liebsten würde ich mich irgendwo eingraben und die nächsten Tage ohne eine einzige Bewegung verbringen. Aber ich muss den Toten aus meiner Wohnung entfernen, hier ist er nicht sicher! Das alte Eingangstor springt schon auf, wenn man es nur schief ansieht. Ich mache mich jetzt auf den Weg zu Caterinas Wohnung. Können wir uns dort treffen? Sagen wir, in einer halben Stunde?«

»Nimmst du den Toten mit in Caterinas Wohnung?«

»Na, was glaubst du denn! Den kann ich doch unmöglich hierlassen. Ich werde ihn in einem Einkaufssackerl transportieren. Das schaut unauffälliger aus als eine Tasche.«

Jirschi lachte wieder. »Damit hast du bestimmt recht. Nimm ein knallgelbes Sackerl. Je auffälliger, desto unauffälliger! Außerdem schlage ich vor –« Eine laute Frauenstimme überlagerte seine letzten Worte. Valeries Verständnis für das parallel zum Filmgeschehen geführte Telefongespräch hatte ein jähes Ende gefunden.

»Jirschi?« Erki flüsterte in sein Telefon. Die Hintergrundgeräusche aus Jirschis Wohnung begannen sich zu verändern. Valerie war verstummt, die Geigen leiser geworden.

»Bin noch dran«, meldete sich Jirschi jetzt ebenfalls mit leiser Stimme. »Ich steh in der Küche. Bei dem Film bekommt man ohnehin Augenkrebs. Ich hoffe, dass der Fernseher einen Kitschfilter eingebaut hat, sonst kann ich mir morgen womöglich eine neue Kiste kaufen. Sag, hat Caterina Bier im Kühlschrank?«

»Natürlich! Ich bin ja der Katzensitter!«

»Du solltest den Kater besser mit Katzenfutter füttern, nicht mit Bier! Egal. Ich komme! Bin in zwanzig Minuten im Siebten!«

Wenig später saßen die zwei jungen Männer auf Liegen aus Akazienholz, die zwischen Topfpflanzen auf einer Dachterrasse standen. Beide hielten Bierflaschen in Händen und betrachteten das Lichtermeer des nächtlichen Wiens. Von dem am Spittelberg gelegenen Domizil Caterinas ließ sich ein guter Teil der Stadt überblicken. Im Osten erhoben sich die Türme des Stephansdoms über den Dächern des Zentrums, dahinter konnte man an manchen Stellen das Glitzern der Wasseroberfläche des Donaukanals erkennen. Die Sonne war um kurz vor neun Uhr untergegangen, und die Beleuchtung aus der Wohnung warf zahlreiche Schatten auf den mit Terrakotta ausgelegten Boden der Terrasse. Erki hatte den Schädel auf das Erdreich eines großen Blumentopfs gelegt. Dort lag er am Fuß einer gewaltigen Bananenstaude, die dem sternenklaren Himmel entgegenstrebte.

»Subtropische Pflanzen und ein Totenkopf. Das erinnert

mich an Robinson Crusoe. Wir könnten ihn ›Freitag‹ nennen! Heute ist ein Freitag, das würde doch ganz gut passen.«

Jirschi setzte die Flasche ab und schüttelte den Kopf. »Niemand zahlt tausend Euro für einen vor Kannibalen geflüchteten Eingeborenen. Das muss der Kopf eines Prominenten sein.«

»Das ist auch mein erster Gedanke gewesen. Was hältst du von einem besonders Prominenten: Jesus Christus?« Erki warf einen verklärten Blick auf den im Schatten der Bananenpflanze liegenden Totenschädel. »Das würde zu den Buchstaben ›JC‹ passen.«

»Das kann nicht sein«, stellte Jirschi fest. »Reliquien darf es nur von Aposteln und Heiligen geben, mit deren kultischer Verehrung die Kirche ganz elegant die Vielgötterei der alten Naturreligionen eingebunden hat. Den Gläubigen ist ja in jeder noch so heruntergekommenen Dorfkapelle ein Knochensplitter zur Anbetung vor die Nase gesetzt worden. Wahrscheinlich kann man aus den vielen Teilen heute hundertmal mehr Menschen zusammenbauen, als es Heilige gegeben hat. Jesus ist davon jedoch strikt ausgenommen. Sein Grab war leer. Der ist schließlich wiederauferstanden und hat nichts Sterbliches zurückgelassen. Keinen Schädel, keine Knochen und leider auch keine Anleitung, wie man Wasser in Wein verwandelt. Nein, Jesus kannst du abhaken.«

»Dann vielleicht eine verstorbene Lichtgestalt der Politik? Der größenwahnsinnige Landeshauptmann etwa oder der Präsident mit der unrühmlichen Vergangenheit?«

»Wäre dir einer dieser Komiker denn einen Tausender wert? Nur weil er mal für kurze Zeit etwas zu sagen hatte? Von mir gäbe es dafür keine fünfzig Cent. Es müsste auch jemand sein, der eine längere Zeitspanne bei den Würmern zugebracht hat. Keine Ahnung, wie lange es dauert, bis Haut, Fleisch und sonstiges Gewebe verwest sind, aber ich denke, das geht sicher nicht von heute auf morgen.«

Erki dachte nach. »Würde 1945 weit genug zurückliegen?«

»Der Dolferl?« Jirschi pfiff durch seine Zähne. »Für den

würden sich bestimmt ein paar Ewiggestrige interessieren. Es gibt noch immer genug Kellerstuben in diesem Land, in denen von kranken Gehirnen Erinnerungsstücke an das Dritte Reich gehortet werden.«

Beide betrachteten den Schädelknochen und schwiegen.

»Glaub ich nicht«, sagte Jirschi schließlich. »Der schaut mir nicht nach einem Diktator aus. Hat was Schöpferisches, so von der Seite. Ich tippe auf Künstler. Was hältst du von Elvis? Stell dir einen Schmollmund, reichlich Fett an den Backen und eine schwarze Schmachtlocke vor.«

»Einverstanden!« Erki hob lachend seine Bierflasche. »Diese Annahme ist mir gleich viel sympathischer. Direkt schade, dass sein größter Fan, Franz Jerabek, nicht hier ist. Der hätte sich bestimmt einen Haxen ausgefreut, sein Idol kennenlernen zu dürfen. Egal. Trinken wir auf unseren heutigen Gast, den guten alten King. ›It's Now or Never‹ hier im ›Heartbreak Hotel‹, ›Until It's Time for You to Go‹ für tausend Euro. Dann spielt es ›The Last Farewell‹ und ›Return to Sender‹.«

Das Klirren zweier aneinanderstoßener Bierflaschen klang durch die Nacht.

»Geht's dir wieder besser, Erki?«

Erki nickte. »Das Reparatur-Bier schmeckt mir noch nicht so richtig. Ansonsten kehren die Lebensgeister aber langsam zurück. Kannst du mir sagen, warum ich nichts mehr vertrage? Früher habe ich doch Unmengen weggesteckt.«

»Das gestern war mehr als deine übliche Unmenge, Alter!« Jirschi schmunzelte. »Das war in etwa der Inhalt des Stadionbads. Du hast dich wie ein überdimensionaler Staubsauger verhalten und alles Alkoholische eingesogen, das sich in deiner Reichweite befand. Wenn wir nicht alle gewusst hätten, wie viel du verträgst, hätte bestimmt einer von uns die Rettung gerufen.«

»Aber ich konnte es bislang doch immer kontrollieren!«

Jirschi zuckte mit den Achseln. »Keine Ahnung. Wir werden alle älter und halten weniger aus. Vielleicht hat dich auch die Geschichte vom letzten Jahr so sehr mitgenommen. Die Alkoholvergiftung in Verbindung mit deinen Verletzungen und dem starken Blutverlust. Und vergiss nicht, dass du danach monatelang keinen Tropfen getrunken hast. Da stellt sich der Körper um. Caterina hat auch sehr gut auf dich aufgepasst!«

»Die bringt mich um, wenn sie von gestern Wind bekommt.«

»Deine Freundin ist weit weg. Sie wird es nicht erfahren.«

»Aber ich muss ihr doch irgendwie erklären, warum ich mich heute Mittag nicht gemeldet habe! Wir hatten uns eine fixe Zeit für ein längeres Gespräch ausgemacht.«

»Nichts leichter als das. Du erzählst ihr das mit dem Mord in der Schwendergasse. Und dass dich dieser Jerabek besucht hat. Eine polizeiliche Vernehmung ist immer ein glaubwürdiger Verhinderungsgrund. Bei mir waren die Kieberer ja auch. Schon am Vormittag. Haben mir wegen des toten Antiquitätenhändlers ein Loch in den Bauch gefragt. Sag einfach, die waren zur fraglichen Zeit bei dir und dass du dich deswegen nicht melden konntest!« Jirschi stellte die Bierflasche ab und grinste schelmisch. »Sie wird es schon verstehen. Caterina weiß nur zu gut, dass du ein Talent dazu hast, dich in blöde Situationen zu bringen. Wir müssen hier vorher aber noch einige andere Fragen klären.«

»Welche denn?«

Jirschi ballte seine Hand zur Faust und streckte den Daumen nach oben. »Erstens: Woher weiß der Verfasser des Finderlohn-Angebots, dass du im Besitz von Elvis Presley bist? Zweitens: Woher weiß er, wo du wohnst? Drittens: Er hat angekündigt, dich anrufen zu wollen. Woher hat er deine Telefonnummer? Viertens: Würde jemand, dem Elvis tausend Euro wert ist, nicht vielleicht auch zweitausend dafür bezahlen? Und ganz wichtig ist auch Frage Nummer fünf.« Die Finger waren dem Daumen zu Hilfe gekommen. Nun präsentierte Jirschi seine ganze geöffnete Hand.

»Die Übergabe?«

»Nein. Frage fünf lautet: Hast du noch ein Bier im Kühlschrank?«

Erki betrat das Wohnzimmer durch die offen stehende Terrassentür. Caterinas Wohnung zeichnete sich durch helle, moderne Möbel aus. Jedes Detail verriet, dass hier jemand lebte, der Geschmack besaß. Die Farben der Bilder an den Wänden harmonierten mit dem dunklen Naturholzparkett und den dezent gemusterten Vorhängen. Auf der bequemen lederüberzogenen Sitzgarnitur lag zusammengerollt Kater Viktor und schlief. Manchmal fragte sich Erki, wie er selbst ins Bild des durchgestylten Lebens Caterinas passte. Er, der mittellose Langzeitstudent, mit seiner erbärmlichen, in einem Arbeiterbezirk gelegenen Wohnung, deren Einrichtung zum Großteil noch von seiner Großmutter stammte.

Zweitausend Euro hatte Jirschi in den Raum gestellt. Er würde Caterina damit etwas Schönes kaufen können. Einen Ring aus Weißgold, der zu ihrer Halskette passte, oder neue Ohrringe. Er könnte Caterina auch in eines dieser kleinen, romantischen Innenstadtlokale zum Essen einladen. Bei Kerzenschein und einer teuren Flasche Wein. Oder mit ihr ein paar Tage am Meer verbringen. Frauen wollten etwas geboten bekommen. Auf die Dauer würden Humor, Leichtlebigkeit und Kreativität eines Lebenskünstlers für sie zu wenig sein. Caterina lebte in einer anderen Welt. Sie war jung, gut ausgebildet und beruflich erfolgreich. Er musste Zugang zu dieser Welt finden, bevor sie ihm abhandenkam. Zu Hause hatte er noch mit dem Gedanken gespielt, seinen Fund den Behörden mitzuteilen. Doch jetzt stand sein Entschluss fest. Er war bereit, sich auf eine Übergabe des Schädels einzulassen. Was hatte er schon zu verlieren?

»Adresse und Telefonnummer stehen im öffentlichen Telefonverzeichnis«, rief Erki, als er mit zwei gut gekühlten Flaschen Bier wieder die Terrasse betrat. »Es ist keine große Kunst, mich diesen Einträgen zuzuordnen. Man muss sich nur nach meinem Namen umhören. Vielleicht hat man mich auch beim Betreten meines Wohnhauses beobachtet. Dann fällt es noch leichter, meine Daten herauszufinden. Zurzeit leben nur die alte Sacher und ich an dieser Adresse. Der Reiter hat wieder einmal einen längeren, staatlich geförderten Sonderurlaub angetreten, und die restlichen Wohnungen stehen wegen Renovierungsbedarf leer. Die Suche nach mir ist bestimmt ein Kinderspiel!«

»Na, dann sollten wir warten, bis dein anonymer Brieffreund anruft. Ich bin gespannt, wie viel er gewillt ist, für den King abzudrücken!« Jirschi nahm den Schädel aus dem Blumentopf und schüttelte ihn mit beiden Händen. »Wie viel bist du wert, Elvis? Gestehe, Verblichener!«

Eine kleine, mit Bindfaden zusammengehaltene Papierrolle fiel zu Boden. Sie war aus der Hauptöffnung an der Schädelbasis gerutscht und zur Überraschung der zwei jungen Männer vor den Fußspitzen Jirschis auf dem Terrakottaboden gelandet. Blitzschnell langte Jirschi nach unten, bevor der über die Dächer streichende Abendwind die Gelegenheit erhielt, das Papier in die Tiefe zu fegen.

»Schau, schau! Elvis spricht zu uns. Da sag doch noch einmal wer, dass man sich mit Toten nicht unterhalten könne.«

Jirschi reichte Erki den Schädel und streifte vorsichtig die dünne Schnur von der Rolle, die aus einem vergilbten Blatt Papier bestand, nicht größer als die Seite eines kleinen Notizblocks. Mit schwarzer Tinte hatte jemand eine Botschaft darauf hinterlassen.

»Wer ist es? Komm, lies vor! Was steht da?« Ungeduldig legte Erki den Totenschädel zur Seite und beugte sich zu Jirschi.

Jirschi starrte gebannt auf die Schrift, ohne zu antworten. Seine Lippen bewegten sich lautlos im Bemühen, den Sinn des Geschriebenen zu verstehen. Schließlich gab er auf und ließ das Papier sinken. »Es schaut nach Deutsch aus. Aber ich kann's nicht entziffern!«

Erki nahm ihm die Nachricht aus der Hand. Sofort huschte

ein Lächeln über das Gesicht mit den Sommersprossen. »Das ist Kurrentschrift!«

»Und wer kann das lesen?«

»Unsere Urgroßeltern. Das deutsche Kurrent ist bis in die Mitte des 20. Jahrhunderts verwendet worden, ehe es von der Lateinschrift abgelöst wurde.«

»Ich fürchte, diese Information wird uns jetzt nicht entscheidend weiterhelfen. Meine Urgroßeltern liegen auf dem Friedhof.«

»Meine auch. Ich kann's aber entziffern. Meine Oma hat mir die Schrift beigebracht. Ist gar nicht mal so schwer.«

»Na, dann mach's nicht so spannend und lies!«

Erki genoss seine lesetechnische Überlegenheit und nahm erst mal die Brille ab, um die Gläser mit dem Stoff seines Hemds zu putzen.

»Komm schon, Erki. Heute noch!«

Der Metallrahmen des puristischen schnörkellosen Brillenmodells wanderte wieder auf die Nase des Studenten, vor der das Papier nochmals feierlich entrollt wurde.

»›Meinem teuersten Freunde Jakobus‹«, las Erki, »›in aufrichtiger Verbundenheit. Gezeichnet: Franz Braun‹.«

»Das ist alles?«

Erki nickte. »Ein Franz Braun beschenkt einen gewissen Herrn Jakobus. Vermutlich mit Elvis. Der Schreibweise nach zu einer Zeit, in der man vom Rock 'n' Roll noch nichts wusste. Mehr ist es nicht!«

Enttäuscht ließ sich Jirschi auf die Liege fallen. Er griff in eine der Taschen seiner Cargohose und brachte ein Mobiltelefon zum Vorschein, das mit seiner Größe vor wenigen Jahren noch als kleiner Fernsehapparat durchgegangen wäre.

»Was schaust du nach?«

»Ich mache eine Namensabfrage.«

»Zu Franz Braun? Dann viel Vergnügen! Da kannst du gleich die Blätter an den Terrassenpflanzen zählen.«

»Nein. Der Beschenkte interessiert mich. Ich suche nach einem ›Jakobus C‹. So viele Menschen werden ja nicht herumlaufen, die einen derart dämlichen Namen tragen. Der vollständige Name könnte uns eine Erklärung für die ersten beiden Buchstaben der Schädelinschrift liefern.«

Zwei Minuten später steckte das Riesenhandy wieder in Jirschis Hosentasche. Die ganze Ausbeute seiner Suche hatte in Links zu einer Pflegestätte der Caritas und einer Apotheke in Chemnitz bestanden. Er schnappte sich seine Bierflasche und streckte sich der Länge nach auf der Liege aus. »Der Zettel hilft uns nicht weiter. Bis du von deinem Brieffreund erfahren hast, wer hier wem einen Totenschädel zum Geburtstag geschenkt hat, bleibe ich beim Namen Elvis.«

Erki nickte. Er verstaute die Widmung von Franz Braun wieder im Inneren des Totenkopfs und setzte diesen an seinen angestammten Platz unter der Bananenstaude. »›Aloha Oe‹, Elvis! Du hast dich sinnlos überfressen und bist zu Buddy Holly und Eddie Cochran in den Rock-'n'-Roll-Himmel aufgestiegen. Wir danken dir für deinen Kurzbesuch im guten alten Wien. Leider musst du uns wieder verlassen. Es war schön, dich kennengelernt zu haben. Mögest du deinem ehrlichen, aber versoffenen Finder ein wenig Marie einbringen. ›Viva Las Vegas‹!«

Die beiden langjährigen Schulfreunde tranken auf den King of Rock 'n' Roll und ließen noch einmal den vergangenen Abend Revue passieren. Es kam bestimmt nicht allzu oft vor, dass eine Geburtstagsfeier mit einem Mord ihr Ende fand. Auch wenn Kaltenbrunner sein Leben erst nach der Sperrstunde verloren hatte, irgendwie war er doch ein Teil der Veranstaltung gewesen, wenngleich auch nur am Rande. Erki und Jirschi fragten sich, was die im nächsten Jahr anstehenden Festivitäten zu ihren dreißigsten Geburtstagen für Überraschungen mit sich bringen würden. Sie fabulierten über explodierende Geburtstagstorten, einen Feuerwehreinsatz im brennenden »Tschecherl« oder ein spontanes Geburtstagsständchen durch die Rolling Stones.

Plötzlich sprang Erki auf und schlug sich mit der Hand

gegen die Stirn. »Mein Festnetztelefon! Wer sagt, dass der Zettelschreiber auf meinem Handy anrufen wird? Vielleicht versucht er schon die ganze Zeit, mich über meinen Festnetzanschluss zu erreichen. Ich muss sofort nach Hause. Komm, Jirschi, wir gehen. Jetzt gleich!«

Fluchtartig verließen sie die Wohnung und hasteten zum Fahrstuhl. Unterwegs einigten sie sich darauf, telefonisch in Kontakt zu treten, sobald sich der Interessent gemeldet hatte.

Der Aufzug hatte sie bereits nach unten ins Erdgeschoss befördert, als Jirschi noch einmal hochmusste, um seinen auf der Holzliege vergessenen Schlüsselbund zu holen. Erki entsperrte in der Zwischenzeit das Fahrradschloss an seinem Rennrad und blickte auf das Display seines Handys. Auf seinem Mobiltelefon hatte sich der Mann mit dem Finderlohn noch nicht gemeldet. Oder handelte es sich gar um eine Frau? Der Computerausdruck ließ beide Varianten zu. Er war gespannt, wie die anonyme Person auf die Forderung reagieren würde, den Preis für die Ware zu verdoppeln. Er musste sich beeilen, um schnellstens in die eigene Wohnung zu gelangen.

Jirschi hatte ihm zugesichert, sich bei der Übergabe als Rückendeckung zur Verfügung zu stellen. Seit ihren gemeinsamen Volksschultagen war es für den sportlichen und kräftigen Kevin Nemecek, wie Jirschi amtlich hieß, eine Selbstverständlichkeit, dafür Sorge zu tragen, dass niemand seinem schmächtigen Banknachbarn Erik Neubauer zu nahe trat. Diese Tradition hatte er über all die Jahre aufrechterhalten. Sowohl in der Unterstufe des Gymnasiums auf der Schmelz, wo die beiden Alphabetnachbarn erneut die gleiche Schulbank gedrückt hatten, als auch nach Ende der zusammen verbrachten Schullaufbahn, als Nemecek, von seinen Mitschülern mit dem Spitznamen »Jirschi« ausgestattet, auf die Höhere Technische Lehranstalt gewechselt hatte.

Draußen in der Kirchberggasse trennten sich ihre Wege. Jirschi marschierte zur nächstgelegenen Haltestelle des 49ers, und Erki schwang sich in den Sattel seines alten Colnagos. Er wählte den kürzesten Weg für die Fahrt zu seiner Studentenwohnung und verwandelte dabei gleich mehrere Straßenzüge in moderne »Begegnungszonen«, indem er die Einbahn- und Verkehrsregeln auf seine eigene, durchaus eigenwillige Art interpretierte.

Zu Hause angekommen, ließ ihn das Knurren seines Magens wissen, dass er den ganzen Tag hindurch noch nichts gegessen hatte. Ein Blick in den Kühlschrank machte ihm klar, dass das bis zum nächsten Morgen auch so bleiben würde. Schließlich fand er doch noch ein halbes Glas mit Essiggurken und eine noch nicht zur Gänze leer gedrückte Tube mit Senf. Er setzte sich vor den Computer, widmete sich seinem kargen Mahl und las die letzte Mailnachricht Caterinas.

Sie hatte mit ihrer Vermutung völlig richtiggelegen. Er war in ein schwarzes Loch gefallen. Einen Abgrund, irgendwo zwischen dem »Tschecherl« und seiner Wohnung, bodenlos tief und finster. Liebend gerne hätte er sie jetzt sofort angerufen und ihr die ganze Wahrheit erzählt. Die Vorstellung, dass dieser Andrew bei ihr sein könnte, hinderte ihn daran. Vielleicht saß der durchtrainierte Zweimetermann soeben in seinem Maßanzug in Caterinas New Yorker Apartment, während sie sich für den Abend zurechtmachte. Was brachte sie dazu, mit jemandem in die Oper gehen zu wollen, dessen Kopf sich in einer Höhe bewegte, wo die Luft schon recht dünn war? Seit wann stand sie auf Sportskanonen? Hatte sie sich durch den Aufenthalt an der Eliteuni verändert?

Er beschloss, ihr die von Jirschi vorgeschlagene Ausrede schriftlich aufzutischen, und klickte auf das Antwortfeld. Wortreich entschuldigte er sich für das Verpassen des vereinbarten telefonischen Frühstücks und bedauerte, sie in Sorge versetzt zu haben. In seiner näheren Umgebung habe sich ein Mord ereignet, und er sei von Franz Jerabek zu einer dringlichen Zeugenaussage in das Landeskriminalamt beordert worden, wo er mehrere Stunden habe zubringen müssen. Zwei Aussagen, die der Wahrheit entsprachen, sah man einmal von der zeitlichen Komponente ab. Aber Zeit war ja bekanntlich etwas Relatives. Das hatte Caterina unter Berufung auf Albert Einstein selbst festgestellt und damit seiner Erklärung geholfen, nur noch am Rande als Notlüge betrachtet werden zu können.

Erki vermied es tunlichst, seine flüchtige Bekanntschaft mit dem Mordopfer, den Fund des Schädels oder seinen Rückfall in alte Trinkgewohnheiten zu erwähnen. Er berichtete vielmehr von Franz Jerabeks unveränderter Arbeitsweise, jedes Detail in seinem Notizbuch festzuhalten, wünschte Caterina einen angenehmen Abend in der Metropolitan Opera und versprach, sie am nächsten Tag anzurufen.

Beim Schreiben kam die Müdigkeit zurück, und mit dem Absenden der Nachricht fielen Erki die Augen zu.

Als sich vom nahe gelegenen Turm der Rudolfsheimer Pfarrkirche Glockenschläge vernehmen ließen, schreckte er hoch. Mitternacht. Der erwartete Anruf war ausgeblieben. Mit letzter Kraft schleppte er sich in sein Schlafzimmer und warf sich bekleidet auf das Bett. Ein am Nachmittag gehörter Elvis-Song hallte in seinen Gedanken nach und begleitete ihn in den Schlaf.

»We're caught in a trap – I can't walk out – Because I love you too much baby. Why can't you see – What you're doing to me – When you don't believe a word I say?«

Mit der Erkenntnis, dass es besser gewesen wäre, seiner Freundin die volle Wahrheit über die Vorkommnisse der letzten vierundzwanzig Stunden zu erzählen, schlief er ein.

Um zwei Uhr früh läutete das Telefon. Eine männliche Stimme forderte die Herausgabe von Johannes Chrysostomos.

13

from: Caterina Delmedici
subject: Na endlich!
17:43 p.m.

Hallo Erik!

Danke für deine Nachricht! Ich hatte mir den ganzen Tag über Sorgen gemacht und bin richtig froh, dass es dir gut geht. Warum hast du dich nicht gleich nach deiner Vernehmung gemeldet? Du hättest mich ruhig während meiner Arbeit anrufen können! Mein Telefon war an! Ich hab's selbst mehrfach versucht, bin aber immer wieder nur in deiner Sprachbox gelandet. Hattest du denn dein Handy nicht mit?

Ein Mordfall in deiner Umgebung! Schrecklich. Kanntest du das Opfer denn näher? Wo ist das Verbrechen passiert? In der Märzstraße?

Beim Lesen deiner Zeilen sind mir sofort wieder unsere Erlebnisse aus dem letzten Frühjahr eingefallen. Wien scheint ja bald gefährlicher zu werden als New York! Hoffentlich findet Franz den Täter. Pass bitte gut auf dich auf!

Ich muss mich kurz fassen. Andrew holt mich gleich ab. Die Vorstellung beginnt um halb acht. Es ist eine Produktion des britischen Theater- und Filmregisseurs Richard Eyre, der die Geschichte im Sevilla der 1930er Jahre angesiedelt hat. Da bin ich auf die Kostüme gespannt. Besonders freue ich mich aber auf die Musik. Mozart wird mir ein Stück Heimat nach New York bringen. Schade, dass du nicht neben mir sitzen kannst.

In Wien ist bald Mitternacht, und du schläfst bestimmt schon. Träum was Schönes! Ich werde dir morgen am Telefon über den Abend berichten.

Musikalische Grüße aus Manhattan
Caterina

14

»Ich habe nähere Informationen über Elvis herausgefunden!« Aufgeregt lief Erki seinem Freund entgegen.

»Welche denn?« Jirschi stand in Camouflagehose, Schnürstiefeln und Militärpullover vor dem Studenten.

»Was soll die Aufmachung?«

Jirschi sah an seinen Beinen entlang. »Tarnung für meinen Rückendeckungs-Auftrag! Ich soll mich ja im Hintergrund halten. Pullover und Stiefel hab ich noch vom Grundwehrdienst. Hab immer gewusst, dass ich das Zeug noch mal brauchen werde.«

»Du siehst aus wie ein Nahkämpfer einer Sondereinheit. Auffälliger geht's nicht mehr.«

»Findest du? Hätte ich dir im Fußballdress besser gefallen?«

»Du hättest dir etwas ganz Normales anziehen sollen. Was ein Friedhofsbesucher eben so trägt. Schau mich an!«

Jirschi musterte Sportschuhe, Jeans, T-Shirt und Flanellhemd seines Gegenübers. »Du siehst aus wie immer. Wusste gar nicht, dass du regelmäßig Friedhöfe besuchst! Andererseits weiß ich seit gestern, dass du Totenköpfe sammelst.«

»Red nicht so einen Scheiß daher. Ich bin ohnehin schon nervös genug.«

»Soll ich mich umziehen gehen?«

»Vergiss es. Die Zeit haben wir nicht. Wir wollen rechtzeitig dort sein, damit du dich verstecken kannst.«

Erki und Jirschi hatten noch in der Nacht vereinbart, sich um acht Uhr morgens am Urban-Loritz-Platz zu treffen, um mit der 6er-Linie zum Zentralfriedhof zu fahren. Jerabek konnte warten, das Geschäft ging vor.

»Na, red schon, wer genau verbirgt sich hinter diesem

Christophorus?« Jirschi steckte seine Rechte in eine der seitlich aufgesetzten Hosentaschen und kramte eine Wurstsemmel hervor.

»Johannes Chrysostomos! Sagt dir dieser Name denn gar nichts?«

Mit der Frühstückssemmel im Mund gab Jirschi ein Brummen von sich, das »Nein« bedeuten sollte.

»Ich hab mich nach unserem Telefonat im Internet schlaugemacht. Der Typ hieß eigentlich Johannes von Antiochia und ist Erzbischof von Konstantinopel gewesen. Und jetzt rate mal, wann das war.«

Jirschi zuckte mit den Schultern und schlang den ersten Bissen der mit Käswurst bestückten Semmel hinunter. »Was weiß ich? 18. Jahrhundert?«

Erki lächelte. Geschichte war nicht die große Stärke seines Freundes. »Da war die Stadt schon längst Teil des Osmanischen Reichs und hieß Istanbul. Du darfst noch mal raten!«

»Sag's mir einfach!« Jirschi riss mit seinen Zähnen ein weiteres großes Stück aus der mitgebrachten Wegzehrung. Er mochte keine Ratespiele.

»Zweite Hälfte des 4. Jahrhunderts.«

Die Kautätigkeit Jirschis verlangsamte sich. »So alt ist der Schädel?«, presste er mit vollem Mund hervor.

Erki nickte. »Die Suchmaschinen haben ein eindeutiges Ergebnis erbracht. Es besteht kein Zweifel! Elvis ist einer der wichtigsten Heiligen der Ostkirche.«

»Und der Anrufer ist ein Nachfahre des Bischofs und will die Gebeine in die Familiengruft überführen?« Eine Augenbraue Jirschis wanderte nach oben und näherte sich damit den kurz geschorenen dunkelblonden Haaren, die in den letzten Jahren oberhalb der Schläfen damit begonnen hatten, den Rückzug anzutreten.

»Kann ich mir nicht vorstellen! Kein Mensch kann seine Ahnenreihe so weit zurückverfolgen. Ich vermute aber, dass der Typ einer orthodoxen Kirche angehört. Er hat den Namen des Bischofs griechisch ausgesprochen: ›Ioannis Chrysostomos‹. Ich glaube auch, dass es sich bei dem Anrufer selbst um einen Griechen handelt.«

»Hat er das angedeutet?«

»Nein. Aber der alte Iordánis und sein Sohn vom Fischgeschäft in der Märzstraße reden mit genau dem gleichen Akzent wie der Mann am Telefon. Das war ein Grieche! Hundertprozentig! Wahrscheinlich wollen die Orthodoxen ihren Erzbischof zurückhaben.«

»Ich dachte, da sitzen jetzt die Moslems, in Konstantinopel!« Jirschi wischte sich Krümel aus seinem Zehntagebart.

»Dort schon, aber der Balkan ist trotz des Untergangs des Oströmischen Reiches überwiegend christlich geblieben. Da lebt die byzantinische Tradition weiter, bei der die drei heiligen Hierarchen verehrt werden: Basilius, Gregor und Chrysostomos.«

»Also Elvis.«

»Genau.«

»Dann haben wir einen der größten Häuptlinge dieser Kirche an Land gezogen?«

»Schaut ganz danach aus!«

»Wow! Heiße Ware! Wie gut, dass wir ihn nicht mithaben, den Herrn Erzbischof. Wodurch hast du ihn denn ersetzt?« Jirschi schaute ins Innere der alten Sporttasche, die mittels zweier Sicherheitsnadeln am notdürftig befestigten Trageriemen an Erkis Schulter hing. Mit lautem Gelächter zog er seinen Kopf zurück. »Ein Krauthappel in Zeitungspapier? Grenzt das nicht ein wenig an Blasphemie?«

Erki blickte verunsichert nach unten zur Tasche. »Was hätte ich denn sonst nehmen sollen? Du hast gesagt, ich soll den Schädel durch etwas mit ähnlichen Ausmaßen ersetzen, um den Schein zu wahren! Hätte ich mich etwa mit einer Bowlingkugel abschleppen sollen? Ich hab sowieso ein schlechtes Gefühl, weil wir das Original nicht mitgenommen haben.«

Jirschi schüttelte energisch den Kopf. »Ich hab's dir doch schon erklärt. Du hast wohl noch nie einen Krimi im Fernsehen gesehen? Man darf seine Karten bei einer Übergabe niemals sofort aufdecken! Das wäre ein klassischer Anfängerfehler. Was machst du denn, wenn der Grieche ungemütlich wird und dich mit einer Waffe bedroht?«

Erki verkniff sich eine Antwort. Die Frage behagte ihm gar nicht.

»Dann ist der Schädel weg, und du kannst dir das Geld aufzeichnen. So aber kann er sich höchstens die Tasche greifen, damit nach Hause laufen und sich dort einen griechischen Krautsalat zubereiten.« Jirschi hob einen Zeigefinger und setzte sein belehrendes Ingenieursgesicht auf. »Merk dir! Regel Nummer eins für den Austausch von Ware gegen Geld: Sieh zu, dass du immer einen weiteren Pfeil in deinem Köcher hast!«

»Ich komme mir trotzdem blöd vor, wenn ich mich nicht an die Abmachung halte.«

»Eine Abmachung!«, rief Jirschi verächtlich. »Du hast mit jemandem etwas vereinbart, der dir einen Zettel unter der Tür durchgeschoben hat, der dich um zwei Uhr früh angerufen hat und von dem die befremdliche Idee stammt, sich heute um zehn mit dir in der Abgeschiedenheit des hinteren Teils des Zentralfriedhofs zu treffen. Pfeif auf die Abmachung! Der spielt doch auch mit gezinkten Karten. Überleg mal, warum hat er denn nicht ganz normal an deiner Tür geläutet, um dich mit zahlungskräftigen Argumenten zur Herausgabe deines Fundes zu bewegen?« Jirschi wartete die Antwort Erkis gar nicht erst ab. »Dein griechischer Totenkopffreund ist kein seriöser Geschäftsmann, sondern ein ausgesprochenes Schlitzohr. Doch was der kann, können wir schon lange.«

Jirschi klopfte mit der Faust gegen seine Schulter und grinste verschlagen. Schon während der gemeinsamen Schulzeit hatte er sich bei Problemstellungen meist für den direkten Weg geradewegs durch die Mitte entschieden und dabei auf seine körperliche Robustheit vertraut. Wo Argumente versagt hatten, durften dann auch mal die Fäuste sprechen. Ganz besonders, wenn es darum gegangen war, seinen besten Freund

Erki gegenüber den Hänseleien anderer Mitschüler zu verteidigen.

Eine Garnitur der Linie 6 fuhr vor. Erki und Jirschi stiegen in den hinteren Wagen und nahmen nebeneinander Platz.

»Erzähl mir noch mal vom Telefonat!«

»Ich hab dir doch schon in der Nacht alle Einzelheiten geschildert.«

»Da war ich nicht wirklich aufnahmefähig. Probier's noch mal. Vielleicht haben wir etwas Wichtiges übersehen.«

Erki nahm den Gurt von seiner Schulter und stellte die Tasche zwischen seine Beine auf den Boden. »Es läutet, ich heb ab. Der Typ sagt, er hätte gerne diesen Johannes Chrysostomos wieder. Ich frag, wo er ihn verloren hat. Er meint, das tue nichts zur Sache. Er weiß, dass er in meinem Besitz ist, und wiederholt sein Angebot von tausend Euro. Ich verlange zweitausend. Er zögert kurz und stimmt dann ohne Widerrede zu. Dann schlägt er das Falco-Grab am Zentralfriedhof als Ort für die Übergabe vor. Freie Fläche, gut einsehbar, keine Autos und keine Neugierigen. Die wenigen Friedhofsbesucher, die in den ersten Vormittagsstunden dort anzutreffen wären, würden mit ihren eigenen Gräbern und Toten beschäftigt sein. Er nennt die gewünschte Uhrzeit, zehn Uhr, ich erklär mich einverstanden, er legt auf.« Erki machte eine Pause. »Mehr wurde nicht besprochen. Das Gespräch war ausgesprochen kurz.«

»Du hättest fünftausend verlangen sollen!«

»Spinnst du? Beim Anruf wusste ich noch nicht mal, wer dieser Johannes Chrysostomos überhaupt ist. Ich musste erst Stunden vor dem Computer zubringen, wo ich mir die Biografien Dutzender Heiliger durchgelesen und den Lageplan des Zentralfriedhofs auswendig gelernt habe. Ich konnte sowieso nicht wieder einschlafen. Wir sollten es jetzt nicht übertreiben, Jirschi. Mir liegt die Übergabe schwer im Magen, und der ist ohnehin noch nicht in Bestform. Was mache ich, wenn der Grieche mit Nachdruck die sofortige

Herausgabe der Ware verlangt? Der Mann scheint zu wissen, was er will.«

»Du hast den Schädel nicht bei dir, Erki. Da kann er Purzelbäume schlagen. Wenn er den Erzbischof wirklich haben möchte, wird er auf deinen Vorschlag eingehen müssen. Zahlung des halben Betrags sofort und Übergabe des Totenkopfs gegen die zweite Hälfte des Geldes im ›Tschecherl‹. Es wird ihm gar nichts anderes übrig bleiben.«

»Und wenn es sich um einen religiösen Fanatiker handelt, der mir in seinem Wahn an die Gurgel geht?«

»Dann kommt Plan B zum Einsatz!« Jirschi griff in eine der Außentaschen seiner Militaryhose und zog einen Elektroschocker hervor.

Erki wich zurück. Die Metallkontakte an der Vorderseite des Kunststoffgehäuses waren wie die Giftzähne einer Schlange gegen ihn gerichtet. »Bist du jetzt völlig verrückt geworden? Steck das sofort weg!«

Erschrocken sah sich Erki um. Die Jugendlichen auf der anderen Seite des Mittelgangs unterhielten sich angeregt und kicherten, eine Frau war mit ihrem Smartphone beschäftigt. Zwei Reihen weiter vorne saß ein Rentnerpaar, das sich gerade zankte, und hinter ihnen drückte sich ein Mann mit Baseballmütze in die Ecke und schlief. Niemand schien von Jirschis Waffe Notiz genommen zu haben.

»Wo hast du das Ding denn her?«, zischte Erki.

»Hab ich mir von Valerie ausgeborgt. Kleiner Selbstschutz für die Fahrt zur Arbeit mit den Öffis. Für das Benützen der U6 sollte ihr eigentlich sogar eine Gefahrenzulage bezahlt werden. Ein Haufen Gestörte sind da täglich unterwegs. Valerie meint, die meisten Frauen hätten so etwas in der Handtasche. Oder Pfefferspray.«

»Ist das legal?«

»Na sicher. Wir haben das liberalste Waffengesetz von ganz Europa. Dieses Spielzeug darf jeder mit sich führen. Hat vierhunderttausend Volt Leerlaufspannung. Das kitzelt durchaus ein wenig.«

»Mir wäre es trotzdem sehr recht, wenn wir das Ding nicht brauchen würden.«

Jirschi lachte und ließ die Waffe wieder verschwinden. »Wird schon schiefgehen!«

»Du machst mir Angst mit deinem Optimismus!«

Der Straßenbahnzug rumpelte über den Matzleinsdorfer Platz. Erki kontrollierte nervös, ob sich das in Papier gewickelte Weißkraut noch zu seinen Füßen befand, obwohl der Wert des Tascheninhalts überschaubar war. Neben ihm zischte es. Jirschi hatte dem schier unerschöpflichen Raumangebot seiner Hosentaschen eine Bierdose entnommen und hielt sie Erki entgegen.

»Möchtest du?«

Erki sah seinem Freund fassungslos in die Augen. »Du nimmst das nicht sonderlich ernst, oder?«

Jirschis Mund verzog sich zu einem schiefen Grinsen. »Wozu? Weder geht es um die Übergabe des Präsidenten der Vereinigten Staaten noch um eine nennenswerte Summe. Für dich mögen zwei Tausender ja viel Geld sein, für eine Kirchenorganisation wie diese Orthodoxen ist das ein lächerlicher Betrag. Die zwei Flocken bezahlen sie dir aus der Portokassa. Wir werden Plan B nicht brauchen.« Er nahm einen herzhaften Schluck aus der Dose und rülpste ungeniert.

»Warum dann dieses Versteckspiel mit dem falschen Krautschädel?«

»Weil das alles linke Drecksäcke sind.« Jirschi drehte sich zu Erki. »Hör mal. Ich arbeite beruflich mit vielen renommierten Baufirmen zusammen. Da werden Millionenbeträge umgesetzt. Aber willst du wissen, wann die Zahlungen für die beauftragten Subfirmen erfolgen? Auf den letzten Drücker! Kurz bevor nach der allerletzten Mahnung die ersten Rechtsanwaltsschreiben ins Haus flattern. Je mehr Kapital bei den Großen vorhanden ist, desto unwilliger geben sie etwas davon an die Kleinen ab. Banken, Konzerne und Religionsgemeinschaften. Das sind die wahren Verbrecherorganisationen unserer Zeit. Dagegen ist die Mafia ein Pfadfinderverein. Schau dir nur das weltumspannende Firmengeflecht des Vatikans an. Da geht es um alles, nur nicht um Glaubenslehren. Hinter dem ganzen Nebel aus Weihrauch versteckt sich in erster Linie das Interesse nach der Vermehrung von Macht und Geld. Wenn dein griechischer Freund von den Chefs irgendeines orthodoxen Bekenntnisses entsandt wurde, um den Bischof heimzuholen, wird er sich genauso verhalten. Er wird versuchen, dich übers Ohr zu hauen! Das macht die Kirche schon seit zweitausend Jahren so.«

Jirschi unterbrach seine religionsphilosophischen Ausführungen für einen weiteren Schluck aus der Bierdose. »Wer mitten in der Nacht Geschäfte auf dem Friedhof anbahnt, braucht sich nicht über von uns getroffene Vorsichtsmaßnahmen zu wundern.« Der Bauingenieur wischte sich mit dem Handrücken über den Mund. »Bin gespannt, wie der Schweinepriester aussieht!«

Auf Höhe der Braunhubergasse hatte Jirschi auch das zweite, eigentlich für Erki gedachte Bier geleert und fühlte sich für seine Bewachungsaufgabe nun ausreichend gestärkt. Der in der Nacht geschmiedete Plan wurde noch einmal genau durchgesprochen. Dann schnappte sich Erki die Tasche mit der Vitamin-C-haltigen Schädelattrappe und machte sich für den Ausstieg bereit.

An der Station »Zentralfriedhof 3. Tor« verließen Erki und Jirschi nach einer Dreiviertelstunde Fahrt den Sechser. Vor ihren Augen wendete ein Zug der Linie 71 in großem Bogen auf den im Pflaster eines weitläufigen Platzes verlegten Gleisen. Die rot-weiße Garnitur fuhr zurück ins Zentrum und gab den Blick auf die von hohen Toren durchbrochene Begrenzungsmauer des Friedhofs frei, die sich in beide Richtungen der Simmeringer Hauptstraße entlangzog.

Jirschi warf die leeren Dosen in einen Mistkübel und beklagte sich wie so oft über die fehlende Möglichkeit der Mülltrennung. Es widerstrebte seiner Ordnungssucht, Weißblech mit Papier und organischen Stoffen zu vermengen. Mit einem Pfiff durch seine Zähne blickte er zu den aus Mauerziegeln errichteten Torbögen hoch.

»Die Dimensionen beeindrucken mich jedes Mal aufs Neue.«

»Kein Wunder. Das ist die zweitgrößte Grabanlage Europas. Man sagt, sie sei halb so groß wie Zürich, aber doppelt so lustig. Zweieinhalb Quadratkilometer, dreihunderttausend Grabanlagen. Das Areal beherbergt in zwei Metern Tiefe beinahe doppelt so viele Wiener wie über der Erde.«

»Wieso weißt du solche Sachen? Du bist neunundzwanzig. Wirklich kein Alter, um sich schon mit dem Tod zu beschäftigen!«

»Wer sich mit dem Tod nicht auseinandersetzt, der fürchtet sich vorm Leben.«

»Falco?«

»Nein, das Zitat ist von mir. Ich versuche, mir damit Mut für das Treffen mit dem Griechen zu machen. Es will mir aber nicht so recht gelingen.«

»Wir könnten die Würstelbude dort drüben ansteuern. Die haben bestimmt etwas zur Mutsteigerung vorrätig. Ich könnte auch noch ein Bier vertragen.« Jirschi grinste von einem Ohr zum anderen.

»Heb dir deine Frühstücks-Sonderwünsche besser bis nach dem Treffen auf. Sonst lähmst du dich am Ende noch selbst mit deinem Vierhundertausend-Volt-Spielzeug.«

Erki ärgerte sich über die mangelnde Ernsthaftigkeit, mit der sein Freund an die bevorstehende Aufgabe heranging. Er schritt durch das große Tor und studierte eine Tafel, auf der die Anordnung der zu Gruppen zusammengefassten Gräber grafisch dargestellt war. Das Bild stimmte mit seinen nächtlichen Nachforschungen überein. Die letzte Ruhestätte des österreichischen Aushängeschilds der Popmusik lag in einem Ehrenhain für Kulturschaffende, inmitten der für Gedenk- und Erinnerungsmahnmale vorgesehenen Gruppe 40.

Sie verließen den Eingangsbereich und gingen die breite Straße entlang, die kerzengerade ins Innere der Anlage führte.

»Liegen hier auch Orthodoxe, wie Elvis?«, fragte Jirschi, als sie die Monolithen und Steinkreise des »Parks der Ruhe und Kraft« passierten.

»Natürlich. Der Friedhof ist von Beginn an interkonfessionell angelegt worden. Wir werden gleich bei den Syrisch-Orthodoxen vorbeikommen. Du kannst dich aber auch in fünf weiteren orthodoxen Abteilungen beerdigen lassen. Oder bei den Kopten.«

»Ich bin nur Mitglied des Arbeitersportvereins Fünfhaus. Andere Religionen interessieren mich nicht«, lachte Jirschi.

Beim Babyfriedhof verging ihm dann die Heiterkeit. Die winzigen, um einen Pavillon verstreuten Grabstätten von tot geborenen Kindern waren mit Stofftieren und anderem Spielzeug geschmückt. Bunte Farbtupfen, die sich fast störend vom einheitlichen Granitgrau der Gräber anderer Abteilungen abhoben und dem Betrachter mit aller Deutlichkeit die scharfe Grenze zwischen Leben und Tod in Erinnerung riefen.

Nach der dritten Querstraße hatten sie den Ehrenhain erreicht. Schon von Weitem stach das Grab des Musikers aus der Menge der anderen Ehrengräber heraus. Zwei hochgestellte viertelkreisförmige Glasplatten beherbergten die Abbildung eines Covermotivs des Sängers, der mit seinem Hit »Rock Me Amadeus« zu Weltruhm gelangt war. Mit weit ausgebreiteten Armen posierte Falco in Lebensgröße vor einem Basaltstein, in den man seinen bürgerlichen Namen sowie Geburts- und Todesjahr eingemeißelt hatte. Daneben stand ein hoher Obelisk aus rotem glatt polierten Marmor. Über Geschmack ließ sich bekanntlich streiten.

Schon zu Lebzeiten war der Künstler dafür bekannt gewesen, zu polarisieren. Von den Kritikern als dekadente Zeitgeistfigur im Designeranzug abgetan, war es ihm erst nach seinem frühen Dahinscheiden gelungen, von allen Seiten als großer Sohn der Heimat anerkannt zu werden. Durch seinen Unfalltod hatte sich nicht nur die Zahl seiner Wegbegleiter sprungartig vervielfacht, sondern auch die der selbst ernannten Fachleute, die schon immer das Genie des Vorstadtwieners erkannt haben wollten. »In Wien musst erst sterben, dass man dich hochleben lässt. Aber dann lebst lang«, hatte Falco einst in Anlehnung an ein Zitat des Schauspielers Helmut Qualtinger festgestellt. Ein österreichisches Schicksal.

Die auffällige letzte Ruhestätte diente auch rund zwanzig Jahre nach dem Ableben des Popstars noch immer als beliebte Pilgerstätte für seine zahlreichen Bewunderer und Fans. Am Grab deponierte Blumen, Engel und Herzen aus Stein zeugten von der ungebrochenen Beliebtheit des Musikers. Zwei junge Rucksacktouristinnen hatten soeben Grußkarten ins Innere eines Kranzes gelegt und Kerzen angezündet. Jetzt hockten sie davor und unterhielten sich. Der Aufdruck ihrer T-Shirts wies auf eine Herkunft aus Sydney hin. Leise tuschelnd entfernten sich die beiden Australierinnen, als sich Erki und Jirschi näherten.

»Siehst du jemanden?«, fragte Erki.

»Ja, Falco. Steht neben seinem eigenen Grab.«

»Hallo Jirschi! ›Vienna Calling‹! Ich meine den Griechen!«

Sie sahen sich um, konnten aber außer den zwei jungen Frauen niemanden in ihrem Umkreis entdecken.

»Für die meisten Friedhofstouristen ist es vermutlich noch zu früh«, mutmaßte Erki und inspizierte die nähere Umgebung. Falcos Ruhestätte befand sich als letztes Grab in einer Reihe von Grabplätzen am Rande einer großen Wiesenfläche. Gleich daneben war ein mit Kies bedeckter Tisch aus grob zusammengeschweißten Eisenprofilen hingestellt worden, auf dem mehrere Friedhofslichter standen. Über einen Fußpfad konnte man wenige Meter weiter eine Parkbank erreichen, die von einer Birke beschattet wurde.

»Ich werde da auf ihn warten.« Erki deutete mit seinem Kinn zur Bank. »Von hier kann ich den gesamten Ehrenhain und auch den Hauptweg gut im Auge behalten. Für dich brauchen wir ein sicheres Versteck, von dem du mich ungestört beobachten kannst. Was hältst du von dem Mahnmal dahinten? Bei den Gedenkstätten für die Opfer des NS-Regimes.«

»Das steht zu frei. Wenn er sich von der anderen Seite nähert, kann er mich sehen. Schauen wir uns doch mal die Baumgruppe weiter oben an.«

Sie schlängelten sich zwischen Sträuchern und eng aneinandergesetzten Gräbern hindurch und betraten einen schmalen Weg, der zu zwei hohen Silbertannen führte, in deren Mitte ein mehrere Meter hohes Holzkreuz stand. Am Fuße eines dieser Bäume bildeten Eiben einen dichten Bewuchs, der von den Friedhofsgärtnern zu einer mannshohen Hecke geschoren worden war. Ein ideales Versteck. Ganz besonders für Beobachter in Tarnbekleidung.

»Perfekt«, rief Jirschi erfreut. »Hier werde ich es mir gemütlich machen.«

»Bist du schnell genug bei mir, wenn es brenzlig wird?« Erkis Verunsicherung stieg mit jeder Minute.

»Ich hab dich noch nie hängen lassen, Alter«, versicherte Jirschi und klopfte seinem schmächtigen Freund mit einer solchen Wucht auf die Schulter, dass dieser beinahe in eine Steintafel gedonnert wäre, die an Widerstandskämpfer aus dem letzten Weltkrieg erinnerte.

Mehr als tausend Menschen lagen in diesem Teil des Friedhofs begraben. Allesamt Opfer eines Regimes, das sich herausnahm, Menschen aufgrund ihrer politischen Einstellung, ihrer ethnischen Herkunft und Religion oder auch wegen gesundheitlicher Einschränkungen als »lebensunwert« einzustufen. Sie waren von der Justiz des Dritten Reichs interniert, gequält, zum Tode verurteilt und hingerichtet worden. Darunter auch viele Kinder vom Spiegelgrund und aus anderen »NS-Erziehungsanstalten«, die nicht dem Menschenbild vom leistungsfähigen, anpassungsbereiten Volksgenossen entsprachen. Erki graute vor dem Gedanken, dass kaum ein Dreivierteljahrhundert danach wieder so viele Europäer mit politischen Strömungen sympathisierten, die vermeinten, den Wert menschlichen Lebens in unterschiedliche Klassen einteilen zu müssen.

Er sah zu, schnellstens den Weg zu queren, der am Friedhof die Grenze zwischen den Gräbern von Kulturschaffenden und den Opfern von Kulturzerstörern markierte, und nahm auf der Bank unter der Birke Platz.

Mit flauem Gefühl im Magen wartete er auf den Griechen. Da ihm die Zeit viel zu langsam verging, begann er den Krautkopf aus dem Zeitungspapier auszuwickeln und versuchte in dem Blatt zu lesen. Die Schlagzeilen der herausgerissenen Seite gehörtem dem Hochwasser, das größere Flächen des zwanzigsten und zweiten Bezirks überflutet hatte. Die Tage durchgehender Regenfälle waren zwar schon vorüber, doch durch die nachströmenden Wassermassen blieb die Lage entlang des Donauufers weiterhin angespannt.

Es fiel Erki schwer, sich auf den Text zu konzentrieren, da seine Augen unentwegt damit beschäftigt waren, die kleinsten Bewegungen rund um ihn herum zu erfassen. Bei jedem Flügelschlag eines Vogels und jedem Rascheln in den Blättern schnellte sein Kopf hoch.

Zwei ältere Damen waren aufgetaucht. Sie gingen von Ehrengrab zu Ehrengrab und tauschten Erinnerungen an die verstorbenen Künstler aus. Ein kahlköpfiger Friedhofsgärtner in giftgrüner Latzhose machte sich unweit von ihm an einem Obstbaum zu schaffen, der inmitten einer Wiese mit flachen Steinplatten stand. Von dem Griechen war weit und breit nichts zu sehen.

Zehn Minuten nachdem der vereinbarte Zeitpunkt verstrichen war, wagte Erki einen verstohlenen Blick zur Hecke, hinter der sich Jirschi verschanzt hatte. An den Eiben zeigte sich keine Regung. Es galt, weiter abzuwarten.

Ein paar Minuten später konnte er dann aber der Versuchung nicht mehr widerstehen, mit Jirschi Kontakt aufzunehmen. Er zog sein Handy aus der Tasche seiner Jeans und verschickte eine SMS. »Siehst du was von ihm?« Die Nachricht blieb unbeantwortet.

Von einer freundlichen, unkomplizierten Begegnung bis hin zu verschiedenartigsten Bedrohungsszenarien hatte sich Erki in allen denkbaren Varianten das Zusammentreffen mit dem nächtlichen Anrufer ausgemalt. Dass der Mann dann gar nicht erscheinen würde, damit hatte er nicht gerechnet.

Als sich der Gärtner und die beiden Frauen endlich verzogen hatten, zeigte Erkis Uhr schon fünfundzwanzig Minuten nach zehn. Er beschloss, mit Jirschi die weitere Vorgangsweise zu besprechen, und griff wieder zu seinem Mobiltelefon. Doch seine Rückendeckung hob nicht ab. Noch einmal ließ Erki seinen Blick in alle Richtungen schweifen, im Glauben, dass Jirschis Schweigen auf eine Entdeckung hinweisen könnte. Dann wurde es ihm zu dumm. Er erhob sich, nahm die Sporttasche von der Bank und ging direkt zum Versteck neben dem Holzkreuz.

»Was ist los mit dir?«, rief er, als er bis auf wenige Meter an die Hecke herangekommen war. »Schläfst du?«

Erneut blieb eine Reaktion aus. Mit schnellen Schritten umlief Erki die Eiben und zwängte sich ins Dickicht. Jirschi lag regungslos auf dem mit Nadeln bedeckten Boden. Die unnatürlich verdrehte Körperhaltung machte Erki sofort klar, dass sich unter dem Dach der Silbertanne etwas Außerplanmäßiges ereignet haben musste.

»Jirschi!«, schrie Erki. »Was hast du?«

Sein Freund regte sich nicht. Verzweifelt fasste ihn Erki an den Schultern und begann ihn zu schütteln. Erst jetzt sah er das mit Tannennadeln verklebte Blut an der Schläfe. Sofort griff er zum Telefon, um die Rettung zu verständigen, erwischte in seiner Panik aber die Notrufnummer der Polizei. Eine ruhige Stimme instruierte ihn, wie er sich weiter zu verhalten habe, und Erki zog den schweren Körper unter den Eiben hervor, brachte ihn in die stabile Seitenlage und kontrollierte die Atmung. Jirschi war zwar nicht bei sich, Herzschlag und Atmung schienen jedoch normal zu arbeiten.

Erki hielt gerade sein Ohr an Jirschis Mund, als er Schritte hinter sich hörte. Der Friedhofsgärtner hockte sich neben ihn und besah die blutende Wunde.

»Was ist passiert?« Der Mann mit der Glatze machte sich mit einem Taschentuch an Jirschis Schläfe zu schaffen. »Ein Sturz?«

Erki konnte nur nicken.

»Ich habe Verbandszeug in meinem Wagen. Haben Sie schon die Rettung verständigt?«

Es dauerte kaum zwei Minuten, bis ein Einsatzfahrzeug des Roten Kreuzes mit Blaulicht über den Hauptweg zur Gräbergruppe 40 gefahren kam. Der Wagen musste sich in unmittelbarer Nähe befunden haben. Jirschi war noch immer ohnmächtig. Der Friedhofsangestellte hatte ihm einen improvisierten Kopfverband verpasst und abwechselnd mit Erki die Atmung des Verletzten überprüft. Zwei Sanitäter verfrachteten Jirschi auf einer Trage in den Rettungswagen und fuhren davon, bevor Erki fragen konnte, in welches Krankenhaus man ihn bringen würde. Erki und der Gärtner sahen dem Blaulicht hinterher, bis es hinter hohen Zypressen verschwand.

Der Mann in der Latzhose ergriff als Erster das Wort. »Kopf hoch! Das wird schon wieder. Ihrem Freund wünsche ich alles Gute. Ich muss wieder an die Arbeit.« Freundlich nickte er Erki zu und streckte seinen Arm aus. »Sie haben dort hinten Ihren Einkauf verloren!« Er zeigte auf das Weißkraut, das aus der Tasche gekullert war, und verabschiedete sich.

Erki schickte ihm ein halblautes »Danke schön« hinterher und starrte entgeistert auf den in der Wiese liegenden Krautkopf. Das Vorhaben war gehörig in die Hose gegangen. Jirschis Regel Nummer eins hatte sich als genauso wertlos entpuppt wie sein Plan B. Jetzt stand er allein da, ohne Übergabe, ohne Geld und ohne einen weiteren Pfeil im Köcher.

Er ging zu der Stelle, an der er die Tasche mit dem falschen Kopf fallen gelassen hatte, und setzte sich daneben auf die Wiese. Eine Leere breitete sich in ihm aus, die es ihm verunmöglichte, klare Gedanken zu fassen. Verzweifelt versuchte er zu verstehen, was hier am Friedhof eben passiert war. Es gelang ihm nicht, sich einen Reim darauf zu machen.

Als die Polizei eintraf, stopfte er den Krautkopf wieder in die Sporttasche und rappelte sich hoch. In der Aufstehbewegung rutschte ihm die Tasche von der Schulter, und im selben Augenblick wusste er, wie er zu dem Totenschädel gekommen war.

15

»The Last Waltz«. Erwin Pospischil betrachtete das schlichte Cover neben dem durchsichtigen Kunststoffdeckel des Plattenspielers. Vorsichtig strich er mit seinen Fingern über die metallisch glänzende, auf den Karton gedruckte Schrift. Seine Handschuhe waren so dünn, dass er die fast unmerklichen durch die Reliefprägung entstandenen Vertiefungen problemlos ertasten konnte. Das Gold der Buchstaben schimmerte im Schein der Taschenlampe, und der »Gschmeidige« fühlte sich an die Zeiten erinnert, als er für seine »letzten Walzer« noch mit goldglänzenden Pokalen ausgezeichnet worden war. Unwillkürlich legten seine zweifarbigen Budapester ein paar kleine Zwischenschritte auf den abgewetzten Teppichboden hin.

In seiner Jugend war er Turniertänzer gewesen und hatte mit seiner Partnerin, Sissy Wagner, die Tanzböden von Simmering unsicher gemacht. Sissys erotische Ausstrahlung und sein elastischer Tanzstil hatten dem Paar eine Vielzahl an Preisen eingebracht. Noch immer hallte der Applaus in seinen Ohren wider, wenn er an die Tanzfiguren dachte, bei denen er sich aus dem Stand so weit nach hinten gebeugt hatte, dass seine Schulterblätter fast den Boden berührten. Mit einem Fuß war seine Tanzpartnerin dann auf einen seiner Oberschenkel gestiegen, hatte seine ausgestreckten Hände gefasst und das zweite Bein akrobatisch hoch vom Körper weggestreckt, um so ein Gegengewicht zu seiner exponierten Lage zu schaffen. Eine Pose, die durch das Zusammenspiel seines außerordentlichen Bewegungstalents und der Aussicht auf Elisabeth Wagners Unterwäsche vor allem von den männlichen Zusehern begeistert beklatscht worden war.

Zu gerne hätte er mit der attraktiven Blondine auch abseits des Tanzparketts gewagte Stellungen erprobt, aber bei diesem Vorhaben war ihm der Handelsschulabsolvent Herbert Votruba in die Quere gekommen. Dieser konnte zwar nicht tanzen, besaß aber einen tiefergelegten GTI mit Sportsitzen, mit dem er zweimal jährlich nach Lignano fuhr. Da hatte Pospischil mit seinem Puch-Maxi-Mofa und dem Angebot, Sissy damit an den Hirschstettner Badeteich zu chauffieren, nicht mithalten können. Unmittelbar nach dem Boogiewettbewerb im »Schutzhaus am Neugebäude« war es zum Bruch gekommen. Und das gleich in doppelter Hinsicht. Zuerst war die Tanzpartnerschaft mit Sissy in die Brüche gegangen, dann das Nasenbein des Bertl Votruba.

Mit einem eleganten Wechselschritt bewegte sich der »Gschmeidige« zur alten Küchenkredenz und untersuchte die Plattensammlung auf Geheimverstecke. Auch er selbst hatte sich nach dem Vorfall im Veranstaltungssaal des »Schutzhauses« im Verborgenen gehalten. Er hatte seine Tanzschuhe an den Nagel gehängt und war ins Feindesland gezogen. In den Nachbarbezirk, nach Favoriten. Dort hatte er Anschluss an eine Bande von Automatenknackern gefunden und erste Erfahrungen mit Polizei und Strafprozessordnung gesammelt.

Seine Beweglichkeit und die im Rahmen einer Schlosserlehre erworbenen Fertigkeiten hatten ihm sofort lukrative Aufträge verschafft, und er war, trotz gelegentlicher Rückschläge durch die Einmischung der Justiz, schnell die Karriereleiter seines Gewerbes hochgeklettert. Bald hatte er das Kleingeld aus den Automaten dem Branchennachwuchs überlassen können und war dazu übergegangen, seine Geschicklichkeit an Objekten einzusetzen, bei denen größere Beträge zu holen waren. In den Häusern und Villen der Nobelbezirke Wiens.

Die Wohnung des Studenten lag im ärmsten Wiener Gemeindebezirk, der aus abgewohnten Gründerzeitvierteln bestand, in denen sich einkommensschwache Familien, Migranten und Studenten den leistbaren Wohnraum außerhalb des Gürtels teilten. Der Fünfzehnte litt durch die Trassenführung der

Westbahn, die den Bezirk in einen Nord- und einen Südteil zerriss, und hatte es daher trotz hoher Bevölkerungsdichte nie geschafft, so etwas wie Lokalpatriotismus aufkommen zu lassen. Vielleicht funktionierte gerade deshalb das Miteinander verschiedener Kulturen in dieser Gegend besser als in den anderen Arbeiterbezirken der Stadt. Die Buntheit und ethische Vielfalt der Sprengel hinter Westbahnhof und Stadthalle war es auch, die seit der Jahrtausendwende wieder vermehrt für Zuzug gesorgt hatte. Die Menschen profitierten von der Nähe zur Altstadt, und dennoch ließ auf dieser Seite der in einem Ringsegment um den Stadtkern führenden Hauptverkehrsader nichts auf Reichtum oder Luxus schließen.

Pospischil rümpfte verächtlich seine Nase, als er das mit billigen Möbeln ausgestattete Wohnzimmer betrachtete. Rudolfsheim-Fünfhaus gehörte nicht gerade zu seinem bevorzugten Arbeitsgebiet. Der Bezirk mit dem höchsten Migrantenanteil Wiens konnte ihm gestohlen bleiben, hier gab es normalerweise nichts zu stehlen. Hätte ihm Liebkind nicht ein besonders dickes Kuvert in die Hand gedrückt, wäre er hier bestimmt nicht eingestiegen.

Vorsichtig zog er einen Packen Langspielplatten aus der Kredenz und leuchtete mit der kleinen Lampe in den dadurch entstandenen Hohlraum. Im Döblinger Cottageviertel hatte er einst das Haus eines ehemaligen Oberarztes auf den Kopf gestellt und in der Bibliothek eine Schatulle mit Silbermünzen entdeckt. Die wertvollen Geldstücke waren ausgerechnet hinter einer gebundenen Ausgabe von Karl Mays »Der Schatz im Silbersee« platziert worden. Seitdem achtete Pospischil beim Durchsuchen von Räumlichkeiten stets auf originelle Verknüpfungen zwischen Beute und Versteck.

Neubauers umfangreiche Tonträgersammlung wurde von Alben aus dem weiten Feld der Rockmusik dominiert. Da war es naheliegend, nach Hüllen zu suchen, auf denen sich die Darstellung eines Totenkopfes befand. Schon nach kurzer Zeit hatte er passendes Coverartwork auf Platten von Steve Earle, Grateful Dead, Steppenwolf und Jean-Michel Jarre gefunden.

Es sollten jedoch die einzigen Totenschädel bleiben, die er in der Wohnung des Studenten zu sehen bekam.

Pospischil ließ von den Schallplatten ab und wandte sich der Nische des Wohnbereichs zu, in der sich die bescheidene Küchenzeile befand. Vorsichtig öffnete er die Türen der Schränke unterhalb der für Kochlöffel, Schöpfkellen, Schneebesen und Essbesteck bestimmten Laden. Die dort gelagerten Töpfe waren aber genauso leer wie zwei große Vorratsboxen aus hellblauem Plastik. Er fragte sich, ob er noch den Instinkt besitze, den man für diese Art von Aufträgen benötigte. Sein letzter heimlicher Besuch in fremder Menschen Räume lag doch schon einige Zeit zurück. Zu groß war ihm das Risiko geworden, dabei erwischt zu werden.

Zudem hatte er im Zuge seiner Einbruchstätigkeiten allmählich damit begonnen, sich mit den Lebensumständen der von ihm Bestohlenen auseinanderzusetzen. Er wollte wissen, wie es die Opfer seiner zumeist nächtlich durchgeführten Touren geschafft hatten, an ihren Wohlstand zu gelangen. Dabei hatte er schnell festgestellt, dass die beneidenswerte materielle Lage seiner Kunden nur in den seltensten Fällen deren Fleiß und Tüchtigkeit entsprang. Die Villen der an den Wienerwald grenzenden Nobelviertel waren vielmehr denen vorbehalten, die sich durch Familienbande und andere Netzwerke Positionen geschaffen hatten, in denen sich das Einkommen des GTI fahrenden Herbert Votruba wie Spielzeuggeld ausnahm.

Er hatte die Welt der Banker, Manager und Politiker entdeckt. Eine Welt, die der seinen gar nicht einmal so unähnlich war. Dort wie hier war man in einem fort bemüht, andere über den Tisch zu ziehen. Es wurde getrickst, gemogelt und gestohlen. Der Unterschied lag lediglich in der Höhe der verschobenen Beträge und in der abweichenden gesellschaftlichen Akzeptanz der durchgeführten Gaunereien. Wer einer alten Frau die Handtasche klaute, landete zuerst in den Lokalnachrichten der Tageszeitungen, dann vor Gericht und schließlich im Gefängnis. Wer hingegen den Staat um Millionen erleichterte, wurde, von der Öffentlichkeit weitestgehend unbeachtet, mit einer hohen Abfertigung und einem gut dotierten Aufsichtsratsposten bedacht. Entscheidend war es, dazuzugehören. Denn eine Krähe hackte einer anderen bekanntlich kein Auge aus. Während Menschen wie er lediglich die Justizwachebeamten im »Grauen Haus« beim Vornamen benennen konnten, zählten die Herren im Nadelstreif die dort beschäftigten Richter zu ihren besten Freunden.

Wie die Motte durch das Licht hatte sich der »Gschmeidige« vom Glanz dieses Umfelds angezogen gefühlt und fieberhaft darüber nachgedacht, wie er es anstellen konnte, in dieser Liga mitzuspielen. Schließlich hatte er entdeckt, dass er etwas besaß, zu dem den Reichen und Mächtigen der Zugang fehlte. Die Elite war in erster Linie darum besorgt, vom großen Kuchen nichts abgeben zu müssen. Im damit verbundenen Bestreben, möglichst unter sich zu bleiben, war ihr der Kontakt zur Basis abhandengekommen. Trotz Zugangs zu modernsten Kommunikationstechnologien wussten die Menschen an den Schalthebeln der Macht daher nicht mehr so recht, was sich außerhalb ihres Elfenbeinturms abspielte. Hier lag seine große Chance. Denn ihm war nicht nur das Alltagsleben der kleinen Leute vertraut, er fand sich auch am Bodensatz der Gesellschaft zurecht.

Er kannte all die kleinen Gauner und Diebe auf der Straße, die schillernden Figuren der Wiener Rotlichtszene, die korrupten Verwaltungsbeamten, die sich im Neonlicht der Spielhöhlen herumtrieben, und die lauten Selbstdarsteller in den Bars und Clubs, deren Ego nur von ihrem Mundwerk übertroffen wurde. Sein Leben in den schummrigen Winkeln der Halbwelt präsentierte ihm etwas auf dem Silbertablett, das sich mit etwas Geschick um vieles leichter zu Geld machen ließ als die heiße Ware aus seinen Einbruchsdiebstählen: Indiskretionen, Gerüchte und Insiderwissen.

Seit Pospischil das Metier gewechselt und Brecheisen gegen Anzug und Krawatte getauscht hatte, war es ihm gelungen, sich von den Strafvollzugsbehörden fernzuhalten. Sein täglich Brot verdiente er nun damit, ausgewählten Kunden

Informationen zu beschaffen, die diesen halfen, ihre Positionen zu behaupten. Er pendelte zwischen Würstelstand und Nobelrestaurant, zwischen Vorstadtbordell und Burgtheater und hielt seine Ohren offen für Erzähltes oder Getuscheltes, das anderen von Nutzen sein konnte.

Friedemann Liebkind war einer seiner bevorzugten Kunden. Der Mann hatte zwar ein aufbrausendes Temperament und reagierte oft recht schroff, in finanzieller Hinsicht war es mit dem Opernexperten aber noch nie zu Schwierigkeiten gekommen. Egal, ob sich das Kulturministerium zur Neubesetzung einer Direktoriumsstelle entschlossen hatte, ein Ensemblemitglied Drogen nahm oder eine Sängerin ein Kind erwartete, Liebkind zeigte sich für jeden kleinen Hinweis zu Geschehnissen aus der Welt des Musiktheaters äußerst dankbar und honorierte die Tipps mit großzügiger Bezahlung.

Dem gottesfürchtigen Musikexperten hatte er auch als Erstem die Nachricht vom Auftauchen des Totenschädels überbracht, nachdem ihm von einem auf Kunstgegenstände spezialisierten Hehler von den Verkaufsabsichten des Antiquitätenhändlers berichtet worden war. Kaltenbrunner hatte sich an einschlägige Kreise gewandt, die betuchte Sammler unterhalb des Radars der großen Auktionshäuser diskret mit Objekten versorgten. Den Käufern war bei diesen Geschäften der Erhalt ihrer Anonymität genauso wichtig wie den Verkäufern das Unterlassen von Fragen zur Herkunft der Ware. Unbemerkt von der Öffentlichkeit wurden so auf steuerschonende Weise die Vitrinen jener Bevölkerungsschichten gefüllt, die sich Anlageformen jenseits von Sparschwein und Bausparvertrag leisten konnten.

Liebkind hatte sofort Interesse signalisiert und sich auch vom kolportierten Preis nicht abschrecken lassen. Also hatte er seine Fühler ausgestreckt, indirekten Kontakt zu dem Verkäufer hergestellt und die unverbindliche Kaufabsicht seines Auftraggebers deponiert. Liebkind wollte im Vorfeld jedoch noch etwas abgeklärt wissen und war zu diesem Zweck nach

Italien gereist. Pospischils Auftrag war es gewesen, »am Ball zu bleiben«. Seit gestern wusste er, dass sie sich mit dieser auf Zeitgewinn ausgerichteten Strategie verpokert hatten.

Die Nachricht vom Tod des Altwarenhändlers hatte ihn schon am Morgen des Vortags per SMS erreicht. Auf seine Netzwerke war Verlass. Eine halbe Stunde darauf war er am Naschmarkt mit einem Spitzel zusammengetroffen, der ihn mit ersten Informationen aus dem Umfeld der ermittelnden Beamten versorgte. Die Polizei wusste nichts von einem Totenschädel. Damit war klar, dass die Ware den Besitzer gewechselt haben musste, wenngleich auch auf eine Art und Weise, die sich der Verkäufer so bestimmt nicht vorgestellt hatte. Der Versuch Kaltenbrunners, das Objekt besonders schnell an den Mann zu bringen, hatte sich als tödlicher Irrtum herausgestellt. Er war an den Falschen geraten.

Erwin Pospischil war schon im Begriff gestanden, dem Musikkritiker die schlechte Nachricht zu überbringen, als er vom Einbruch im »Tschecherl« erfuhr. Ein Vögelchen vom Dach der Polizeiinspektion in der Storchengasse hatte ihm gezwitschert, dass vom Betreiber des Lokals Anzeige erstattet worden war. Der Einstieg von Unbekannten in das Café wäre für den »Gschmeidigen« nur eine Randnotiz geblieben, hätte er nicht gewusst, dass sich der Händler vor seinem Ableben in dem Lokal befunden hatte. Sofort waren seine kriminellen Jagdinstinkte erwacht, denn dieses zeitliche Zusammentreffen zweier Straftaten konnte nur eines bedeuten: Kaltenbrunner war ohne Ware mit seinem Mörder zusammengetroffen.

Beim Öffnen eines der oberen Küchenschränke flatterte Pospischil ein Erlagschein entgegen. Der Student hatte die Vorschreibung für seine Haushaltsversicherung noch nicht beglichen. Es war bestimmt nicht immer leicht, sich ausschließlich mit Ferial- und Gelegenheitsjobs über Wasser zu halten.

Der »Gschmeidige« kannte den Sozialversicherungsverlauf des Neunundzwanzigjährigen. Die flotte Angelika hatte ihm die Daten verschafft. Die unechte Blondine mit der üppigen Oberweite arbeitete für die Wiener Gebietskrankenkasse, wo sie tagsüber an einem Schalter stand, an dem sie Ratsuchende über Krankengeld, Mitversicherung und Rezeptgebührenbefreiung informierte. Früher, als sie von ihren Kunden noch Angelique gerufen worden war, hatte sie nur nachts und überwiegend im Liegen gearbeitet. Mit dem Schwinden ihrer Jugend waren die Anforderungen in ihrem alten Gewerbe andauernd höher und die Kundenwünsche immer spezieller geworden. Drei Jahrzehnte schwerer körperlicher Arbeit hatten ihre Spuren hinterlassen und einen Wechsel notwendig gemacht. Pospischil war ihr beim Umstieg in den neuen Job behilflich gewesen.

Ein schabendes Geräusch an der Wohnungstür ließ den Einbrecher in seinen Überlegungen innehalten. Hatte der Student seinen Ausflug gar schon beendet? Pospischil hatte ihn dabei beobachtet, wie er mit umgehängter Sporttasche auf einem Fahrrad das Haus verlassen hatte und die Märzstraße hinabgefahren war.

Eilig legte Pospischil den Zahlschein wieder auf seinen ursprünglichen Platz zurück, schloss vorsichtig die Schranktür und trat den Rückzug an. Die Ledersohlen seiner schwarzweißen Schuhe glitten lautlos über den Fußboden. Eine leichte Veränderung des Luftstroms ließ ihn wissen, dass die Eingangstür geöffnet worden war. Seine Hand ertastete den Türstock hinter sich. Mit der federnden Eleganz eines langsamen Foxtrotts setzte der »Gschmeidige« seine Füße auf den Teppichboden des Schlafzimmers und versteckte sich darin zwischen Wand und offen stehender Tür.

Angespannt lauschte er. Aus dem Vorzimmer war nichts zu hören. Hatte er sich getäuscht? Da drang das Öffnen eines Reißverschlusses an seine Ohren. Der Besucher schien sich an den Kleidungsstücken der Garderobe zu schaffen zu machen. Wieder folgte Stille. Minutenlang verharrte Pospischil regungslos in seinem Versteck. Als er schon mit dem Gedanken spielte, daraus hervorzutreten, waren leise Schritte zu vernehmen. Jemand bewegte sich über den Boden des Wohnzimmers. Langsam wanderte die Hand des »Gschmeidigen« in die Außentasche seines Jacketts, von wo sie mit einem Springmesser wieder zum Vorschein gelangte.

Bei der Person, die er in seiner unmittelbaren Nähe wahrnahm, konnte es sich unmöglich um den Wohnungsinhaber handeln. Niemand bewegte sich in den eigenen vier Wänden so geräuschlos. Pospischil versuchte, all seine Sinne einzusetzen, und hob seine markante Nase. Duftwässer oder Aftershaves verrieten viel von den Menschen, die sich dahinter verbargen. Im Schlafzimmer hing jedoch ein säuerlicher Geruch, der den »Gschmeidigen« daran hinderte, sein Riechorgan zu verwenden.

Ein Körper streifte an der Schlafzimmertür, die sich ganz leicht bewegte und den weichen Stoff seines Anzugs berührte. Pospischil hielt den Atem an. Vom Teppichboden kam das kaum merkliche Rascheln von Füßen. Der Unbekannte stand jetzt nur durch das Türblatt von ihm getrennt im Raum. Mit festem Griff umklammerte Pospischil seine Stichwaffe. Sein Daumen fuhr an der Griffschale entlang und verharrte auf dem Sicherungsknopf. Er hoffte darauf, dass der lautlose Besucher nach einem Blick ins Schlafzimmer wieder kehrtmachen würde. Doch dieser Gefallen wurde ihm verwehrt. Ein Schatten schob sich über die Unordnung auf dem Doppelbett.

Im schmalen Sichtfeld aus dem Versteck hinter der Tür tauchten die Umrisse eines athletisch gebauten Mannes auf, der eine dunkle Kappe trug. Der Eindringling musterte kurz den durch vorgezogene Gardinen im Halbdunkel liegenden Raum und schaute dann auf die Bedienoberfläche eines roségoldfarbenen iPhones in seiner Hand. Sein Daumen wischte über den Touchscreen, und das Mobiltelefon wanderte an sein Ohr. »Ich bin es«, flüsterte er. »Ich hab das Handy! … Ja, es war hier, in der Wohnung … Nein, noch nicht … Okay.« Das Gespräch dauerte nur wenige Sekunden.

Für den Bruchteil einer Sekunde überlegte Pospischil, sich

zu erkennen zu geben und dem Fremden eine haarsträubende Erklärung für seine Anwesenheit aufzutischen. Doch dann sah er die Glock in der anderen Hand des Mannes, der eben das Handy in seiner Hosentasche verschwinden ließ und seinen Kopf hob, als hätte er seine Witterung aufgenommen. Jetzt galt es, schneller zu sein.

Mit einem Tangoschritt sprang der »Gschmeidige« vor, entsicherte in der Ausholbewegung seinen Springer und rammte dem überraschten Mann das Messer in die Nierengegend. Der Angegriffene schrie auf und drehte sich um die eigene Achse. Pospischil tänzelte blitzschnell zur Seite, schlug dem Gegner die Pistole aus der Hand und stach ein zweites Mal zu. Dieses Mal traf er die Lunge. Mit dem Herausziehen des Springers zischte hörbar Luft in den Pleuraspalt des Mannes. Sein Lungenflügel kollabierte. Mit weit aufgerissenem Mund griff er sich an die Brust. Jeder Atemzug erhöhte den Druck in der Brusthöhle, komprimierte den Lungenflügel und schränkte die Atmung weiter ein. Sein Mittelfell verschob sich zur Gegenseite und behinderte durch Verziehung und Druck den Rückfluss des Blutes durch die Hohlvene zum Herzen.

Der Kreislauf des Mannes mit der Kappe stand im Begriff, zusammenzufallen. Langsam sank er auf die Knie und röchelte. Deutlich zeichneten sich die prall gefüllten Venen an seinem Hals ab. Ein letzter Versuch mit seiner Hand, irgendwo Halt zu finden, endete in einer albern wirkenden, winkenden Bewegung. Dann kippte er vornüber und landete mit dem Kopf hart am Teppichboden. Noch einmal versuchte sein Brustkorb, in asymmetrischen Bewegungen die lebensnotwendige Versorgung mit Sauerstoff herzustellen. Vergeblich. Ein kurzes Zucken signalisierte das Ende des Todeskampfes. Der Herz-Kreislauf-Stillstand war eingetreten.

Erwin Pospischil stand unmittelbar daneben und sah dem Mann beim Sterben zu. Noch immer hielt er die Hand mit dem Messer erhoben, jederzeit bereit, erneut zuzustechen. Erst als er sich sicher war, dass der Mann am Boden nicht mehr atmete, ließ er die Waffe sinken. Er kniete sich neben den Toten, drehte ihn zur Seite und nahm ihm die Kappe ab. Sofort wich er erschrocken zurück.

Was in der Hitze des Gefechts im abgedunkelten Raum für ihn nicht zu erkennen gewesen war, zeigte sich erst jetzt. Er kannte den Mann.

16

»Wie geht es ihm?« Erki war aufgesprungen, als Berger den Raum betreten hatte. Der Kaffeebecher auf dem kleinen Tisch, an dem er eben noch gesessen hatte, war dadurch bedenklich ins Wanken geraten.

»Unverändert«, berichtete Berger ernst. Der hochgewachsene Kriminalbeamte suchte nach den richtigen Worten. »Herr Nemecek liegt nach wie vor auf der Intensivstation, ist aber stabil. Nach Aussage der behandelnden Ärzte ist er nicht mehr akut in Lebensgefahr.«

Erki sank wieder auf den einfachen hölzernen Stuhl und schlug die Hände vors Gesicht. Wo hatte er seinen Freund da nur mit hineingezogen! Valerie würde Jirschi umbringen, sofern er den Spitalsaufenthalt im AKH überlebte.

»Mehr können die Mediziner zur Stunde noch nicht sagen«, fuhr Berger fort. Er musste sich gerade erst einen Pullover oder ein Sweatshirt ausgezogen haben, denn seine dünnen weißblonden Haare hatten sich elektrisch aufgeladen und standen ihm in allen Richtungen vom Kopf ab. Wie ein Straußenvogel war er auf seinen langen Beinen in den Raum gestakst und bemühte sich ungelenk um eine der Situation angemessene Haltung.

»Herr Nemecek wird rund um die Uhr betreut und befindet sich in guten Händen. Seine Lebensgefährtin durfte ihn sogar schon kurz besuchen. Meine Frage nach dem frühestmöglichen Zeitpunkt für eine Vernehmung konnte mir bislang noch nicht beantwortet werden.«

Die letzte Information hatte Franz Jerabek gegolten, der mit Erki am kleinen Tisch in der Ecke eines schlicht eingerichteten Raums des Landeskriminalamts saß. Dieser Bereich ihres Büros diente den beiden Beamten des für Kapitalverbrechen zuständigen Referats eins gewöhnlich zum Einnehmen ihrer Zwischenmahlzeiten, sofern sie nicht gerade im Dienste der Verbrechensaufklärung unterwegs waren. Am fensterseitigen Tischrand gruppierten sich Tassen mit dem Logo einer Fraktion der Polizeigewerkschaft rund um einen modernen Kaffeevollautomaten. Daneben stand ein Teller mit in Plastik verpackten Sandwiches. Erki hatte das für ihn bestimmte Essen nicht angerührt. Der Schock des Vormittags steckte auch jetzt, Stunden später, noch tief in seinen Knochen.

Er war nach einer ersten kurzen Befragung am Zentralfriedhof mit einem Polizeifahrzeug in die Berggasse gebracht worden, wo man nach einer neuerlichen Vernehmung eine Niederschrift seiner Aussage angefertigt hatte und ihn dann im Büro der ihm bekannten Ermittler warten ließ. Mehr als drei Stunden hatte Erki allein in dem Raum zugebracht und war dabei die meiste Zeit im Kreis gegangen. Die Bilder und Dokumentationen zu aktuellen Fällen an den Wänden waren ihm mittlerweile genauso bekannt wie der Inhalt der Zeitschriften des »Klubs der Exekutive«.

Die Vorstellung, dass an den Wandtafeln dieses Zimmers der Ermittlungsgruppe Mord bald auch eine Aufnahme des am Boden liegenden Jirschi hängen würde, hatte ihn zunehmend in Panik versetzt. Erst als Jerabek und Berger endlich eingetroffen waren und ihm versichert hatten, ihn über den aktuellen Gesundheitszustand seines besten Freundes auf dem Laufenden zu halten, hatte er sich einigermaßen beruhigen können.

»Wir können alle nur abwarten und das Beste hoffen«, meldete sich Jerabek zu Wort und blickte dabei in seine Kaffeetasse, in der er einen Teelöffel kreisen ließ, obwohl sich darin weder Milch noch Zucker befanden. »Fangen wir, nachdem wir wissen, dass keine Lebensgefahr mehr für Ihren Begleiter besteht, noch einmal von vorne an.«

Seufzend senkte Erki seinen Kopf. Er hatte die Vorgänge rund um das nächtliche Geschehen am Schwendermarkt schon zweimal geschildert. Zumindest in den groben Zügen, an die er sich dunkel wieder erinnern konnte. Er musste auf einer der Parkbänke gesessen haben und darauf eingenickt sein. Kaltenbrunner hatte ihn geweckt, seinem roten Koffer mit den weißen Punkten die Tasche entnommen und sich mit der Bitte, kurz darauf aufzupassen, verabschiedet. Er war nicht wiedergekommen. Mehr konnte Erki dazu nicht sagen.

Griesgrämig blies er über seine Lippen und betrachtete die kräftigen Hände, mit denen Jerabek sein Kaffeehäferl umfasste. Zwischen den dicken Fingern waren die drei Buchstaben des Worts »Opa« zu erkennen, und der Student fragte sich, wie alt die Enkelkinder des Abteilungsinspektors sein mochten. Vermutlich gingen diese noch zur Schule. Auch er selbst war sich eben erst wie ein Schuljunge vorgekommen, als ihm Jerabek mit deutlichen Worten erklärt hatte, was er von seiner eigenmächtigen Aktion hielt.

»Sie haben also den Zettel vorgefunden, mit dem Mann telefoniert und dann beschlossen, selbst als Knochentandler aufzutreten und den Schädel zu Geld zu machen?« Franz Jerabek nahm die Hände von der Tasse und fixierte den halb so alten Studenten.

Dieser nickte betreten. Das schlechte Gewissen machte ihm zu schaffen. Die Tatsache, dass sie zu zweit den Plan gefasst hatten, zum Friedhof zu fahren, ohne die Polizei zu kontaktieren, änderte nichts daran, dass er die Verantwortung für dieses Unternehmen zu tragen hatte. Er war derjenige gewesen, der die Sache ins Rollen gebracht und Jirschi ins Boot geholt hatte.

»Ist Ihnen außer dem griechischen Akzent noch etwas an dem Anrufer aufgefallen? Hat er einen weiteren Namen genannt oder von sich in der Mehrzahl gesprochen?«

Nachdenklich wiegte Erki seinen Kopf. »Nein. Da war kein Hinweis auf andere. Es fiel nur ein einziger Name: Ioannis Chrysostomos. Und dieser Name bezog sich eindeutig auf den Totenschädel. Er sagte ganz klar ›Ich möchte mein Eigentum zurück‹ und nicht ›Wir möchten‹. Der Mann vermittelte den Eindruck, dass er den Schädel unbedingt haben wollte. Da war eine Bestimmtheit aus seinen Worten herauszuhören, die keine Widerrede zuließ. Dazu passt auch, dass er sofort auf die Verdoppelung des Finderlohns eingestiegen ist. Jirschi hat daraus geschlossen, dass der Schädel wesentlich mehr wert wäre. Nachdem der Anrufer Ort und Zeitpunkt für die Übergabe genannt hatte, war das Gespräch auch schon wieder beendet. Ich schätze, es hat nicht länger als eineinhalb Minuten gedauert.«

»Hat er in irgendeiner Weise anklingen lassen, wer er ist?«

Energisch schüttelte Erki seinen Kopf. »Nein. Kein Name, kein ›Hallo‹ und auch kein ›Auf Wiedersehen‹. Nach meiner Erklärung, mit dem Treffpunkt einverstanden zu sein, hat er aufgelegt.«

»Ein ›Auf Wiedersehen‹ wäre auch vergebene Liebesmüh gewesen«, erklärte Jerabek. »Sie werden den Mann nicht mehr treffen können. Er ist tot.«

Erki fuhr hoch. »Tot? Am Zentralfriedhof? Wo haben Sie ihn gefunden?«

Der Polizeibeamte öffnete den Reißverschluss seiner Herrenhandtasche, entnahm dieser wortlos die vergrößerte Abbildung einer Fotografie und legte sie vor dem Studenten auf den Tisch.

Erki schob mit dem Mittelfinger seine Brille entlang des Nasenrückens nach oben und beugte sich über das Bild. Die Aufnahme zeigte eine männliche Person, die mit verdrehten Beinen und weit von sich gestreckten Armen auf dem Rücken lag. Auf Höhe des Bauchs zeichnete sich neben dem Mann ein dunkler Fleck auf dem Fußboden ab. Erki starrte ungläubig auf das Foto. Es dauerte ein wenig, bis er realisiert hatte, zu welchem Raum der blutgetränkte Teppichboden gehörte.

»Das ist doch …«, stotterte er. »Ist das mein Schlafzimmer?«

Jerabek tippte mit dem Zeigefinger auf das Bild und nickte. »Wir kommen gerade aus Ihrer Wohnung, Herr Neubauer. Der Tote ist auch der Grund, warum Sie so lange auf uns warten mussten.«

Laut schnaufend stieß Erki die Luft aus seinen Lungen und raufte sich die Haare. »Eine Leiche! Bei mir zu Hause! Ich pack es nicht! In meinem Schlafzimmer wurde wer ermordet, mein bester Freund liegt im Allgemeinen Krankenhaus, und mein Stammlokal ist wegen eines Einbruchs geschlossen. Rund um mich herum nur Katastrophen!«

Dem älteren Beamten entkam ein kurzes Schmunzeln. »Keine Ahnung, wie Sie das machen, Herr Neubauer, aber Sie scheinen das irgendwie anzuziehen. Wir sind regelrecht froh, dass Sie in der Wohnung Ihrer Freundin keine Toten oder Schwerverletzten hinterlassen haben. Kollege Berger hat das überprüft.«

»Ist das der Anrufer?« Erki zeigte auf die Fotografie.

Sofort wurde Jerabek wieder ernst. Er nahm sein kleines ledergebundenes Büchlein zur Hand.

»Der Tote heißt möglicherweise Constantin Chelos, vielleicht aber auch Giannis Costa oder Nico Alexiou. Er scheint in den vergangenen Jahren so viele verschiedene Identitäten besessen zu haben, dass mich auch Namen wie Mikis Theodorakis oder Aristoteles Onassis nicht wundern würden. Wir wissen kaum etwas über ihn, rechnen ihn aber der Balkanmafia zu. In einschlägigen Kreisen soll der Tote als ›der Grieche‹ bekannt gewesen sein, obwohl wir vermuten, dass er eher aus Mazedonien stammt.«

Erki stöhnte. »Die Balkanmafia? Was will die bei mir in der Wohnung? Haben Sie denn nicht auch mal eine gute Nachricht für mich?«

»Haben wir, Herr Neubauer. Wie es aussieht, sind Sie nicht der Mörder von Levon Kaltenbrunner.«

»Sind Sie sicher? Ich war doch der Letzte, der mit ihm gesprochen hat. Auf dem Schwendermarkt, weit nach Mitternacht. Ich könnte ihm bis zur Remise gefolgt sein.«

»Glauben Sie, dass Sie ihn umgebracht haben?«

»Nein. Warum sollte ich?«

»Eben. Sie hatten kein Motiv für diese Tat. Der ›Grieche‹ hingegen schon. Der wollte die Tasche haben, mit der Sie auf der Parkbank vergeblich auf Kaltenbrunners Rückkehr gewartet haben. Es gibt auch ein handfestes Indiz dafür, dass der Mann das Verbrechen begangen hat. Wir haben das iPhone Kaltenbrunners in seiner Hosentasche gefunden. Darauf sind Textnachrichten gespeichert, mit denen zunächst ein Treffen im ›Tschecherl‹ vereinbart worden war, dann bei der Remise. Der ›Grieche‹ wird es an sich genommen haben, um seine Spuren zu verwischen. Das Ergebnis zur Untersuchung des Trolleys steht noch aus. Wir hoffen, Faserspuren, Haare oder dergleichen zu finden, um weitere Beweise hinzufügen zu können. Ich denke aber, dass wir den Mörder Kaltenbrunners gefunden haben. Jetzt müssen wir den Mörder des Mörders finden.«

Nervös rutschte Erki auf seinem Sessel hin und her. Das Unternehmen »Zentralfriedhof« war gehörig in die Hose gegangen. Aus einem Mord waren plötzlich zwei geworden, und beinahe wäre Jirschi zur Liste der Todesopfer hinzugekommen, trotz Militärstiefeln und Elektroschocker.

Jerabek unterbrach seine Gedanken. »Sie studieren Geschichte?«

»Ja. Warum?«

»Nun, ich glaube, dass es immer etwas mit der Verklärung der Vergangenheit zu tun hat, wenn Menschen dazu bereit sind, für materielle Andenken an Verstorbene ein Vermögen auszugeben. Vor ein paar Jahren sind in einem New Yorker Auktionshaus ein paar persönliche Dinge Gandhis versteigert worden. Ungeachtet heftiger Proteste der indischen Regierung kamen eine Taschenuhr, die bekannte Nickelbrille, Sandalen und sein Essbesteck unter den Hammer. Schätzen Sie mal, was der Bestbieter dafür bezahlt hat!«

Erki streckte sein Kinn nach vorne und ließ die Fingerkuppen über seinen Dreitagebart wandern. Seit sich Caterina in Amerika befand, nahm er es mit dem Rasieren nicht mehr so genau. »Hmm ... dreißigtausend?«

Jerabek nickte. »Das war in etwa die Summe, mit der das

Auktionshaus gerechnet hat. Geworden sind es dann allerdings eins Komma acht Millionen Dollar!« Der Kriminalbeamte blickte auf seine Kaffeetasse und ließ die Zahl wirken. »Ein Geschäftsmann aus Indien hat so viel lockergemacht.« Mit einem Lächeln fügte er hinzu: »Für den Kaufpreis wären sich bestimmt auch eine hochwertige Gleitsichtbrille und moderne Flipflops ausgegangen.«

»Eins Komma acht Millionen«, wiederholte Erki staunend. »Glauben Sie, dass jemand für den Schädel des Bischofs auch so viel bezahlen würde?

»Möglich wäre es. Mahatma Gandhi wird in seiner Heimat gottähnlich verehrt. Wenn es sich bei der Reliquie tatsächlich um einen der drei wichtigsten Heiligen der orthodoxen Kirche handelt, könnte ich mir gut vorstellen, dass sich dafür ebenfalls ein zahlungskräftiger Käufer aus dem griechischen oder russischen Raum findet.«

»Dann sollten Sie die Echtheit überprüfen lassen. Zumindest das Alter der Schädelknochen ließe sich mit einer Radiokohlenstoffuntersuchung recht genau eingrenzen!«

»Es wäre durchaus interessant, das feststellen zu lassen. Allerdings ist der Schädel weg.«

»Was? Sind Sie sicher?«

»Ganz sicher«, mischte sich Berger in das Gespräch ein. »Ich habe mich selbst davon überzeugt. Der Kopf ist verschwunden.«

»Ich glaub, ich brauch jetzt einen Schnaps«, murmelte Erki halblaut und begann seine Kaffeetasse mit einem Finger am Henkel hin- und herzuschieben.

»Na, na! Sie sind Zeuge in zwei Mordfällen, Herr Neubauer«, erklärte Berger vorwurfsvoll. Er war mit seinem roten Schreibtischsessel an den Tisch herangerollt. »Sie sollten sich bewusst sein, dass es sich hier um eine Vernehmung handelt. Wir sitzen nur deshalb nicht in einem der Verhörzimmer, weil wir uns vom letztjährigen Kriminalfall rund um den Arbeitgeber Ihrer Freundin her kennen. Als alte Bekannte, sozusagen. Eine der Beweisaufnahme dienende polizeiliche Zeugenbefragung bleibt es dennoch. Zwei Tote sind kein Spaß.« Berger holte die Schlüssel zu Caterinas Wohnung, die Erki ihm zur Verfügung gestellt hatte, aus seiner Hose und warf sie auf den Tisch. »Sind Sie sicher, dass Sie den Totenkopf auf der Terrasse zurückgelassen haben?«

»Ganz sicher. Im Topf mit der Bananenpflanze, gleich neben den Liegen.«

Berger schüttelte den Kopf. »Ich konnte keinen Schädel finden. Weder im Außenbereich, in dem perfekte Ordnung herrscht, noch in der Wohnung. Mal abgesehen von dem Ihrer riesigen Katze, die mich in einem fort bei meiner Suche behindert hat.«

»Ich hab einen Kater!«

Berger sah irritiert vom Schlüsselbund zu Erki hoch. »Dann dürfen Sie eben nicht so viel trinken, Herr Neubauer. Soll ich Ihnen ein Glas Wasser bringen?«

Erki ersparte sich nähere Erklärungen zur geschlechterspezifischen Unterscheidung von Feliden und nickte nur. Schließlich hatte der hochgewachsene Polizeibeamte ja nicht ganz unrecht. Auch am zweiten Tag nach seinem nächtlichen Ausrutscher spürte er noch die Nachwehen der alkoholischen Vergiftung in Form von plötzlichen Schweißausbrüchen und einem flauen Gefühl im Magen. Die Erkenntnisse der letzten Minuten hatten auch nicht gerade dazu beigetragen, sein körperliches Wohlbefinden zu steigern.

»Kommt sogleich.« Umständlich stemmte Berger seinen langen Körper hoch und verließ das Büro in Richtung Teeküche.

Gedankenverloren sah Erki ihm nach. Mit einem Einbruch ging ein großes Stück Geborgenheitsgefühl von dem Ort verloren, den man bis dahin als sicheren persönlichen Rückzugsbereich betrachtet hatte. Der Student verspürte diese Empfindung gerade doppelt. Langsam drehte er sich zu Jerabek. »Wurde in beide Wohnungen eingebrochen?«

»Beim Apartment Ihrer Freundin konnten interessanterweise keine Spuren eines gewaltsamen Eindringens festgestellt werden. Bei Ihnen in der Märzstraße hingegen ganz eindeutig. Das Schloss am Eingangstor war aufgebrochen. Ihre Wohnungstür kann jeder Nachwuchseinbrecher knacken. Sie stand offen, als Ihre Nachbarin den Toten gefunden hat. Der Mörder scheint die Wohnung fluchtartig verlassen zu haben.«

»Die alte Sacher hat den Mann gefunden?«, rief Erki ungläubig. »Was wollte die denn bei mir?«

»Ihre Nachbarin hat sich über die offene Tür gewundert und Ihre Räume betreten, um nach dem Rechten zu sehen. Dabei ist sie auf die Leiche des ›Griechen‹ gestoßen. Sie ist sofort zurück in ihr eigenes Wohnzimmer, hat dort zur Beruhigung einen Likör gekippt, sich mit einem Küchenmesser bewaffnet und ist dann nach unten in den Frisiersalon gelaufen, von wo man die Polizei verständigt hat.«

»Geht es ihr eh gut? Sie ist schon über neunzig und hat es am Herzen.«

»Ihrer Nachbarin geht's prächtig«, versicherte Jerabek. »Sie hat uns mit dem Messer in der Hand am Treppenabsatz empfangen und versprochen, jeden abzustechen, der ihren am Aufgang zum ersten Stock platzierten Topfpflanzen zu nahe kommt.« Der Abteilungsinspektor lachte. »Noch nie hab ich die Tatortgruppe so vorsichtig zu einem Schauplatz schleichen sehen. Eine Kollegin hat Frau Sacher dann in ein Gespräch über Pelargonien verwickelt und entwaffnet. Am Küchenmesser befanden sich übrigens nur Zwiebelreste. Es scheidet als Tatwaffe aus.«

Berger kehrte mit einem Glas Wasser zurück, stellte es vor Erki auf die Tischplatte und nahm wieder auf dem roten Schreibtischsessel Platz.

»Wer hat außer Ihnen noch Zugang zur Wohnung von Frau Delmedici?«

»Caterinas Wohnungsschlüssel befindet sich in einer Lade des Vorzimmerschranks, meiner liegt hier am Tisch. Einen dritten hat ihre Mutter. Für Notfälle. Mehr sind mir nicht bekannt.«

Jerabek fasste sich nachdenklich ans Ohr und blickte zu seinem jüngeren Kollegen. »Kann man von außen auf die Terrasse gelangen?«

»Keine Chance«, stellte Berger entschieden fest. »Nicht ohne Spezialausrüstung und Klettererfahrung. Direkt neben dem Haus befindet sich ein kleiner Park. Von dieser Seite geht gar nichts. Und um über das niedriger gelegene Dach des Nebenhauses nach oben zu kommen, müsste man einen Höhenunterschied von gut sechs Metern überwinden. Selbst für die Kollegen der WEGA keine leichte Übung. Da wäre es bedeutend einfacher, die Tür einzutreten.«

Jerabek hörte seinem Partner aufmerksam zu und hielt Stichworte in seinem Notizbuch fest. Schließlich räusperte er sich und richtete seinen untersetzten Oberkörper auf.

»Lassen wir die Wohnung von Frau Delmedici mal beiseite und wenden wir uns wieder dem Toten zu.« Er hielt sich seinen Kugelschreiber vor das Gesicht und betrachtete das vergoldete Gehäuse des edlen Schreibgeräts. »Der ›Grieche‹ ist erstochen worden. Mit einem spitzen Gegenstand.« Jerabek drückte mit seinem Zeigefinger gegen die Kugelschreiberspitze. »Heute, vormittags, zwischen neun und zehn Uhr. So weit die erste, grobe Einschätzung der Gerichtsmedizin. Das wirft zwei grundsätzliche Fragen auf. Erstens: Wer hat den ›Griechen‹ erstochen, und zweitens: Wer ist der zweite Täter?«

»Der zweite Täter?«, wunderte sich Erki. »Reicht denn nicht einer aus, um jemanden zu erstechen?«

Jerabek ließ den goldenen Kuli wieder sinken. »Wer mit dem geeigneten Mordwerkzeug und der dafür notwendigen Skrupellosigkeit ausgestattet ist, schafft das bestimmt auch ohne Hilfe. Zumal wir davon ausgehen, dass der Mörder in Ihrer Wohnung das Überraschungsmoment ausgenützt hat, denn der Tat scheint kein Kampf vorausgegangen zu sein.«

Unter dem Ächzen seines Sessels lehnte sich der Ermittler

zurück. »Bedeutend schwieriger wird es für den Mörder gewesen sein, zur selben Zeit am anderen Ende der Stadt Herrn Nemecek niederzuschlagen.« Der Druckknopf des Schreibstifts wanderte über die eng beschriebenen Seiten des Notizbuchs. »Inklusive der notwendigen Fußmärsche haben wir für die Distanz von Ihrer Wohnung bis zum Falco-Grab eine Wegzeit von einer knappen Stunde errechnet. bei Verwendung öffentlicher Verkehrsmittel dauert es noch länger. Das bringt uns zwangsläufig zu der Annahme, dass es sich um zwei verschiedene Straftäter handeln muss.«

Die These war einleuchtend. Dennoch gelang es Erki nicht, die näheren Zusammenhänge zu erfassen. Dass der ›Grieche‹ hinter dem Bischofsschädel her gewesen war, stand außer Zweifel. Das hatte er ja telefonisch kundgetan. Gut möglich, dass er den Braten in Form des Krauthappels gerochen und jemand anderen zum Zentralfriedhof geschickt hatte, um in Erkis Wohnung ungestört nach dem Heiligen suchen zu können. Doch wem war er dort ins Messer gelaufen? War der ›Grieche‹ mit einem seiner Spießgesellen der Balkanmafia bei ihm eingedrungen und dann mit diesem in Streit geraten? Lief denn neuerdings jeder mit einem Messer durch sein Haus? Aloisia Sacher inbegriffen?

Es klopfte an der Tür, und kurz darauf stand Verena Weck im Zimmer. Sie trug eine hautenge Hose in Lederoptik, die ihre wohlgeformten Beine und die Kurven von Hüften und Po so sehr zur Geltung brachte, dass Berger daran gehindert wurde, oberhalb der Gürtelhöhe noch irgendetwas wahrzunehmen. Vermutlich hätte die außergewöhnlich attraktive Rothaarige aus dem Innendienst auch eine Atemschutzmaske tragen können, ohne dass es dem Junggesellen aufgefallen wäre.

»Jungs, ich hab was für euch«, flötete Weck und knallte einen Schnellhefter auf die mit Sportwagen bedruckte Schreibtischunterlage Bergers.

Der lange Kriminalbeamte mit der Vorliebe für formschöne

Fahrgestelle blieb mit offener Kinnlade auf seinem Sessel sitzen. Schwungvoll warf Weck ihr langes rotes Haar über die Schulter, machte auf den Bleistiftabsätzen ihrer Stiefeletten kehrt und stolzierte unter den Blicken von drei sprachlos zurückgelassenen Männern aus dem Büro.

Die von ihren überwiegend männlichen Kollegen nur »VW« genannte Mitarbeiterin war dafür berüchtigt, durch ihr bloßes Erscheinen jeden Arbeitsablauf im Landeskriminalamt zum Erliegen bringen zu können. Ein Talent, das auch dem Leiter des Referats nicht entgangen war. Er hatte die gut aussehende Rothaarige daher in sein Vorzimmer gesetzt. Zur Sicherheit, wie er stets betonte. Vor allem seiner vierten Ehefrau gegenüber.

Es dauerte eine gefühlte Ewigkeit, bis Berger endlich aufsprang und sich die Unterlagen schnappte. Diese beinhalteten erste Erkenntnisse der Spurensicherung zur dunkelblauen Sporttasche. Berger überflog den kurzen Text, der durch zahlreiche Fotos ergänzt worden war.

»Die Tasche war es jedenfalls nicht, worauf die Täter aus waren«, fasste Berger den Inhalt zusammen. »Weder gab es etwas Verborgenes darin zu finden, noch handelt es sich bei dem Fabrikat selbst um etwas Außergewöhnliches. Das Modell ist bis in die achtziger Jahre in Fernost produziert und zigtausend Mal in Europa verkauft worden. Billige Massenware. Zur Stunde wird sie auf Fingerabdrücke überprüft. Das Ergebnis steht noch aus.«

»Ich denke, wir werden an der Tasche vor allem Ihre Abdrücke finden«, mutmaßte Jerabek mit einem Blick auf Erki. »Und mit Sicherheit auch die von Levon Kaltenbrunner. Die Sporttasche wird wahrscheinlich durch viele Hände gegangen sein. Jeder Kunde des Altwarenladens könnte seine Finger drangehabt haben. Ich erhoffe mir keine entscheidenden Hinweise aus dieser Untersuchung. Leider besitzen wir nur die Verpackung und nicht den Inhalt.«

Jerabek klappte sein Notizbuch zu. »Für Sie, Herr Neubauer, ist diese Vernehmung fürs Erste beendet. Halten Sie sich bitte die nächsten Tage für eventuelle weitere Fragen zur Verfügung. Aber bitte nicht in Ihrer Wohnung! Dort ist die Polizeiarbeit noch nicht ganz abgeschlossen.«

»Wo soll ich denn hin?«

»Sie werden die heutige Nacht wohl oder übel in Caterinas Apartment verbringen müssen.« Jerabek schob den Schlüsselbund quer über die Tischplatte zu Erki.

»Ich würde bei mir zu Hause ohnehin kein Auge zumachen können. Nicht ohne einen neuen Teppich.« Erki griff noch einmal zu dem Foto mit dem Toten in seinem Schlafzimmer. Mit Sorgenfalten betrachtete er den dunklen Fleck neben der Leiche. Auch mit einem neuen Bodenbelag würde ihm das Wissen zu schaffen machen, dass in diesem Zimmer ein Mensch gewaltsam getötet worden war. Seufzend legte er das Foto wieder vor sich auf den Tisch, als ihm plötzlich etwas an der Kleidung des Ermordeten auffiel. Unter der dunklen Jacke des Mannes schaute ein dunkelblauer Pullover mit türkisfarbenen Querstreifen hervor.

»Trug der Tote eine schwarze Baseballkappe?«

»Ja. Woher wissen Sie das?« Jerabek hob die Brauen. »Die Kappe ist nicht auf dem Bild! Sie lag etwas abseits.«

»Ich kenne den Mann«, rief Erki aufgeregt. »Ich habe ihn heute Morgen gesehen! In der Straßenbahn! Er hat in der Bank hinter uns gesessen. Ich habe mich umgeblickt, als Jirschi seinen Elektroschocker hochgehalten hat. Der Mann schien zu schlafen, mit verschränkten Armen und einer ins Gesicht gezogenen Baseballmütze. Seine Jacke lag am Nebensitz. Ich kann mich genau an die auffälligen türkisen Streifen auf seinem Pullover erinnern.«

»Darf ich annehmen, dass Sie und Herr Nemecek sich während der Fahrt über das Treffen am Friedhof unterhalten haben?«

»Wir haben über nichts anderes gesprochen!«

»Dann wusste der ›Grieche‹ auch vom wahren Tascheninhalt. Können Sie sagen, wo der Mann ausgestiegen ist?«

Erki schüttelte den Kopf. »Ich habe nur einmal nach hinten geschaut. Als wir die Straßenbahn verlassen haben, war der Waggon fast leer. Da war er bestimmt nicht mehr in der Bim.«

»Ein idealer Zeitpunkt, um sich ungestört der Durchsuchung Ihrer Wohnung zu widmen«, stellte Berger fest. »Eine zweite Person hat dann mit dem Angriff auf Herrn Nemecek für eine Verlängerung Ihres Fernbleibens gesorgt.«

Jerabek erhob sich, beugte sich über den Tisch und betrachtete das Foto. »Fein ausgedacht, El Greco!«, murmelte er. »Aber das Leben ist genauso wenig planbar wie der Tod. Und manchen wird diese Lektion mit einem Bauchstich gelehrt.« Bedächtig verstaute er das Bild in seiner Tasche. »Ab und zu erwischt es ja doch auch die Richtigen.«

»Wie wollen Sie den Messerstecher denn ausfindig machen?« Auch Erki war aufgestanden.

»Ein Team von Kollegen verfolgt seit dem Vormittag eine Spur, die sich aus einem Telefonat des ›Griechen‹ ergeben hat. Sie, Herr Neubauer, haben uns jetzt ein mögliches Motiv geliefert. Auch hier werden wir ansetzen. In ein paar Stunden wissen wir dann hoffentlich mehr.«

Jerabek nahm das braune Täschchen vom Tisch und schlang den dünnen Lederriemen um sein Handgelenk.

Er nickte Erki freundlich zu, gab Berger einen Wink, ihm zu folgen, und entfernte sich mit einem kurzen »Auf Wiedersehen«. An der Tür blieb er stehen, drehte sich um und wandte sich nochmals an seinen Zeugen.

»Ach ja, jemand hat Ihnen ins Schlafzimmer gekotzt. Die Tatortgruppe hat Proben davon mitgenommen, zur näheren Untersuchung durch die Spurensicherung. Ich denke, dass ohnehin ein neuer Teppich fällig war.«

Lächelnd verließ er sein Büro.

17

from: Caterina Delmedici
subject: Le nozze di Figaro
1:03 a.m.

Liebster Erik,

ich bin soeben nach Hause gekommen und noch immer hin und weg von der Aufführung. Am liebsten würde ich dich sofort anrufen, aber da du mir erst um 22:30 geschrieben hast (Hey, da war es halb fünf in Wien! Hattest du Sehnsucht nach mir?), gehe ich davon aus, dass du jetzt schläfst wie ein Stein. Ich kann aber unmöglich bis zum Morgen warten, ohne meine Eindrücke mit dir zu teilen. Hier also ein kleiner Vorgeschmack:

Mir ist ja bewusst, dass du keine Opern magst, aber dieses Meisterwerk würde mit Sicherheit auch dich beeindrucken! Die Leichtigkeit, mit der es Mozart und Da Ponte gelungen ist, die doch recht verzwickte Handlung der literarischen Vorlage umzusetzen, ist wirklich einzigartig. Von der Musik ganz zu schweigen. Das vom Hausprinzipal Fabio Luisi dirigierte Orchester war schlichtweg großartig! Dazu die unglaubliche Atmosphäre im Haus am Lincoln Center! Ich bekomme jetzt noch eine Gänsehaut, wenn ich an den minutenlangen Applaus nach der Arie des Figaro denke, in der dieser Cherubino gute Ratschläge gibt. Du musst unbedingt mal mit mir dort hin. Die Met allein ist eine Reise nach New York wert!

Wir waren übrigens nicht die einzigen Wissenschaftler im Saal. Zwei Reihen vor uns habe ich Brigitte Boisselier entdeckt, die Sprecherin dieser UFO-gläubigen Sekte der Rae-

lianer, von der ich dir zuletzt erzählt habe. Du weißt schon, diese völlig abgefahrenen Spinner, die das Zeitalter der Wissenschaft ausgerufen haben und ihren Mitgliedern ewiges Leben durch Klonen versprechen. Die französische Molekularbiologin ist durch das Tragen eines großen, goldenen Abzeichens an ihrer Designer-Abendrobe aufgefallen. Eine merkwürdige Kombination aus Hakenkreuz und Davidstern. Dagegen war ich in dem schicken langen Kleid, das wir letztes Jahr in der kleinen Boutique in Mailand gefunden haben, direkt unscheinbar.

Nur in dem irischen Pub, in das wir nach der Vorstellung noch auf ein Bier gegangen sind, war ich damit dann hoffnungslos overdressed. Andrew hat mich als italienischen Filmstar vorgestellt, und die Pubbesucher wollten doch tatsächlich Autogramme von mir haben. Wir hatten jede Menge Spaß. Im »Paddy's« hättest auch du dich pudelwohl gefühlt. Das Lokal ist mit den ungewöhnlichsten Musikinstrumenten vollgestopft, und an der Decke über der Bar hängt ein altes Klavier.

Zu deiner nächtlichen Mail: Warum musst du am Vormittag denn nochmals zu Franz? Ich dachte, du hättest deine Zeugenaussage schon gemacht! Und warum fragst du, ob ich »Johannes Chrysostomos« kenne? Zu dem Patron der Bildungs- und Kultureinrichtungen findest du genug Informationen im Internet. Hast du etwa vor, den Heiligen um ein rasches Ende deines Studiums zu bitten? Dann kannst du dir den 13. September als Gedenktag vormerken. Früher war es laut Heiligenkalender auch der 27. Jänner, falls du eine zweite Chance benötigst.

Lernen ist im Allgemeinen jedoch effektiver als das Anflehen von Heiligen. So weit meine eigene Erfahrung. Du kannst es aber gerne mit einer Kombination beider Methoden probieren. Was du keinesfalls vergessen solltest, ist der heutige Gedenktag. Dieser ist allen Frauen gewidmet, die an Universitäten im Ausland arbeiten. Denk dran und nimm keine

Rücksicht auf die Uhrzeit in NYC! Ruf einfach an, sobald du munter bist!

Beste Grüße aus New York
Caterina

18

Mit lautem Klingeln rumpelte der 46er knapp vor Erkis Nase über die Lerchenfelder Straße. Er hatte die Straßenbahngarnitur nicht kommen sehen. Erschrocken hielt er an und blickte den roten Wagen nach, die sich langsam die Steigung zum Gürtel emporarbeiteten.

Seine Gedanken drehten sich um Jirschi, den er im Allgemeinen Krankenhaus hatte besuchen wollen. Gleich nach dem Ende des Verhörs war er zum Spital gefahren, wo ihm aber der Zugang zum Zimmer seines Freundes verwehrt worden war. Trotz aller Versicherungen, zum engeren Familienkreis zu gehören, hatte man ihn in den Wartebereich verwiesen. Dort war er auf Valerie getroffen, die ihm völlig aufgebracht erklärt hatte, welch verantwortungsloser Schwachkopf er sei. Erst nach viel gutem Zureden war es ihm gelungen, sie zu beruhigen. Schließlich hatte sie sich an seiner Schulter ausgeweint.

Es war wirklich keine glorreiche Idee gewesen, sich auf Verhandlungen mit kriminellen Elementen einzulassen. Bereits die erste Kontaktaufnahme durch den ›Griechen‹ hätte ihm zu denken geben müssen. Mit Menschen, die in Häuser eindrangen, um schriftliche Botschaften unter Türen durchzuschieben, sollte man besser keine Geschäfte machen. Schon gar nicht, wenn diese nächtliche Anrufe durchführten, ungebeten fremde Schlafzimmer betraten und sich selbst als Leiche zurückließen.

Erki war der entnervenden Warterei schnell überdrüssig geworden. Er hatte Valerie das Versprechen abgenommen, ihn sofort über jede Veränderung an Jirschis Zustand zu informieren, und war dann zwischen den Gebäuden der medizinischen Fakultät zum Ostausgang der weitläufigen Anlage spaziert, wo er das Krankenhausgelände verlassen hatte. Am alten AKH vorbei hatte ihn sein Weg über die Spitalgasse in die Lange Gasse geführt, die vom Alsergrund durch die gesamte Josefstadt nach Süden verlief.

Nachdenklich war er an den im späthistorischen Stil gestalteten Fassaden der alten Bürgerhäuser entlanggeschlendert, ohne die vielen Cafés und Restaurants bewusst wahrzunehmen, die diesen Straßenzug prägten. Erst beim Passieren eines indischen Lokals an der Ecke zur Florianigasse war ihm die Idee gekommen, Jirschi in eine der gediegen wirkenden Gaststätten zum Essen einzuladen, sobald er aus dem Krankenhaus entlassen würde. Wenn es nach ihm ging, durfte sein bester Freund dabei auch seine Tarnkleidung und seine Militärstiefel anbehalten, Bierdosen mit sich führen und nach Herzenslust rülpsen. Hauptsache, er wurde wieder ganz gesund.

Die Lange Gasse machte ihrem Namen alle Ehre, und Erki begann sein Rennrad zu vermissen, das er am Morgen an einen Metallsteher beim Urban-Loritz-Platz gekettet hatte. Er blickte auf seine Armbanduhr. In New York war es jetzt elf Uhr vormittags. Bestimmt hatte ihm Caterina am Morgen wieder geschrieben und wartete seitdem vergeblich auf Antwort.

Jenseits der Straßenbahngleise befand sich eine torähnliche Öffnung inmitten der Fassade eines dreistöckigen Gebäudes, das eine italienische Bar beherbergte. Erki kannte diese unscheinbare Abkürzung. Wer an dieser Stelle in das Innere des Hauses trat, konnte über mehrere, teils mit Weinreben überdachte Innenhöfe zur Neustiftgasse hinabsteigen. Vor Touristen gut verborgen, befand sich hier eines jener Wiener Durchhäuser, die einen Blick auf ein Paralleluniversum zum allgegenwärtigen Großstadtgetriebe ermöglichten. Ein Ort voller kleiner Schlupfwinkel, Pawlatschen und begrünter Oasen. Wien war schön. Erki liebte die Stadt. Doch heute fehlte ihm der Sinn für diese Schönheiten. Mit trüben Gedanken durchschritt er die Abfolge von Torbögen, Durchgängen und gepflasterten Hinterhöfen.

Unten angekommen verließ er die Schatten der Häuser und blinzelte gegen die Sonne, die über den Türmen der Sankt-Ulrichs-Kirche stand. Nach den vielen Regentagen der letzten Wochen tat es gut, wieder die Wärme des Frühsommers zu verspüren. Erki sandte ein kurzes Stoßgebet in Richtung des Ulrichsplatzes und wünschte sich, dass mit der lebensspendenden Energie des gelben Sterns am Himmel auch Jirschi die Kraft bekam, sich von den Folgen des heutigen Niederschlags zu erholen.

Trotz des beginnenden Wochenendes waren unvermindert viele Fahrzeuge unterwegs. Der Nachmittagsverkehr hatte die Stadt fest im Griff. Erki nutzte eine Lücke in der Blechkolonne und setzte über die Straße. Es war jetzt nicht mehr weit zu Caterinas Wohnung, und der Bummelstudent beschleunigte seine Schritte.

Mit abnehmender Entfernung zum Apartment seiner Freundin wuchs in ihm das Bedürfnis, sich ihr anzuvertrauen. Valeries Worte, dass er an dem ganzen Schlamassel schuld sei, lasteten zentnerschwer auf seinen Schultern. Seine Vertrauensperson auf dieser Seite des Atlantiks lag seinetwegen im AKH, und es gab niemanden in seinem näheren Umfeld, mit dem er seine mit Selbstvorwürfen belasteten Gedanken teilen konnte. In der Not zeigte sich plötzlich, wie oberflächlich sein Verhältnis zu der großen Schar seiner anderen sogenannten Freunde eigentlich war. Jetzt, wo er dringend Zuspruch benötigte, fiel ihm niemand ein, mit dem er seine Gefühlslage bereden konnte. Niemand außer Caterina, die so weit von ihm entfernt war und ihm doch so nahestand. Den ganzen Tag über war er daran gehindert gewesen, mit ihr in Kontakt zu treten. Die vielen Stunden auf dem Friedhof, im Landeskriminalamt und im Krankenhaus hatten ihn länger von ihr ferngehalten, als ihm lieb war, und zu allem Überfluss war im Laufe des Tages auch noch der Akku seines Handys leer geworden.

An der nächsten Quergasse verfiel Erki in den Laufschritt. Er lief zur Burggasse hoch und eilte zu Caterinas Wohnhaus am Spittelberg.

Der Eingangsbereich des erst vor Kurzem renovierten Gebäudes in der Kirchberggasse war mit bengalschwarzem Granit ausgelegt, dessen Oberfläche so glatt poliert war, dass sich die Stiegengeländer und Aufzugtüren aus Edelstahl darin spiegelten. Am Erscheinungsbild dieses Raums zeigte sich in aller Deutlichkeit die Gentrifizierung, die das Viertel rund um den Spittelberg erfasst hatte. Die über lange Zeit hindurch vernachlässigten Häuser aus der Biedermeierzeit waren im Zuge des Strukturwandels der vergangenen Jahre für neue, zahlungskräftige Mieter und Eigentümer attraktiv geworden und hatten dadurch zu einem Austausch ganzer Bevölkerungsgruppen geführt. Jetzt war dort, wo bis tief in das 20. Jahrhundert hinein noch ärmliche Verhältnisse auf engstem Wohnraum geherrscht hatten, die neue gehobene Mittelschicht eingezogen, die das Szeneviertel mit der Nähe zur Innenstadt für sich entdeckt hatte.

Erki las die Schilder an den seitlich angebrachten Postkästen. Einem Großteil der Namen war etwas vorangestellt, dem er seit zwanzig Semestern erfolglos hinterherlief: ein akademischer Titel. Hier wohnten neben erfolgreichen Geschäftsleuten vor allem Ärzte, Rechtsanwälte und Führungskräfte von Unternehmen aus der IT-Branche. Viel mehr wusste Erki nicht von Caterinas Nachbarn. Die meisten hatte er noch nie zu Gesicht bekommen.

Nur die aufgetakelte Gattin eines ehemaligen Bankdirektors kannte er persönlich. Die Frau hatte ihm unterstellt, mit Kreide immer wieder jene Summe an ihre Wohnungstür zu schreiben, die ihr Gatte als Leiter eines Kreditinstituts vor seiner vorzeitigen Pensionierung verspekuliert hatte. Ihre perlweißen Zahnreihen und das Blond ihrer Haare waren genauso falsch wie die Prognosen ihres Gatten zur Entwicklung der Aktienmärkte. Mit ihrem Verdacht zur Urheberschaft der neunstelligen Zahlen an ihrer Tür lag sie hingegen goldrichtig.

Ein vor wenigen Jahren erfolgter Umbau des Hauses hatte eine zusätzliche Wohnebene geschaffen, zu der man mit dem neu eingebauten, jetzt bis zum sechsten Stock hochführenden Aufzug gelangen konnte. Genau genommen handelte es sich bei dieser Etage um die Mansarde, in der zwischen den Dachschrägen eine Wohnung mit Zugang zu einer kleinen Terrasse errichtet worden war. Das Apartment Caterinas.

Sie hatte lange auf eine Bleibe in guter Lage gewartet, die mit einem Fleckchen Grün verbunden war. Dachterrassenwohnungen waren begehrt und dadurch für junge Menschen nahezu unerschwinglich. Erst eine finanzielle Zuwendung ihrer Eltern und die persönlichen Kontakte ihres Arbeitgebers und Mentors, Professor Grünzweig, zu leitenden Angestellten eines Bauträgers hatten es ihr ermöglicht, ihren Wohntraum zu realisieren. Schon kurz darauf hatte sie das Ableben ihres Fürsprechers beklagen müssen. Damit war für sie nicht nur ein väterlicher Freund verloren gegangen, sondern auch ihr Arbeitsplatz in einem Forschungsprojekt der Technischen Universität. Die Begeisterung des renommierten Wissenschaftlers für alternative Energiegewinnungsformen hatte sie genauso übernommen wie seinen Kater, Viktor.

Sogleich nachdem Erki die Wohnung betreten hatte, sprang das Tier zu ihm und brachte lautstark seinen Unmut über die zuletzt doch recht eigenwillig abgeänderten Fütterungszeiten zum Ausdruck.

Ohne seine Fußsohlen zu heben, schlurfte Erki mit dem eng um seine Beine schnürenden Kater zur Küche, wo er den Inhalt einer Katzenfutterdose in die Futterschüssel leerte. Auf der Speisekarte stand Geflügel mit Wild.

Viktor stürzte sich gierig auf das Festmahl und machte Erki damit bewusst, dass auch ihm selbst etwas Nahrungszufuhr guttun würde. Er durchsuchte Küche und Kühlschrank nach Essbarem und fand Reste alten Toastbrots, ein paar Scheiben

Wurst, Käse und eine Handvoll Oliven. Kunstvoll auf einem Teller angerichtet, sah die spärliche Ausbeute durchaus ansprechend aus. Er trug das Essen zu Caterinas Schreibtisch und kramte nach einem Ladekabel für sein Mobiltelefon.

Lustlos kaute er an einem Bissen Brot und betrachtete die Anzeige des Ladevorgangs an seinem Smartphone. Schließlich erhob er sich, warf dem Kater ein Stück Wurst zu und schlenderte auf die Terrasse.

Noch gestern Abend hatten sie hier gesessen. Jirschi und er. Zwei unzertrennliche Freunde seit der ersten Volksschulklasse. Eine Symbiose gänzlich unterschiedlicher Menschen. Auf der einen Seite der sportliche junge Mann mit den klaren Strukturen und durchdachten Zukunftsplänen. Auf der anderen Seite er selbst. Unorganisiert, chaotisch und ohne jegliche Idee, wohin sein weiterer Lebensweg ihn führen würde.

Er hockte sich vor den Topf mit der Bananenstaude und strich mit seinen Fingern über die Stelle im schwarzen Erdreich, an der Elvis gelegen hatte. Oder der Bischof. Egal. Jetzt war er weg, und mit ihm war auch der erhoffte Geldsegen verflogen. Er würde sich wieder vermehrt um Nebenjobs bemühen müssen.

Seufzend ging Erki zum Rand der Terrasse, beugte sich über das Geländer und sah in die Tiefe. Der winzige Gutenbergpark wirkte von oben betrachtet noch kleiner, als er ohnehin schon war. Einen Reliquienschädel konnte er dort unten nicht erspähen. Nur die Köpfe zweier Vorschulkinder, die zwischen den Spielgeräten hin und her tollten, und die ihrer Mütter, die sich am Rand der Anlage unterhielten. Vielleicht hatten die jungen Frauen vor wenigen Jahren selbst noch hier gespielt. Das Leben war so kurz, und dennoch wirkte es bei manchen Menschen erstaunlich lange nach.

Der in Antiochia geborene Johannes Chrysostomos war wegen seiner Kritik am Luxusleben der Reichen und der Privilegierten am kaiserlichen Hof in die Einsamkeit des Taurusgebirges verbannt worden, wo er im Jahr 407 sein Ende gefunden hatte. Auf Druck seiner Anhänger war der Leichnam 438 in die Kaiserstadt zurückgeholt und feierlich beigesetzt worden. Zu Beginn des 13. Jahrhunderts waren die Gebeine des Heiligen dann nach Rom gebracht worden, nachdem die Kämpfer des vierten Kreuzzugs die Stadt eingenommen hatten. Dort ruhten die Knochen in der Chorkapelle des Petersdoms, bis sie im Jahr 2004 von Papst Johannes Paul II. an das Oberhaupt der orthodoxen Kirche zurückgegeben worden waren.

Der Patriarch von Konstantinopel hatte posthum eine weite Reise hinter sich gebracht. Durch viele Jahrhunderte und Länder. Und diese Reise schien noch nicht beendet zu sein. Auch tausendsechshundert Jahre nach seinem Tod schien das Interesse an seinen sterblichen Überresten noch so groß zu sein, dass Menschen dazu bereit waren, für sie zu töten.

Die Reliquie war verschwunden. Zeit, die Toten ruhen zu lassen und sich dem Leben zuzuwenden. Zeit für Caterina. Er musste sich unbedingt bei ihr melden.

Erki verließ den kleinen Dachgarten und setzte sich wieder an den Schreibtisch, wo er den Computer hochfuhr. Sein eigenes Gesicht sprang ihm als Bildschirmhintergrund entgegen. Er gab das Passwort ein, und das Bild vor ihm stürzte in sich zusammen. War das bloß eine Caterinas Humor entsprungene Computerspielerei, die sich auf ihre implosionstechnologischen Forschungsansätze bezog, oder hatte diese Installation eine tiefere Bedeutung? Er bemühte sich, seine düsteren Gedanken zu verdrängen, und stieg in seinen E-Mail-Account ein.

Der Inhalt der letzten Nachricht seiner Freundin trug nicht eben zu seiner Beruhigung bei. Es war schon in Ordnung, dass sie in Begleitung die Oper besuchte, um dort ein Stück heimischer Kulturgeschichte zu genießen. Aber wie sollte er den Satz »Wir sind danach noch auf ein Bier gegangen« deuten? War es bei einem Bier geblieben? Caterina wurde lustig, sobald sie ein Glas zu viel getrunken hatte. Sie wollte dann singen und tanzen. Mit dem Zweimetermann?

Sie hatte über die Oper, teure Abendkleider, die merkwürdige Klonsekte und diesen ach so witzigen Andrew berichtet. Ein Ausschnitt ihres Jetset-Lebens in New York. Er selbst war nur am Rande vorgekommen. Als Langzeitstudent auf dem Abstellgleis, der sich an die Gedenktage verblichener Kirchenheiliger klammern müsse. Dabei war gerade er es, der jetzt ihrer ganzen Aufmerksamkeit bedurfte. Im Moment fühlte er sich völlig verloren. Er hatte ihren gut gemeinten Rat missachtet, sich vom »Tschecherl« fernzuhalten, und war dadurch von einer Katastrophe in die nächste geschlittert. Jetzt lag Jirschi im Krankenhaus, und sein schlechtes Gewissen lastete so schwer auf ihm, dass er sich kaum dazu imstande fühlte, einen klaren Gedanken zu fassen. Verzweifelt starrte er auf das Telefon am Schreibtisch.

»Beste Grüße aus New York«, »Musikalische Grüße aus Manhattan«. Ansichtskartenfloskeln. In den Mails zuvor waren es noch »Kisses from New York City« gewesen. War sie auf Distanz zu ihm gegangen? Er griff nach seinem Handy, fühlte sich aber außerstande, jetzt mit ihr zu reden. Vielleicht konnte sie im Augenblick ohnehin nicht frei sprechen. Gut möglich, dass sie sich in diesem irischen Pub, das ihr so gut gefiel, zum Mittagessen verabredet hatte. Mit ihm. Erki wusste, dass diese von Eifersucht gezeichneten Gedanken völlig irrational waren, dennoch empfand er mit jeder Nachricht aus den USA eine Steigerung seines Unbehagens. Seufzend schob er das Mobiltelefon beiseite.

Er legte seine Hände auf die Computertastatur und beschloss, ihr zu schreiben, scheiterte jedoch schon bei den Eröffnungsworten. Mit geschlossenen Augen mühte er sich eine Anrede zu finden, die eines möglichst nicht vermitteln sollte: seine aktuelle Gefühlslage. »Hallo« oder »Hi« klang zu neutral, »Liebe Caterina« zu förmlich, und »Meine Liebe« verriet zu viel von seinen Zweifeln. Die Finger rutschten von den Tasten, und seine Augen glitten nochmals zu Caterinas Bericht über den Opernbesuch. Sie war mit Andrew danach auf ein Bier gegangen. Nur ein Bier. Nicht mehr. So wie Jirschi und er am Vorabend auf der Terrasse. Okay, da waren es ein paar mehr geworden. Wie viele eigentlich? Wie vom Blitz getroffen sprang er plötzlich auf und hastete ins Freie. Die Bierflaschen!

Er hatte einen aufgeräumten Dachgarten vorgefunden, und auch der lange Kriminalbeamte hatte von perfekter Ordnung auf der Terrasse gesprochen. Wo waren dann die leeren Flaschen hingekommen? Der überstürzte Aufbruch am Vorabend hatte ihm die Möglichkeit genommen, sie zu entsorgen. Sie mussten auf dem Terrakottaboden zurückgeblieben sein, waren aber weg. Erki blickte hinter die Töpfe der Pflanzen und unter die Liegen. Auch ein erneuter Blick in die Tiefe lieferte kein Ergebnis. Keine Spur von den Zeugnissen der feuchtfröhlichen Unterhaltung.

Welcher Einbrecher würde sich die Zeit nehmen, den Tatort in einem besser aufgeräumten Zustand zu hinterlassen, als er ihn vorgefunden hatte? Es müsste sich um jemanden mit zwanghaftem Hang zur Ordnung handeln. Jemanden, der sich bemüßigt fühlte, auch auf fremdem Territorium klare Strukturen zu schaffen. Jemanden, der in Parallelen, rechten Winkeln und Millimeterabständen dachte. Jemanden wie Jirschi.

Erki eilte zur kleinen Speisekammer, in der Caterina auch Leergut aufbewahrte. Es war nicht schwer, die Flaschen zu finden. Sie standen in Reih und Glied auf einem der Wandregale, zwischen Katzenfutterdosen und Einmachgläsern. Jirschi schien es nicht übers Herz gebracht zu haben, die Flaschen auf der Terrasse zu belassen, als er kurz nach oben gehuscht war, um seinen Schlüsselbund zu holen. Er hatte sogar die Zeit gefunden, sie so auszurichten, dass alle Etiketten in die gleiche Richtung schauten. Die Aufschrift verwies auf die kleine Kärntner Gemeinde Hirt, wo man sich seit vielen Jahrhunderten mit der Braukunst befasste. Im Moment war Erki die Wissenschaft der Biererzeugung jedoch egal. Er schob die Flaschen zur Seite und fasste hinter die Dosen.

Mit einem Aufschrei zog er seine Hand zurück. Ein Blutstropfen bildete sich auf der Kuppe seines Mittelfingers. Fluchend griff Erki nach einer Packung mit Toilettenpapierrollen und presste ein Stück mehrlagiges Papier gegen die kleine Wunde. Dann nahm er behutsam die Tierfutterkonserven vom Regal. Das unvollständige Gebiss von Elvis schaute ihm entgegen. Erki musste sich am abstehenden Ende des Bindedrahts gestochen haben, mit dem der Unterkiefer am restlichen Schädel befestigt war. »Großartige Idee«, kommentierte er kopfschüttelnd Jirschis Angewohnheit, Dinge so zu verstauen, dass man sie kaum wiederfand.

Es war typisch für den Bauingenieur, ihm nichts von seiner Aufräumaktivität zu erzählen. Für Jirschi war es selbstverständlich, auch auf fremdem Terrain Ordnung zu schaffen. Er betrachtete das als völlig normale Verhaltensweise, die keiner näheren Erklärung bedurfte. Wer ihn während einer kurzen, urlaubsbedingten Abwesenheit mit dem Gießen seiner Pflanzen betraute, brauchte sich nicht darüber zu wundern, nach der Rückkehr die eigene Wohnung nicht mehr wiederzuerkennen.

Manchmal fragte sich Erki, wie sie es trotz ihrer diametral entgegengesetzten Charaktereigenschaften geschafft hatten, über so viele Jahre hinweg die besten Freunde zu bleiben. Aber vielleicht verstanden sich Menschen mit Gegensätzen ohnehin viel besser als Personen, die sich zu sehr ähnelten. Erki lächelte. Der Gedanke gefiel ihm. Er warf auch einen Funken Hoffnung auf seine Beziehung zu einer attraktiven und beruflich erfolgreichen Frau.

Schon wollte er die Kammer mit dem Schädel in der Hand verlassen, als er noch einmal zu einer der Flaschen griff. »Hirtl« hatte Jirschi gestern das Getränk genannt. Erki betrachtete das angebrachte Etikett. Mit einer Steuervorschreibung von genau einem Talent war in dem darauf vermerkten Jahr 1270 der Startschuss für eine der ältesten Privatbrauereien Österreichs gefallen, und es hätte Erki nicht gewundert, wenn das Land Kärnten dafür einen eigenen Gedenktag eingeführt hätte. Oder gleich mehrere, so wie bei Johannes Chrysostomos. Ein Gedanke blitzte in Erki auf. Was hatte Caterina ihm da geschrieben?

Er lief zurück zum Schreibtisch. Fieberhaft überflog er nochmals die letzte Nachricht seiner Freundin. Dann hämmerte er mehrere Begriffe in das Textfeld einer Online-Suchmaschine. Die Ergebnisse hinterließen ein breites Grinsen in seinem Gesicht. Zum Teufel mit diesem Zweimetermann Andrew. Er war etwas Größerem auf der Spur. Zur Untermauerung seiner Vermutung fehlte jedoch noch ein entscheidender Hinweis. Und diesen erhoffte er auf dem Schädel zu finden.

Unter dem Lichtkegel von Caterinas Schreibtischlampe inspizierte Erki erneut die Inschrift an der Basis des Totenschädels. Dieses Mal galt sein Hauptaugenmerk aber nicht den Buchstabenpaaren, sondern der dazwischen befindlichen Wellenlinie.

»Mach mir keine Schande, Elvis«, murmelte er, während sich sein Blick auf die Stelle zwischen den Buchstaben richtete, »und sag mir, was da steht!«

Minuten vergingen in höchster Konzentration, und Erki konnte danach nicht mehr sagen, wie oft er dabei seine Brille abgenommen, geputzt und wieder aufgesetzt hatte. Aber es hatte sich ausgezahlt! Zögerlich, aber doch hatte die Wellenlinie ihr Geheimnis preisgegeben. Es war faszinierend, festzustellen, wozu das menschliche Auge in der Lage war, wenn man nur fest genug an seine Fähigkeiten glaubte. Ohne die Hilfe eines Vergrößerungsglases hatte sich aus der geschwungenen Linie allmählich der verbliebene Rest eines fünften Buchstabens herauskristallisiert.

Mit einem Gefühl, das er sonst nur nach dem Erwerb einer seltenen Schallplatte empfand, sank Erki in den Schreibtischsessel zurück. Eine Mischung aus Aufregung und Zufriedenheit. Zu schade, dass er die neue Erkenntnis nicht mit Jirschi teilen konnte. Caterinas Hinweis auf die Gedenktage des Bischofs, das Kärntner Bier und der Aufenthalt am Grab des Hitparadenstürmers Falco hatten ihm die Augen geöffnet. Vor ihm lag kein Heiliger. Eher das Gegenteil davon. Jemand, der nichts ausgelassen hatte. Ein Rockstar seiner Zeit, mit ausschweifendem Leben und viel zu frühem Tod.

Erki hob den Schädel vom Tisch, hielt ihn vor sein Gesicht und blickte in die dunklen Augenhöhlen. Der Unterkiefer bewegte sich ein wenig an seiner Befestigung aus Draht, und für einen kurzen Augenblick wirkte der Totenkopf, als ob er lächeln würde.

»Hallo Wolferl«, sagte Erki und erwiderte das Lächeln. Dann griff er nach seiner Brieftasche und entnahm dieser eine Visitenkarte.

19

»Hirter? Wie dieses österreichische Bier?« Dr. Ausserhofers manikürte Finger umklammerten ein langstieliges Weinglas, in dem ein vollmundiger Pinot Grigio aus dem Etschtal seinen blumig-warmen Duft verströmte. Er saß in einem der gut gepolsterten Chesterfield-Ledersessel in der Lobby des Hotels »Grauer Bär« und schien sich ganz auf die goldgelbe Flüssigkeit in seinem Glas zu konzentrieren.

Liebkind war es vorgekommen, als hätte etwas Abfälliges in Ausserhofers Stimme mitgeklungen. Er versuchte, aus dem Nachhall der Worte seines Gesprächspartners herauszuhören, ob sich dessen Abneigung gegen das Getränk Bier, gegen Österreich oder gar gegen ihn selbst richtete. Aber der Leiter der Sankt Magdalener Kinderwunschklinik hatte wieder sein undurchdringliches, leicht überhebliches Hollywood-Lächeln aufgesetzt und gab dem Musikkritiker keine Chance, weiter in ihm zu lesen.

»Hyrtl«, korrigierte Liebkind den Arzt und fügte ein belehrendes »mit Ypsilon« hinzu. Er war extra mit dem Wagen nach Innsbruck angereist, um sich dort mit Dr. Ausserhofer zu treffen, der geschäftlich in der Tiroler Landeshauptstadt zu tun hatte. Der Bozener hatte ihn eineinhalb Stunden warten lassen und es nicht der Rede wert gefunden, sich dafür zu entschuldigen. Ein Verhalten, das Liebkind sonst niemandem durchgehen lassen würde. Aber in diesem Fall war er gezwungen gewesen, eine Ausnahme zu machen. Einrichtungen wie die von Ausserhofer gab es nicht an jeder Ecke. Er räusperte sich und fuhr fort: »Hyrtl war ein 1799 geborener und an der Akademie der bildenden Künste ausgebildeter Kupferstecher. Spross einer Künstlerfamilie. Sein Vater, ein hervorragender Oboist, spielte in der Kapelle des Fürsten Esterházy unter Joseph Haydn. In Eisenstadt, wo das Ensemble wirkte, wurde das grafische Talent des Sohnes erkannt, und man schickte ihn nach Wien. Dort führte er ein schlichtes, zurückgezogenes Leben und ging ganz in seinen Werken auf.«

Das demonstrativ zur Schau gestellte Interesse Ausserhofers an dem Weinglas irritierte Liebkind. Er fragte sich, ob der Mann denn wusste, was ein Oboist sei, und verlagerte das Gewicht seines Körpers auf der für seine stattliche Leibesfülle viel zu weich gepolsterten Sitzfläche. Das dunkelbraune Büffelleder gab ein quietschendes Geräusch von sich. Der Arzt sah kurz auf.

»Ich könnte schwören, einmal im Vinschgau einen Wein verkostet zu haben, der diesem hier glich wie ein Zwilling«, sagte er und stellte das Glas mit einer eleganten Bewegung auf dem niedrigen ovalen Holztisch ab, der sich zwischen ihm und Liebkind befand. Dann hob er seinen Kopf und wandte sich dem Musikkritiker zu. »Entschuldigen Sie bitte meine Unhöflichkeit. Wenn ich mich mit meiner großen Leidenschaft, dem Wein, befasse, neige ich dazu, alles rund um mich herum zu vergessen. Fahren Sie doch fort, mein lieber Professor. Wie ist dieser Kupferstecher denn in den Besitz des Schädels gelangt?«

Ausserhofer präsentierte Liebkind seine perfekten Zahnreihen und lächelte ihm aufmunternd zu. Sein schlanker Körper steckte in einem maßgeschneiderten Sommeranzug, dessen heller Braunton durch ein bordeauxrotes Halstuch mit Paisley-Muster kontrastiert wurde. Mit seinem sonnengebräunten Gesicht wirkte er in dem altenglischen Ledersessel wie ein Plantagenbesitzer aus der Kolonialepoche. Jemand, der es sichtlich gewohnt war, in einer hierarchischen Ordnung weit oben zu stehen.

Friedemann Liebkind wusste, dass er dem Mann ausgeliefert war. Er versuchte sich nichts anmerken zu lassen und griff auf seinen durch unzählige Stunden an Interviewerfahrung perfektionierten jovialen Plauderton zurück.

»Durch den Tod der Mutter.«

»Ein Erbstück?«

Der Opernexperte verneinte kopfschüttelnd. »Ein Geschenk! Hyrtl hatte es sich nach dem Tod der Mutter 1842 zur Angewohnheit gemacht, täglich zum Sankt Marxer Friedhof zu spazieren. Bei jedem Wetter ist er in die damalige Vorstadt marschiert, um das Grab zu besuchen. Dabei ist er auf Franz Braun getroffen, den Enkel von Johann Radschopf, der ab 1828 als Totengräber von Sankt Marx fungierte. Aus einem täglichen Zunicken und Grüßen ist im Laufe der Zeit eine Freundschaft geworden. Braun und Hyrtl müssen sich recht gut verstanden haben, und so hat der Schädel eines Tages den Besitzer gewechselt.«

Dr. Benedikt Ausserhofer zeigte keinerlei Reaktion. Der Zeigefinger des Arztes fuhr am Rand des abgestellten Weinglases entlang und erzeugte einen leisen, singenden Ton.

Liebkind unterdrückte den Impuls, die Tonhöhe einordnen zu wollen, und fuhr mit seiner Schilderung fort. »Es ist zu vermuten, dass der Spross der Totengräberfamilie seinem Freund das Versprechen abgenommen hat, die Herkunft des Totenkopfs geheim zu halten. Er scheint sich daran gehalten zu haben. Bis zum Tode Franz Brauns im Jahr 1855 hat er jedenfalls geschwiegen. Erst danach hat Hyrtl damit begonnen, den Schädel vereinzelt herzuzeigen. Er soll diesen, verpackt in ein vergilbtes, fettiges Papier und mit einer grauen Schnur umwickelt, in seiner Wohnung verwahrt und wie ein Heiligtum verehrt haben. Das ist später von mehreren Augenzeugen bestätigt worden. Unter anderem wusste auch Andreas Schubert davon, der jüngste Bruder des Liederfürsten Franz.«

»Gab es denn nie ein Interesse, dieser Geschichte nachzugehen?« Ausserhofer war es gelungen, sich von seinem Weinglas zu lösen. »Wir sprechen hier ja nicht von irgendjemandem. Zumindest die Frage nach der Grabstätte müsste sich doch gestellt haben.«

»Doch, doch, diese Fragen gab es natürlich«, bekräftigte Liebkind. »Aber mit einigen Jahrzehnten Verspätung. Die Witwe hat sich erst viele Jahre nach der Beerdigung am Friedhof blicken lassen. Da waren die Knochen der Toten in dem Schachtgrab gemäß der damals herrschenden Friedhofsordnung längst umgeschichtet worden. Danach ist es kaum mehr möglich gewesen, die genaue Grabstelle zu lokalisieren. Ein wirkliches Interesse ist zudem erst in der Mitte des Jahrhunderts aufgeflammt, als das Gerücht auftauchte, dass Hyrtl den Schädel besäße.«

»Ist er von offizieller Seite dazu befragt worden?«

»Selbstverständlich«, antwortete Liebkind. »Freiherr von Helfert ließ Nachforschungen zu Herkunft und Verbleib des Schädels anstellen. Aber einmal gab Hyrtl an, ihn in die Donau geworfen zu haben, ein anderes Mal, ihn vergraben zu haben, ohne sich an die Stelle erinnern zu können. Hyrtl war ein Zerrissener. Das Bewusstsein, Mitwisser des Geheimnisses der Totengräber zu sein und etwas in seinem Besitz zu haben, das entgegen den geltenden Gesetzen aus einem Grab entwendet worden war, belastete ihn bis zu seinem Tod. Er brachte es aber auch nicht übers Herz, sich davon zu trennen.«

Dr. Ausserhofer nahm wieder sein Glas vom Tisch und nippte daran. »Ein ausgezeichneter Pinot«, konstatierte er zufrieden. »Wussten Sie, dass diese Sorte schon im 13. Jahrhundert von Zisterziensermönchen aus dem Burgund zu uns gebracht wurde?«

Liebkind ließ die Frage unbeantwortet. Er hatte sein Weinglas noch nicht angefasst.

»Daher kommt auch das Synonym ›Grauer Mönch‹«, ergänzte Ausserhofer. Erneut richteten sich die Blicke des Arztes auf die Flüssigkeit in seinem Trinkgefäß. »Es könnte aber auch sein«, sagte er mit plötzlich leiser gewordener Stimme und sah dabei Friedemann Liebkind direkt in das aufgedunsene Gesicht, »dass der Grauburgunder erst im 14. Jahrhundert von Karl dem Sechsten in Ungarn und dem Nordburgenland heimisch gemacht wurde.« Mit einem Lächeln fügte er hinzu: »Ich denke, Sie verstehen, was ich damit sagen will. Sie haben sich an einen Mann der Zukunft gewandt, um auf die Vergangenheit zurückzugreifen. Doch die Vergangenheit hat viele Gesichter. Sind Sie sicher, dass Sie das richtige Ausgangsmaterial für mich haben?«

»Seien Sie gewiss, Doktor«, antwortete Liebkind und griff jetzt auch nach seinem Weinglas, »wir haben den Richtigen. Ich beschäftige mich schon mein ganzes Leben mit der Materie, kenne jede Zeugenaussage und jeden Zeitungsartikel dazu auswendig. Vertrauen Sie mir. Das ist der Schädel, der vom Totengräber Josef Rothmayer zehn Jahre nach der Beerdigung aus dem von ihm mit Draht gekennzeichneten Sarg entnommen wurde. Über seine Nachfolger ist er dann schließlich an Johann Radschopf und dessen Enkelsohn Braun gelangt. Eine Kette von Leichenbestattern, die ihr Geheimnis stets weitergereicht haben, bis diese Tradition durch das Geschenk an Hyrtl gebrochen wurde.« Er hob sein Glas und trank es in einem Zug leer. »In seinen letzten Lebensjahren hat sich der Kupferstecher dann seinem Bruder Josef anvertraut.«

»Josef Hyrtl? Der berühmte Wiener Anatom?«

Den Musikkritiker wunderte es nicht, dass Ausserhofer Hofrat Hyrtl kannte. Mit der Nennung dieses Namens ging das Gespräch in eine Richtung, die mit der Arbeit des Südtiroler Mediziners in Verbindung stand: Aufbau und Form menschlicher Lebewesen.

»Jakob Hyrtl ist 1868 gestorben. Sein Bruder hat den Nachlass übernommen und in der unordentlichen Wohnung des Kupferstechers tatsächlich auch den Schädel gefunden. Er lag, eingewickelt in das beschriebene Papier, in einem Winkel der Wohnstube, unter Zeichnungen, Radierungen und allerlei wunderlichem Hausrat. Der Anatom erzählte seinem Studiengenossen, dem Dichter Ludwig August Frankl, von dem Fund, der darüber im Feuilleton der Wiener Blätter berichtete. Dabei beschrieb er unter anderem die noch vorhandenen Zähne des Oberkiefers. Drei Mahl- und zwei Backenzähne rechts und je einen Mahl- und Backenzahn links.«

Liebkind zog eine Fotografie aus der Innentasche seines Sakkos. Sie zeigte den Kiefer eines Totenschädels mit der soeben genannten Zahnstellung.

»Sie haben ihn schon?«, rief Ausserhofer erstaunt.

»Es kann sich nur noch um wenige Tage handeln. Wir sind nahe dran!«

Ausserhofer nickte. »Und das Bild?«

»Das stammt vom Finder, der mehrere Fotos von dem Schädel in Umlauf gebracht hat, um ihn zum Verkauf anzubieten.«

»Ganz offiziell?«

Liebkind verneinte. »Noch ist der Fund nicht öffentlich bekannt geworden. Der Besitzer hat es bevorzugt, sich zunächst an einen kleinen Kreis von Sammlern zu wenden, die an dem Objekt Interesse zeigen könnten.«

»Ich verstehe.« Dr. Ausserhofer griff in die Seitentasche seines Anzugs, von wo ein vergoldetes Brillenetui zum Vorschein gelangte. Er setzte sich eine schmale Lesebrille auf die Nase und studierte die Aufnahme.

Liebkind empfand ein Gefühl von Genugtuung, an seinem Gegenüber eine körperliche Schwäche erkannt zu haben. Der Sehbehelf passte nicht zur perfekten, alterslosen Erscheinung des sonnengebräunten Mannes.

»Wie ist der Verkäufer an den Schädel gelangt?« Ausserhofer zeigte auf das Bild.

»Er hat ihn im Zuge einer Räumung auf dem Dachboden eines Hauses in Mödling gefunden. Der Hausbesitzer, ein Nachfahre des letzten Verwalters von Hyrtls Waisenhaus, ist im Vorjahr gestorben. Der Anatomieprofessor hatte fast sein gesamtes Vermögen in eine Stiftung eingebracht, die elternlose Kinder betreute. Selbst eine Kirche hat er errichten lassen. Ein Denkmal auf dem Platz davor erinnert noch heute an den freizügigen Mann.«

Ausserhofer legte das Bild auf den Tisch zurück und schob es zu Liebkind. »Er hätte sich selbst ein Denkmal setzen können. Mit der Veröffentlichung seines wertvollsten Exponats.«

»Er hat es zwar nicht an die große Glocke gehängt, aber auch nicht geheim gehalten«, erwiderte Liebkind. »Zunächst ist der Schädel in der Währinger Straße zu bewundern gewesen, wo der Professor sein anatomisches Museum betrieb. In seinen letzten Lebensjahren war er dann Teil einer Ausstellung, die in einem neu errichteten Zubau des Waisenhauses untergebracht war. Mit dem Ableben Hyrtls im Jahr 1894 galt der Kopf dann aber plötzlich als verschollen.«

»Ich dachte, er sei in Salzburg gelandet. Zumindest wird das von den Medien so dargestellt. Ist das jetzt das Original oder eine Fälschung?« Ausserhofer hob sein Glas und blickte in den Pinot Grigio, als läge die Wahrheit am Grunde des Weins verborgen.

»Hier scheiden sich die Geister. Sieben Jahre nach dem Tod des Anatomieprofessors ist tatsächlich ein Schädel aufgetaucht, der vom Verwalter des Waisenhauses gemäß dem letzten Willen Hyrtls an die Stadt Salzburg übergeben wurde. Er soll in einer ungeöffneten Kiste gefunden worden sein. Wundersamerweise hatte der übergebene Totenschädel vier Zähne mehr im Oberkiefer. Ein Umstand, den man wenig glaubwürdig zu relativieren versuchte, indem man Frankl eine nachlässige Beschreibung unterstellte und von einer altersbedingten Sehschwäche Hyrtls sprach, der die Richtigkeit der Ausführungen seines Freundes bestätigt hatte. Die alte Geschichte von dem Einäugigen und dem Blinden.« Liebkind ließ ein lautes, tiefes Lachen ertönen.

»Als Mediziner kann ich Ihnen versichern, dass die vier Zähne bestimmt nicht nachgewachsen sind.« Ausserhofer stimmte in das Gelächter mit ein.

»Das hätte Ludwig August Frankl genauso gesehen, denn der Studienkollege Hyrtls war nicht nur freier Schriftsteller und Journalist, sondern auch ein promovierter Arzt. Leider ist Frankl im selben Jahr wie Hyrtl verstorben. Sieben Jahre bevor der angebliche Schädel auftauchte.«

»Sieben Jahre«, wiederholte Benedikt Ausserhofer mit Blick auf die Holzbalken an der Decke und schüttelte den Kopf. »Das ist eine verdächtig lange Zeit. Man sollte meinen, dass die Witwe oder andere Vertraute des Verstorbenen sofort danach gesucht hätten. Nicht erst derart spät.«

»Man sucht nichts, werter Doktor«, erklärte Liebkind lächelnd dem Südtiroler, »das man bereits in Händen hält. Gesucht wurde vielmehr ein Schädelknochen, der dem echten in Alter, Zustand und Größe möglichst ähnelte. Wer auch immer das Original in seinen Besitz bringen konnte, hatte in diesen sieben Jahren genügend Zeit, ein entsprechendes Objekt zu finden und dieses unter Angabe der wackeligen Geschichte mit der alten Kiste zu präsentieren. Dem Besitzer des Schädels musste klar gewesen sein, dass es nur eine Frage der Zeit war, bis wieder Nachforschungen angestellt werden würden. Mit der Übergabe ist er dem zuvorgekommen.«

»Sie gehen also davon aus, dass man Salzburg einen falschen Totenkopf untergejubelt hat?«

»Nicht nur ich sehe das so«, sagte Liebkind. »Diese These hat sich mittlerweile mehrheitlich durchgesetzt. Vor allem, seit eine vor wenigen Jahren durchgeführte DNA-Analyse ein vernichtendes Ergebnis erbracht hat. Entgegen den Erwartungen der Auftraggeber wurde keinerlei Übereinstimmung mit der DNA aus Knochen von Verwandten gefunden. Der Schädel in Salzburg stammt zwar aus der richtigen Zeit und passt auch zu den wenigen Gemälden zeitgenössischer Künstler, dennoch ist seine Echtheit ausgesprochen unwahrscheinlich.«

»Und was macht Sie so sicher, hinter dem echten Schädel her zu sein?« Die Stehlampen der Lobby waren eingeschaltet worden und ließen hinter Dr. Ausserhofer Schatten über die roten Vorhänge tanzen. Der Arzt hatte sich zurückgelehnt und schlug seine Beine übereinander. Im Licht der Lampen glitzerte das ungewöhnliche goldene Zeichen an der Brusttasche seines Anzugs.

»Die detaillierte Beschreibung Frankls, ein mit dem Schädel gefundenes Begleitschreiben von Franz Braun an den Kupferstecher Hyrtl und nicht zuletzt auch die von Josef Hyrtl vorgenommene Beschriftung an der Schädelbasis.«

»Eine Beschriftung?«

Liebkind nickte siegessicher. Sein breiter Körper füllte den ganzen Ledersessel aus. Umständlich griff er noch einmal in die Innentasche seines Sakkos und reichte seinem Gegenüber ein weiteres Foto. »Am Hinterhauptloch hat der Anatom die Buchstaben J, C, W, T und M angebracht. Die Abkürzungen für die lateinische Schreibweise des Namens. Joannes Chrysostomus Wolfgangus Theophilus Mozart.«

Der schwergewichtige Mann genoss das Staunen, mit dem Ausserhofer das Bild studierte. Jetzt hatte er ihn so weit. Der Funke der Begeisterung schien übergesprungen zu sein.

»Das ist er«, rief er laut. »Der größte musikalische Geist, der jemals auf Erden wandelte. Ein himmlisches Genie, das die Welt durch seinen viel zu kurzen Besuch gesegnet und in neu erstrahltem Licht hinterlassen hat. Verkannt, geschmäht und von niederträchtigen Neidern behindert. Abberufen vor der Zeit.« Große Schweißperlen liefen über Liebkinds Stirn. Auf seinem Hemd zeichneten sich nasse Flecken ab. »Wenn die Engel für den Allmächtigen spielen, dann spielen sie Bach. Untereinander aber spielen sie Mozart. Seinem Haupt allein gebührt die Krone für das reinste und schönste Schaffen im Universum. Er ist die Musik selbst. Es liegt an uns, Gottes begnadetster Schöpfung ihr Werk vollenden zu lassen. Wir sind dazu auserkoren, ihn zu voller Größe wiederauferstehen zu lassen!«

Er war aufgesprungen und richtete sich nun nicht mehr nur an Ausserhofer, sondern an die ganze Welt. »Was mit der ›Zauberflöte‹ und ›La clemenza di Tito‹ viel zu früh geendet hat, kann jetzt zu neuen Höhen geführt werden. Zu meisterhaften Symphonien, nie da gewesenen Opern und zu Kompositionen von überirdischer Schönheit!«

Er schrie so laut, dass sich die Blicke der Hotelgäste an der Rezeption auf ihn richteten. Wie im Fieber ruderte Liebkind mit den Armen in der Luft.

»Die Menschheit wird niederknien vor dem, was da noch kommt. Voller Ehrfurcht werden wir das Antlitz Gottes sehen, in der Gestalt des einen Genies, vor dem alles bisher Dagewesene zu dilettantischem Getöse verblassen wird!«

Eine Hand legte sich auf seine Schulter, und Liebkind fuhr herum. Ehrentraud Heidegger stand mit weit aufgerissenen Augen vor ihm. Sie war lautlos über die zwei Treppen vom Empfang in die tiefer gelegene Lobby gekommen.

»Wir müssen zurück nach Wien. Sofort!« Sie zitterte.

Liebkind brauchte einige Sekunden, um darauf reagieren zu können. Er ließ die Arme sinken, zog ein Stofftaschentuch aus seiner Hosentasche und wischte den Speichel weg, der sich in seinen Mundwinkeln festgesetzt hatte. »Was? Was ist passiert?«, stotterte er. Er hatte das Entsetzen erkannt, das sich im Gesicht seiner Sekretärin widerspiegelte.

»Das Wochenendhaus, es steht in Flammen!«

Liebkind sah die Frau entgeistert an und rang nach Worten.

»Die Polizei hat angerufen«, setzte Heidegger hinzu. »Es ist ganz eindeutig Brandstiftung gewesen! Man hat Benzinkanister gefunden.«

»Ein Brandanschlag?« Mit offenem Mund glotzte Liebkind ins Leere. Hilflos versuchten seine Hände, etwas aus der Luft zu fassen. Schließlich ballten sie sich zu Fäusten. »Ein Anschlag also«, wiederholte er mit knirschenden Zähnen mehr zu sich selbst als zu seiner Sekretärin. Sein Gesicht lief dunkelrot an, und Ehrentraud Heidegger trat einen Schritt zurück.

Der große Mann verpasste dem Chesterfield-Sessel einen derart kräftigen Fußtritt, dass dieser umkippte, und stürmte dann an Heidegger vorbei zur Eingangshalle. An der Treppe geriet er ins Stolpern und vermied nur mit knapper Not einen Sturz. Wütend richtete er sich auf, drehte sich um und brüllte mit der ganzen Kraft seiner Lungen in die Lobby: »Antonio Salieri! Dieser verräterische, intrigante Bastard. Der Rubikon wurde überschritten. Jetzt bringe ich ihn um!«

20

Im Mai 1782 hatte im Gartensaal des Schlosses Augarten das erste der Morgenkonzerte unter der Leitung von Wolfgang Amadeus Mozart stattgefunden. Zahlreiche weitere Aufführungen seiner Werke waren in den Folgejahren vom Meister selbst in jenen Räumlichkeiten dirigiert worden, in denen später die weltberühmte Porzellanmanufaktur ihre Heimat finden sollte. Ausgerechnet zu dieser Stätte früher musikalischer Erfolge zog es den Totenschädel des Komponisten nun zurück.

Schuld daran war die Auskunft, die man Erki am Telefon erteilt hatte. Er hatte Franz Jerabek unter der ihm bekannten Nummer nicht erreichen können und war nach zweimaligem Läuten über die Rufumleitung mit einem Büro der Kriminaldirektion eins verbunden worden. Eine freundliche weibliche Stimme hatte ihm mitgeteilt, dass Jerabek zum Augarten, der größten barocken Gartenanlage Wiens, in die Leopoldstadt gefahren sei. An einem der Kinderspielplätze des weitläufigen Parks sei es zu Zusammenstößen zwischen jungen Türken und mehreren »Kopftuchreißern« gekommen.

Mehr hatte man ihm dazu nicht sagen wollen, doch Erki wusste, dass der Beamte des Referats für Kapitalverbrechen nicht gerufen wurde, wenn sich Menschen verfeindeter Gruppierungen bloß beschimpften oder prügelten. Jerabek erschien erst auf der Bildfläche, wenn jemand regungslos am Boden lag.

Mist, dachte Erki, während er sein Fahrrad von den am Rande des Urban-Loritz-Platzes in den Beton eingelassenen Eisenstehern loskettete. Jetzt hatten die hetzerischen Blätter ihren herbeigeschriebenen Kultur- und Religionskrieg. Das konnte ja heiter werden.

Er hatte der freundlichen Stimme mitgeteilt, ein Beweisstück im Mordfall Levon Kaltenbrunner an Jerabek übergeben zu wollen, und das Angebot, damit in die Berggasse zu kommen, ausgeschlagen. Nach dem Verhörmarathon des heutigen Tages hatte Erki keine Lust auf weitere Vernehmungen durch Personen verspürt, die mit den zwei Kapitalverbrechen nicht unmittelbar befasst waren. Anstatt seine Geschichte erneut zu erzählen, war es ihm sinnvoller erschienen, dem Abteilungsinspektor die neuesten Erkenntnisse zum wiederaufgetauchten Schädel persönlich mitzuteilen.

Erki hatte den Totenkopf in Caterinas kleinen Freizeitrucksack gestopft und die Wohnung seiner Freundin verlassen. Mit dem Schädel auf dem Rücken war er durch die Gutenberggasse den Spittelberg hochgelaufen und hatte sich an der nächstgelegenen Straßenbahnstation in einen voll besetzten Wagen gequetscht, der ihn in wenigen Minuten zum Verkehrsknotenpunkt unter der futuristischen Dachkonstruktion gebracht hatte.

Der Urban-Loritz-Platz war voller Menschen, denen vermutlich noch nicht bewusst war, welche Gewitterwolken sich soeben über der Leopoldstadt zusammenbrauten. Gerade die Viertel rund um den Augarten waren ohnehin schon mit einer von rassistischen und religiösen Vorbehalten gekennzeichneten Geschichte verbunden. Kaiser Ferdinand hatte die jüdischen Bewohner Wiens zu Beginn des 17. Jahrhunderts auf die Insel zwischen Donau und Kanal verbannt, wo sie sich für kurze Zeit unbehelligt niederlassen durften. Wenige Jahrzehnte später waren sie auch hier den Repressionen der übrigen Bevölkerung ausgeliefert. Allen Unterdrückungs- und Vertreibungsversuchen zum Trotz waren die Juden dennoch immer wieder in diesen für Handel und Gewerbe günstig gelegenen Bezirk zurückgekehrt, bis der Holocaust der jüdischen Kultur in Wien ein jähes Ende bereitet hatte.

Der starke Kontrast zur angrenzenden Inneren Stadt war der Leopoldstadt auch nach dem Zweiten Weltkrieg erhalten geblieben. Ab den sechziger Jahren hatte der »Zweite« wieder als Anziehungspunkt für Zuwanderer gegolten, die dem Bezirk zu seinem heutigen multikulturellen Erscheinungsbild verhalfen. Doch auch in anderen Stadtteilen hatte der Anteil der Bewohner mit Migrationshintergrund in den letzten Jahren sehr stark zugenommen.

Jeder zweite Wiener war nicht in Österreich geboren worden oder hatte zumindest einen Elternteil, der aus dem Ausland stammte. Wien galt als weltoffene Stadt mit hoher Lebensqualität und wirkte wie ein Magnet auf Menschen, die sich auf der Suche nach einem Ort für einen Neuanfang befanden. Wie schon zur Zeit der einsetzenden Industrialisierung, als das Zentrum des Kaiserreichs mit über zwei Millionen Einwohnern die siebtgrößte Metropole der Welt gewesen war, sah sich auch die aktuelle Stadtregierung mit großen, durch Zuzug entstandenen Herausforderungen konfrontiert. Neben Wohnungsnot, zu wenig Arbeitsplätzen und infrastrukturellen Problemen waren soziale Spannungen das Letzte, was Wien jetzt gebrauchen konnte.

Mit einem mulmigen Gefühl im Bauch bestieg Erki sein Fahrrad und überquerte den Neubaugürtel. Am kleinen Urban-Loritz-Park schlug er den Weg zur Westbahnstraße ein, die geradewegs ins Herz des siebenten Bezirks führte. Die Einkaufsstraße galt als Fotomeile Wiens, in der sich zahlreiche auf Kameras und Zubehör spezialisierte Betriebe angesiedelt hatten. Erki ärgerte sich darüber, nicht mit einem fotografischen Gedächtnis ausgestattet zu sein. Eine schneller hochkommende Erinnerung an die Übernahme der Tasche aus den Händen Kaltenbrunners hätte ihn dazu veranlasst, den Schädel sofort an Jerabek zu übergeben. Der Mord in seiner Wohnung und die Attacke gegen Jirschi wären so zu verhindern gewesen. Aber vermutlich tranken Menschen mit dem Talent, visuelle Wahrnehmungen schnappschussartig abspeichern zu können, auch keinen Rum mit Cola.

In einem der Schaufenster hing ein Plakat mit dem Bild einer alten Leica-Kamera. Darunter stand ein siebenstelliger Geldbetrag. Wie viel mochte der Inhalt seines Rucksacks wohl wert sein? Eigentlich egal, dachte Erki. Mit der Übergabe an den Kriminalbeamten würde er einen Gegenstand loswerden, der bislang niemandem Glück eingebracht hatte.

Wieder sah er das Bild des regungslos in der Hecke liegenden Jirschi vor sich, und er trat noch schneller in die Pedale. Zwischen den Gleisen der Straßenbahn fuhr er in zügigem Tempo nach Osten, dem Stadtzentrum entgegen. Dennoch erhaschte er im Vorbeifahren einen Blick auf die Inschrift »venite adoremus« über dem Portal der Schottenfeldkirche, die an der Ecke zur Zieglergasse in die Westbahnstraße hineinragte. Erki hatte schon lange keinen Gottesdienst mehr besucht. Vielleicht war die lateinische Aufforderung, zu kommen und zu beten, doch keine so schlechte Idee, um die Gesundung seines Freundes zu beschleunigen.

An der Neubaugasse musste Erki vor einer Ampel anhalten. Gegenüber befand sich die mit grünen Pflanzen überwachsene Fassade einer neuen Mittelschule, und Erki dachte an die gemeinsame Schulzeit mit Jirschi zurück.

Ein weißer Kastenwagen kam neben ihm zu stehen.

»Kleiner Ausflug an den Neusiedler See?«

Erki schaute nach rechts. Der Angestellte aus dem Altwarengeschäft saß am Steuer und blickte ihm lächelnd durch runde Brillengläser entgegen. Er trug den gleichen Kaschmirpullover wie am Vortag.

Erki nickte ihm freundlich zu. »Ich wollte eigentlich nach Bergkarabach. Ich fürchte aber, dass der Weg für eine Fahrradtour zu weit sein könnte.«

»Ich würde Ballast abwerfen. Ohne Rucksack fällt die Reise sicher leichter!« Im heruntergelassenen Fenster der Fahrertür erschien die Mündung einer Faustfeuerwaffe. »Das ist eine Makarow«, erklärte Tarek Sheridian. »Ein Souvenir aus meiner Heimat. Zwing mich nicht dazu, sie zu benützen. Gib mir einfach den Rucksack, dann kannst du weiterfahren.«

Erschrocken sah Erki auf die Armeepistole. »Ich hab nur Handtuch und Badehose hintendrin. Zum Schwimmen, an der Alten Donau.«

»Erzähl das deinem Freund vom Zentralfriedhof! Der hat auch geglaubt, schlauer als ich zu sein. Das ist ihm nicht gut bekommen. Jetzt beeil dich! Rück die Tasche raus!« Der Tonfall des Mannes war rauer geworden, ohne dass sich an seinem Lächeln etwas verändert hatte.

Erki zögerte. Er warf einen Blick auf den Querverkehr vor ihm.

Auch Sheridian sah kurz nach vorne. »Wenn die Ampel auf Grün wechselt, drücke ich ab. Los, her damit!« Der Lauf der Waffe vollführte unmissverständliche Bewegungen.

Langsam ließ Erki einen Riemen des Rucksacks von seiner Schulter gleiten. Aus den Augenwinkeln sah er, dass die Ampel Gelb zum Rot dazuschaltete.

Er beugte sich zu Sheridian. »Die Schutzmacht deiner Heimat geht gerade den Bach hinunter. Armenien wird von der Türkei angegriffen! Eriwan steht unter schwerem Beschuss!«

Mit voller Wucht trat er in die Pedale seines Rennrads und ließ den Mann mit offenem Mund zurück.

Sheridian versuchte noch, mit ausgestrecktem Arm den Rucksack zu fassen, griff aber ins Leere. *»Yes k'yez kspanem«*, rief er dem Radfahrer in seiner Muttersprache die Ankündigung hinterher, ihn töten zu wollen. Zornig legte er die Makarow auf den Beifahrersitz, umklammerte das Lenkrad und trat das Gaspedal durch.

Erki war vor dem Lieferwagen nach rechts gezogen und hatte hinter einem langsam die Neubaugasse entlangrollenden Landrover einen Haken nach links geschlagen. Im Schutz des Geländeautos preschte er zur Abzweigung in die Siebensterngasse vor, schwenkte wieder nach rechts und folgte dort weiter den Gleisen des 49ers. Auf Höhe eines ägyptischen Restaurants drehte er sich um und konnte sehen, wie sich der Kastenwagen am Allradfahrzeug vorbeizwängte und sich an seine Fersen heftete.

Tief über den Rennlenker seines Colnagos gebückt, bemühte sich Erki, die größtmögliche Kraft seiner Beine auf die Pedale zu bringen. Sheridian holte dennoch auf. Erki wusste, dass seine einzige Chance, den Verfolger abzuschütteln, im geringeren Platzbedarf seines Rades lag. Fieberhaft dachte er über Fußwege und Engstellen nach. Für den siebenten Bezirk wollte ihm jedoch partout nichts Passendes einfallen.

Als er den Motor hinter sich aufheulen hörte, riss er sein Fahrrad nach links und bog in die erste sich eröffnende Seitengasse ein, die zur Burggasse hinabführte. Mit hoher Geschwindigkeit rumpelte das Rennrad zwischen dreigeschossigen Biedermeierhäusern über das Kopfsteinpflaster. Der schmale Weg wurde zu beiden Seiten von Blumentrögen aus Beton begrenzt, die es Sheridian erschwerten, das Hinterrad des Flüchtenden zu halten. Sein Wagen passte gerade noch zwischen den Trögen hindurch.

Durchgebeutelt von der Paris-Roubaix-artigen Etappe, war Erki froh, am Ende des schmalen Verbindungswegs wieder glatten Asphalt unter den dünnen Reifen zu spüren. Zwischen Sträuchern und abgestellten Autos hetzte er über eine Nebenfahrbahn der Burggasse und sprintete ohne Rücksichtnahme auf den Verkehr bei Rot über die Kreuzung an der Kirchengasse. Doch wie eine Seuche hing der Mann aus Bergkarabach an Erki dran und raste ihm über die Hauptfahrbahn nach. Beinahe hätte er Erki erfasst, als er nur wenige Meter vor der Motorhaube des Transporters die Burggasse querte, mit seinem Fahrrad zwischen zwei geparkten Autos über den Randstein sprang und an der Kirchenmauer der Sankt-Ulrichs-Kirche entlangfuhr.

Die gepflasterte Fläche neben dem barocken Kirchenbau erstreckte sich mit starkem Gefälle bis zur tiefer gelegenen Neustiftgasse. Dort würde Erki sich über den Gehsteig in Richtung des Volksgartens davonmachen können. Entgegen der Fahrtrichtung der als Einbahn geführten Straße hätte Sheridian keine Chance, ihm zu folgen.

Hinter sich hörte Erki das Quietschen von Reifen. Seinem Verfolger musste es gelungen sein, rechtzeitig zu bremsen und den Lieferwagen so herumzureißen, dass er den Weg an der Ostseite der Pfarrkirche einschlagen konnte.

Erki wusste, dass die zu beiden Seiten der Kirche hangabwärts führenden Wege vor der Freitreppe zum Hauptportal aufeinandertrafen. Für eine Umkehr zur Burggasse war es bereits zu spät. Jetzt galt es, schneller zu sein.

Er holte die letzten Reserven aus sich heraus und jagte in halsbrecherischem Tempo über das Pflaster. Unten bog er in einer leichten Kurve um den linken der beiden Kirchtürme und riskierte trotz seiner hohen Geschwindigkeit einen Blick nach rechts. Auf der anderen Seite der Treppe sah er den weißen Kastenwagen, der auf ihn zugeflogen kam. Dem langhaarigen Fahrer mit der Stirnglatze stand die Anspannung ins Gesicht geschrieben. Mit beiden Händen umklammerte er das Lenkrad und starrte mit großen Augen durch die Windschutzscheibe. Sein Lächeln war verschwunden.

Vier Steinfiguren standen auf dem Geländer am Ende der hohen Stiege, die zum Eingang der römisch-katholischen Kirche emporführte. Sie stellten Ulrich, Aloysius von Gonzaga, Benedikt von Nursia und Johannes Nepomuk dar. Ein paar Meter tiefer saß eine Gruppe Jugendlicher auf den Stufen und beschäftigte sich mit Energydrinks und Zigaretten. Sie konnten beobachten, wie dem unter ihnen über die Pflastersteine rasenden Rennradfahrer alle vier Heiligen zur Seite standen.

So schnell er konnte, fuhr Erki auf die Engstelle zu, die von den Häuserblöcken gebildet wurde, die den Platz nach Norden hin begrenzten. Dahinter weitete sich der Sankt-Ulrichs-Platz wieder zur Neustiftgasse hin. Ein Café betrieb dort seinen »Schanigarten« und hatte den größten Teil der Fläche mit ausladenden Sonnenschirmen überdacht, unter denen sich Klappsessel um Tische gruppierten.

Erki schoss noch vor dem großen weißen Wagen zwischen den Gebäuden hindurch, wich mit akrobatischem Fahrmanöver einem breiten Fahrradständer aus und schaffte es, an

Lokal und Gastgarten vorbeizukommen, ohne mit einem der Kellner oder Gäste zu kollidieren.

Sheridian fand hingegen keine Möglichkeit, die Hindernisse zu umfahren. Dicht hinter Erki lenkte er den Wagen durch die Lücke zwischen den Häusern und hielt geradewegs auf die Schirme zu. Beim Anblick der voll besetzten Tische leitete er eine Notbremsung ein. Laut schreiend stoben die Lokalbesucher auseinander. Nur der besonders stabil ausgeführten Konstruktion des Fahrradständers hatten sie es zu verdanken, dass sie nicht zu Schaden kamen. Die massiven, im Boden einbetonierten Stahlrohre wurden zwar aus ihrer Verankerung gerissen, brachten das mit blockierenden Reifen über das Pflaster rutschende Lieferfahrzeug jedoch noch vor den Tischen zum Stehen.

Erki hörte die Schreie und den Aufprall hinter sich, verschwendete jedoch keinen Gedanken daran, umzukehren. Es war höchste Zeit, den Inhalt seines Rucksacks loszuwerden, denn mehr als zweihundertfünfundzwanzig Jahre nach seinem Tod hatte Mozart damit begonnen, eine blutige Spur der Verwüstung durch Wien zu ziehen.

21

»Zuadraht is!« Ernst Stierschneider legte den Karo-Buben auf den Stapel mit den verdeckten Karten, zog das Atout-Ass darunter hervor und knallte es auf den Tisch.

»Hast du schon wieder Ass-Vierzig? Das gibt's ja nicht!« Mit säuerlicher Miene warf der lange Novak seine Karten weg. »Du scheißt ja im Schlaf, Ernstl. So viel Glück ist nicht normal!« Er schüttelte seinen Kopf und wandte sich an den Wirt. »Geh, Herr Friedl, bring mir doch noch ein Krügerl. Und für den Ernstl ein Achterl. Geht auf meine Rechnung.«

»Vier mit Luft, Langer«, lachte Stierschneider. »Heut rennt's bei mir. Spiel ma no a Runde?« Genüsslich kritzelte er mit dem Kugelschreiber ein viertes Bummerl über die mit »N« bezeichnete Spalte auf dem Schreibblock. Der Ex-Profifußballer hatte heute erst sein fünftes Achterl Blaufränkischen intus und war für seine Verhältnisse fast nüchtern.

Novak lehnte das Angebot mit erhobenen Händen ab. Er hatte auf Konzentrationsschwächen bei seinem Gegenüber gehofft. Doch beim Schnapsen stellte sich der beleibte Mann im roten Trainingsanzug genauso geschickt an wie bei seinen früheren Einsätzen auf dem Rasen. Stierschneider hatte einst als eine der größten Hoffnungen im österreichischen Fußball gegolten, bis er über seine zusätzlichen Trainingseinheiten im »Tankstellenstüberl« in der Linzer Straße gestolpert war. Trotz blendender Partien in Meisterschaft und internationalen Begegnungen war er aus allen Kadern geflogen, nachdem er mehrfach betrunken zum Training erschienen war. Stierschneider hatte sich daraufhin zur Gänze seiner zweiten großen Leidenschaft zugewandt. Dem Rotwein.

Gottfried Schopp erschien mit einem Achterl und einem Krügerl am Tisch der beiden Kartenspieler.

»Bin ich froh, dass du heute wieder offen hast«, bemerkte Novak, als er nach seinem wieder befüllten und mit Schaumkrone versehenen Stammglas griff. »Im Fernsehen war nur Schwachsinn zu sehen. Billige deutsche Serien und irgendwelche faden Dokumentationen. Ich frag mich, wofür ich die Gebühr zahle. Meinetwegen könnte der Küniglberg auch zudrehen.«

»Ich konnte beim besten Willen nicht aufsperren.« Schopp putzte mit dem Handrücken Spuren von Zigarettenasche von seinem Hemdärmel. »Das Chaos war zu groß. Hier hat es ausgesehen wie in einem Saustall.«

»Hättest halt was gesagt! Wir hätten dir beim Aufräumen geholfen!« Zur Bekräftigung seines guten Willens hob der Lange sein Bierglas und trank es zur Hälfte leer.

Der Wirt gab sein krächzendes Raucherlachen von sich. »Na sicher. Ich kenn euch doch. Ihr hättet mir bestimmt mächtig geholfen. Aber nur beim Verringern meines Getränkebestands.«

»Ich kann das. Aufräumen und so. Also jetzt nicht unbedingt bei mir daheim. Aber in der Betriebslogistik, da kenn ich mich aus!«

Schopp lachte. »Natürlich! Vermutlich hättest du bei mir genau die gleiche Art von Logistik angewandt wie in deiner Portierloge in der Brauerei. Herumsitzen, in den Fernseher schauen und die Zeit totschlagen. Bei den Erzählungen über deinen Arbeitsplatz frage ich mich immer, wofür du von den Brauwerken bezahlt wirst.«

»Wofür? Das kann ich dir sagen, Friedl! Ich bin ein unverzichtbares Glied der zirkulären Wirtschaftskette des Brauereiwesens.«

»Wos für a Kettn?«, wollte Stierschneider wissen, dem nur der Begriff »Abwehrkette« etwas sagte.

»Eine Kette von Verknüpfungen, die für alle Beteiligten ausschließlich Vorteile mit sich bringt. Passts auf.« Novak stemmte seine Hände gegen die Tischkante. »Die Penzinger Brau KG leistet sich den Luxus, mich für einen Job zu bezahlen, bei dem ich nicht allzu viel zu tun habe. Ich zeige mich dafür erkenntlich und trage den Lohn dann fast eins zu eins hierher und setze ihn in Bier um. Natürlich in Penzinger. Du, Friedl, zahlst mit meinem Geld dann deine Rechnungen bei der Brauerei, die dadurch wieder genügend Kohle für mein Gehalt zur Verfügung hat. So schließt sich der Kreis, und alle sind zufrieden. Eigentlich müsste das System sogar ohne den Einsatz von Geld funktionieren, nur mit dem Austausch der genannten Leistungen!«

»Das würde dir so passen«, brummte Schopp. »Du vergisst nur leider ein paar Kleinigkeiten. Finanzamt, Miete und Stromkosten zum Beispiel. Wusstest du, dass ich wegen der alten Kiste dahinten extra Steuer zahlen muss?«

Novaks Blick folgte dem ausgestreckten Arm des Gastronomen. »Für die Jukebox? Das müsste doch unter Einsatz für den Erhalt kultureller Werte fallen. Wo findet man denn noch so eine Musiktruhe, außer hier? Man sollte dir eigentlich einen Steuernachlass dafür gewähren! Verbrecher! Ich werde die Lärmmaschine besser gleich mal mit meinem Ersparten füttern, damit du uns nicht bankrottgehst.«

Novak grinste und hievte seinen langen Körper hoch. Mit den ihm eigenen weberknechtartigen Bewegungen stakste er zur Jukebox. Unter knackenden, mechanischen Geräuschen hob die aus den sechziger Jahren stammende Rock-Ola die Single mit Novaks Lieblingslied auf den Plattenteller. Zu den Klängen des Kellerberg-Buam-Hits »I geh jetzt ausse« legte der Lange ein paar Tanzschritte auf den Fliesenboden vor der Jukebox hin, mit denen er in Monty Pythons »Ministry of Silly Walks« zumindest Staatssekretär geworden wäre.

Der allein am Tisch zurückgebliebene Ernst Stierschneider widmete sich inzwischen seinem Weinglas. Er betrachtete die tiefrote Farbe des tanninreichen Rotweins, die ihn an die Trikots der spanischen Gegenspieler in der zweiten Runde des Cupbewerbs vor vielen Jahren erinnerte.

»Roja«, flüsterte er in sein Achtelglas und nippte am Blau-

fränkischen. Der von ihm verwandelte Elfmeter im Hexenkessel des ausverkauften Stadions war der Höhepunkt seiner kurzen Karriere gewesen. Er war gefeiert und von den Medien auf Händen getragen worden. Ein Journalist hatte sogar vom Heranreifen eines Jahrhundertspielers geschrieben. Stierschneider hatte sich den Artikel rahmen lassen. Er hing noch immer zwischen alten Fotografien und verstaubten Vereinswimpeln an der Wand seines winzigen Wohnzimmers.

Stierschneider dachte an die spanische Zeitung, in der er »el Toro« genannt worden war. Das Geräusch der sich öffnenden Eingangstür riss ihn aus seinen Erinnerungen.

Neue Gäste waren ins Lokal gekommen. Fremde. Stierschneider hatte den dünnen Mann mit den zweifarbigen Schuhen, der als Erster das »Tschecherl« betrat, noch nie gesehen. Über den Rand seines Weinglases hinweg beobachtete er, wie sich der Unbekannte mit leichten Schritten an der Bar vorbeibewegte und sich dabei vorsichtig umsah. Ihm folgte ein großer, schwerfälliger Mann, der trotz der sommerlichen Temperaturen eine Krawatte zum Anzug trug. Das runde rote Gesicht kam dem Ex-Fußballer bekannt vor. In Gedanken ging er die Spielerkader der großen Wiener Mannschaften durch, deren Glanz in den vergangenen Jahrzehnten genauso verblasst war wie sein eigener. Vienna, WAC, Sportklub, Wacker, FC Wien. Es gelang ihm nicht, den Anzugträger einem dieser Vereine zuzuordnen.

»Tag, die Herren!« Der Wirt hatte sich vom eben begonnenen Kreuzworträtsel gelöst und musterte interessiert die Neuankömmlinge.

»Zwei Bier bitte«, sagte der Dünnere, ohne anzuhalten. Er strebte dem hinteren Bereich des »Tschecherl« zu und bedeutete seinem Begleiter, ihm zu folgen.

Stierschneider sah den Männern hinterher, die am eigenwillig zuckenden Novak und der Jukebox vorbei auf den am weitesten von der Bar entfernten Tisch zusteuerten und sich dort auf zwei der wackeligen Holzsessel niederließen.

»Ihr Auftrag ist in eine Richtung gelaufen, die so nicht geplant war. Das kann mich zwanzig Jahre kosten!« Erwin Pospischil hatte seinen Ellbogen auf die dunkelbraun gebeizte Tischfläche gesetzt und sein schmales Kinn zwischen Daumen und Zeigefinger gebettet. Beim Sprechen hielt er seine Hand so, dass es auch für einen Lippenleser unmöglich gewesen wäre, seine Worte zu verstehen.

»Ich dachte, es wäre Notwehr gewesen!« Liebkind sprach um eine Spur zu laut.

»Und welcher Richter wird mir das glauben?« Pospischil sah sich verstohlen um. »Ich bin nicht gerade unbescholten. Die Sache wird mir zu heiß, Liebkind! Ich hätte gute Lust, auszusteigen!«

»Aussteigen? Das können Sie nicht!«, polterte der Opernkritiker. »Wir beide stecken bereits viel zu tief in der Angelegenheit drin. Wir müssen das jetzt gemeinsam durchziehen! Ich habe große finanzielle Vorleistungen in das Projekt gesteckt. Alles, was ich von Ihnen brauche, ist dieser verdammte Schädel. Der kann sich ja nicht in Luft aufgelöst haben!«

»Sie werden den Preis verdoppeln müssen.«

»Sind Sie verrückt geworden? Sie wissen ganz genau, dass meine Honorare stets außergewöhnlich großzügig ausfallen.« Liebkind richtete sich den Knopf seiner rot-goldenen Krawatte. Er wirkte ausgesprochen nervös.

Pospischils stark vorstehender Adamsapfel bewegte sich an seinem langen Hals nach oben. »Es ist bisher aber auch nie von Mord die Rede gewesen«, zischte er hinter vorgehaltener Hand.

Erneut sah er sich möglichst unauffällig um. Der talentbefreite Tänzer hatte seine spastischen Bewegungen eingestellt und sich an den Tisch des alten Trinkers gesetzt. Drei weitere Gäste hockten rauchend an der Bar. Aus der Jukebox waren schräge alpenländische Klänge mit rockigen Gitarren zu vernehmen. Kein Tanzrhythmus, wie der »Gschmeidige« im Einklang mit seinen Zehen feststellte. Er war dennoch für die musikalische Berieselung dankbar. Sie machte es unmöglich, dass jemand ihre Unterhaltung mithören konnte.

»Ich habe den Mann gekannt!«, sagte er.

»Wie bitte? Den Toten?« Liebkinds runder Kopf ging nach oben. »Wer ist Ihnen da in die Quere gekommen?«

»Der ›Grieche‹! So wurde er in Fachkreisen genannt. Seinen wirklichen Namen kennt keiner. Einer jener Leute, in deren Geschäfte man sich besser nicht einmischt.«

»Geschäfte? Was darf ich mir darunter vorstellen?«

»Raub, Erpressung, Entführung, Mord. Gegen die entsprechende Bezahlung sind der Phantasie hier keine Grenzen gesetzt.«

»Dann haben Sie der Welt ja einen Gefallen getan.«

Pospischil zuckte mit den Schultern. »Der Welt vielleicht. Mir selbst jedenfalls ganz bestimmt nicht. Der ›Grieche‹ hat für Auftraggeber gearbeitet, die dem Ausschalten eines ihrer Spezialisten wenig Humor entgegenbringen. Wenn ich auffliege, kann ich mein Testament machen.« Der Informant sah blass aus. Der Zwischenfall am Vormittag hatte ihm sichtlich zugesetzt.

»Sie haben doch hoffentlich keine Spuren hinterlassen?« Auch Liebkind flüsterte jetzt.

»Ich hatte Handschuhe an, falls Sie das meinen, und meine Kleidung habe ich verbrannt. Aber der Teufel schläft nie. Oft sind es Kleinigkeiten, die einen stolpern lassen. Ein falsch gewählter Zeitpunkt, ein unbedachter Schritt ...«

Pospischil verstummte. Herr Friedl war herangetreten und stellte zwei Gläser mit Penzinger Märzen auf den Tisch.

»Wünschen die Herren auch die Speisekarte zu sehen?«

Liebkind verzog sein Gesicht. Das »Tschecherl« gehörte nicht gerade zu der Art von Lokalen, in denen er zu speisen pflegte. Mit der Aussage, dass sie schon gegessen hätten, lehnte Pospischil das Angebot dankend ab. Schopp zog sich zufrieden hinter die Bar zurück. Er hatte sich noch nie als guter Koch verstanden, und die überwiegende Mehrheit seiner Stammgäste pflichtete ihm bei dieser Einschätzung durchaus bei.

»Eine Zelle«, raunte Liebkind über sein Bierglas hinweg. »Ich brauche nur eine verdammte Zelle aus verbliebenen Gewebeteilen oder aus den Zähnen. Jede einzelne Zelle trägt die gesamte Erbinformation in sich! Es kann doch nicht so schwer sein, einen Totenschädel aufzuspüren.«

»Das Doppelte«, unterbrach Pospischil seinen Gesprächspartner. »Mir ist es völlig egal, was Sie mit den Knochen anfangen wollen. Meinetwegen können Sie sich auch eine Suppe daraus kochen. Aber ich koste ab sofort das Doppelte. Sonst bin ich raus!« Er hielt sich die linke Hand vor Augen, betrachtete konzentriert seine Fingernägel und ließ die rechte in seiner Jackentasche verschwinden.

Für einen Augenblick befürchtete Liebkind, dass sein Informant das Springmesser zum Vorschein bringen könnte, aber Pospischil beendete die Nägelkontrolle ohne Zuhilfenahme seiner Stichwaffe und fixierte wieder das schwammige Gesicht des Musikkritikers.

»Sie bezahlen mich, und das sofort. Danach beschaffe ich Ihnen die Ware und beende damit unsere Geschäftsbeziehung. Es ist besser, wenn ich mich für einige Zeit unsichtbar mache.«

Die wulstigen Finger Liebkinds drehten das Glas auf dem Bierdeckel im Kreis. »Können Sie mir die Beschaffung des Schädels denn garantieren?«

Erwin Pospischil lachte bitter. »Nichts im Leben lässt sich garantieren, Professor! Nur der Tod!«

Ein feuerroter Schatten tauchte hinter Liebkind auf. Ernst Stierschneider hatte sich dem Tisch genähert und parkte sein Achterl zwischen den zwei Biergläsern.

»Heast, Gfüda! Di kenn i! Host du aa amoi wo gschpüt?«

»Gespielt?« Liebkind rutschte mit seinem Sessel zurück. »Nein, nur in der Schule. Ich fürchte, mir hat das Talent für die großen Bühnen gefehlt.«

»Es braucht ned jeder Schpüler a Talent«, warf Stierschneider ein und zog einen dritten Stuhl an den Tisch heran. »Es muass jo a die Wosserträger gebn, die den Primgeigern die Oarbeit erleichtern. Ergänzungsschpüler, gewissermaßen.«

»Da haben Sie bestimmt recht«, stimmte Liebkind konziliant nickend zu. »Ich bin mir jedoch sicher, dass mir auch diese Fertigkeiten weitestgehend gefehlt haben.« Irritiert betrachtete er den Mann im uralten Trainingsanzug mit dem verblassten Emblem des Österreichischen Fußballbundes an der Brust.

Der Ex-Fußballprofi war in den Lokalen zwischen Johnstraße und Gürtel bekannt wie ein bunter Hund. Hier pflegte er tagsüber anderen Gästen von den Höhepunkten seiner kurzen Karriere zu berichten und bei einem Gläschen Rotwein über seinen Lieblingssport zu philosophieren. Seine kleine Wohnung am Meiselmarkt diente nur als nächtlicher Rückzugsort, ansonsten war er an den Bars und Wirtshaustischen des Arbeiterbezirks zu Hause.

»Kennen tua i di trotzdem! Woast du vielleicht bei der Elektra?«

»In der Volksoper?«

»Naa, im zweiten Bezirk, in der Engerthstroßn.«

»Auch dort ist Richard Strauss zu sehen? Das wusste ich gar nicht!«

»Strauss? Aun den kaunn i mi ned erinnern. Wo hot der gschpüüt? Im Mittelfeld?«

»Ich fürchte, wir reden aneinander vorbei, guter Mann! Kann es sein, dass Sie über Fußball sprechen?«

»Naa. Über Synchronschwimmen. Wos host denn du leicht glaubt?«

»Fußball, gewiss!«, beruhigte Liebkind den Rotweintrinker. »Ich muss Sie in dieser Hinsicht aber leider enttäuschen. Mit Sport habe ich nichts am Hut. Ich fürchte, Sie verwechseln mich mit jemandem.«

Ernst Stierschneider überprüfte noch einmal argwöhnisch das Profil des Musikkritikers, schüttelte ungläubig den Kopf und hob sein Glas. »Na daunn! Zum Wohl, meine Herren! Auf die Elektra, die 1973 im Cup bis in die dritte Runde kumma is. Guade Buam woarn des.«

Der Ex-Fußballer kippte den Rest seines Weins und stellte

das leere Glas elegant zurück auf die Tischplatte. Keiner der zwei Fremden machte Anstalten, ihn auf ein weiteres Getränk einzuladen. Beide Männer schwiegen. Enttäuscht verließ Stierschneider den Tisch und schlurfte in seinen Badesandalen an die Bar.

»I kenn eam«, murmelte er vor sich hin. »Gaunz sicher sogar. Der muass weiter oben gschpüüt haum. Vielleicht in da Bundesliga. Den sei Gfries kenn i aus'n Fernsehen.«

»Eine impertinente Person!« Liebkind schnaubte missfällig und trank von seinem Bier, als müsse er die an den ungebetenen Tischbesuch verschwendeten Wörter wegspülen. Dann tupfte er seinen Mund mit einem handbestickten Stofftaschentuch ab. »Ich habe Ihnen doch gesagt, dass ich zu prominent bin für ein Treffen in der Öffentlichkeit. Der Mann hat mich schon bei unserer Ankunft so merkwürdig schief angesehen. Angesichts der aktuellen Umstände ist es höchst unvorteilhaft, wenn man uns beide hier gemeinsam sitzen sieht.«

»Unvorteilhaft? Für wen? Haben Sie nicht eben erst festgestellt, dass wir das jetzt zusammen durchziehen müssen?« Pospischils Stirn legte sich in Falten. »Beruhigen Sie sich. Niemand hier weiß, wer Sie sind! Die Welt der Oper liegt für die Besucher dieses Lokals genauso weit weg wie Ihre von den Fußballplätzen der Wiener Liga.«

»Dennoch scheint mich diese absonderliche Erscheinung im Trainingsanzug erkannt zu haben!«

Der »Gschmeidige« lachte. »Natürlich. Er hat Sie als Berufsfußballer erkannt. Für ein Glas Wein hätte er Ihnen sicher auch bescheinigt, wie der Papst auszusehen.«

»Ich fühle mich dessen ungeachtet nicht wohl in diesem Etablissement. Gut, dass ich meine Sekretärin im Wagen habe warten lassen. Warum mussten wir uns gerade hier treffen?«

»Weil sich hier die Spur des Schädels verloren hat.«

»Wie wollen Sie wissen, dass die Ware hier gewesen ist?«

»Ich zähle nur eins und eins zusammen.« Pospischil zeigte seinem Gegenüber drei seiner langen Finger.

Liebkind starrte auf die erhobene Hand, unterließ es aber tunlichst, seinen Informanten auf den offenkundigen Rechenfehler hinzuweisen.

»Aus den Polizeiberichten wissen wir Folgendes. Erstens: Jemand hat sich mit dem Verkäufer hier treffen wollen. Zweitens: Jemand hat den Verkäufer am Platz vor der Remise ums Eck gebracht. Drittens: Jemand ist in derselben Nacht hier eingestiegen und hat das Lokal durchsucht.« Pospischils Finger bewegten sich vor und zurück. »Dreimal ›jemand‹. Das können natürlich drei verschiedene Personen gewesen sein. Aber an solche Zufälle glaube ich nicht. Ich gehe vielmehr von einem Zusammenhang aus.«

»Sie glauben also, dass der Täter nach dem Mord an dem Händler mit leeren Händen dagestanden hat?«

Pospischil nickte. Seine Hand senkte sich und griff nach dem Bierglas.

»Und dass es sein nächstliegender Gedanke war, nachzuforschen, ob der Verkäufer seine Ware nicht hier, im Lokal, zurückgelassen hat?«

»Genau.« Der »Gschmeidige« hob sein Glas und kostete vom Penzinger.

»Und aus dieser Suche schließen Sie, dass eine Übergabe oder zumindest die Möglichkeit einer Begutachtung des Kaufgegenstands vereinbart gewesen sein muss?«

»Sie haben es erfasst! Kaltenbrunner muss im Vorfeld zugesagt haben, gleich mit dem Schädel anzutanzen.«

Liebkind legte den Kopf zur Seite und fasste sich an sein Ohrläppchen. »Und woher wollen Sie jetzt wissen, dass die Suche des Einbrechers ergebnislos geblieben ist?«

»Ganz einfach. Hätte man den Schädel in dieser Gaststätte gefunden, wäre mir die heutige Begegnung mit dem ›Griechen‹ erspart geblieben!«

Pospischil setzte erneut das Glas an seine Lippen, diesmal jedoch mit einem Gesichtsausdruck, als würde sich bittere Medizin darin befinden.

»Warum gerade der Student?«

Erwin Pospischil kramte in seinen Taschen und legte einen Zettel auf den Tisch. Sechs Namen standen darauf. »Das ist eine Auflistung aller Personen, die sich in der vorletzten Nacht kurz vor der Sperrstunde noch in dem Café befunden haben. Der Wirt hat die Namen bei seiner Anzeige gestern früh zu Protokoll gegeben. Meine Kontaktperson hat mir eine Kopie zugespielt. Fünf aus diesen sechs kommen in Betracht, den Schädel hier an sich genommen zu haben.«

Liebkind zog das Blatt Papier zu sich. Er sah, dass einer der Namen durchgestrichen worden war. Der Antiquitätenhändler war nicht mehr mit im Spiel.

»Drei der Herren befinden sich gerade im Lokal«, flüsterte Pospischil. »Nummer vier und fünf könnten jederzeit ebenfalls auftauchen. Es ist ihr Stammcafé.«

Liebkind wollte sich umdrehen, um die Gäste zu studieren. Erwin Pospischil fasste ihn am Unterarm.

»Lassen Sie das! Sie brauchen sich nicht umzusehen. Sie haben alle anwesenden Kandidaten bereits kennengelernt.«

»Der Wirt, der Tänzer und –« Ungläubig beendete der Opernfachmann den begonnenen Satz.

»Genau! Der Mann im Trainingsanzug. Ernst Stierschneider, Ex-Fußballstar.«

»Und was denken Sie, wer es gewesen sein könnte?«

»Ich denke gar nichts. Die Namen dieser fünf Personen sind momentan die einzigen Anhaltspunkte, über die wir verfügen, und wir werden uns jeden Einzelnen davon näher ansehen müssen. Die Konkurrenz scheint das genauso zu sehen, sonst hätte der Student nicht doppelten Besuch erhalten.«

»Der ›Grieche‹«, schnaufte Liebkind. »Wer steckt eigentlich hinter dem Mann? Wer versucht uns da in die Suppe zu spucken?«

»Jemand mit Geld! Sonst wäre kein Profi im Spiel gewesen. Leute wie der ›Grieche‹ sind nicht billig.«

»Haben Sie eine Idee, wer als Auftraggeber in Frage kommen könnte?«

Pospischil schüttelte den Kopf. »Schwer zu sagen. Vermutlich jemand aus dem Osten. Putins Förderung der orthodoxen Kirche hat einen Run auf Reliquien ausgelöst. Vor zwei Wochen sind fünfundsiebzigtausend Gläubige zwischen Moskwa und Christ-Erlöser-Kirche Schlange gestanden, um ihr Haupt vor einer Rippe des heiligen Nikolaus zu neigen. Für Gebeine von Mitgliedern der Zarenfamilie werden Millionenbeträge geboten. Die Neureichen und Oligarchen der ehemals kommunistisch geprägten Länder scheinen die Leidenschaft des Knochensammelns für sich entdeckt zu haben. Vom Mammutskelett bis hin zum menschlichen Totenschädel Prominenter.«

Der »Gschmeidige« blickte zur Bar, wo sich ein langhaariger Gast mit dem Wirt unterhielt. »Aber auch andere Erinnerungsstücke aus dem Nachlass bekannter Personen werden immer gefragter. Die Brille, die der Musiker John Lennon 1966 einem japanischen TV-Produzenten geschenkt hat, ist vor ein paar Jahren für mehr als eine Million Euro versteigert worden. Weltweit treiben Sammler die Preise in die Höhe, und die Summen werden immer wahnwitziger.«

Unbemerkt von Liebkind ließ Pospischil einen abschätzigen Blick über die große, wuchtige Gestalt seines Gegenübers schweifen.

Die Augen des Kritikers waren auf die eigenen Finger am Bierglas gerichtet. »Den Leuten hinter dem ›Griechen‹ scheint der Preis für den Schädel zu hoch gewesen zu sein. Sonst hätten sie den Verkäufer wohl kaum umgebracht.«

Pospischil nickte bedächtig. »Es ist die Sucht nach dem Besitz von etwas wirklich Einzigartigem, die die Menschen dazu treibt, alles in ihrer Macht Stehende für das Erlangen eines Gegenstands zu tun. Bis hin zum Mord.« Er trank sein Glas leer. »Womit wir wieder zu dem Punkt der finanziellen Abgeltung meiner außerordentlichen Aufwendungen im Rahmen Ihres Auftrags kommen. Sie werden etwas drauflegen müssen, Liebkind! Es ist –«

Das Läuten seines Mobiltelefons ließ ihn innehalten. Mit einem kurzen »Ja« hielt er sich das Handy ans Ohr, lauschte unter mehrmaligem Nicken und beendete mit einem »Danke, du hörst von mir« das Gespräch. Er schob sein Glas in die Tischmitte, schnappte sich den Zettel und sprang auf. »Eine Nachricht einer meiner Quellen. Der Student hat sich bei der Polizei gemeldet.«

»Und? Hat er ihn?«

»Ja, er hat ihn. Und ich weiß auch, wo er damit hinwill. Kommen Sie! Wir müssen uns beeilen!«

22

from: Caterina Delmedici
subject: hold on, I'm coming
12:16 p.m.

Hallo Erik!

Franz Jerabek hat mich soeben angerufen. Er wollte von mir wissen, wo du steckst. Da du in den vergangenen zwei Tagen offenbar vergessen hast, dass man mit einem Handy auch telefonieren kann, konnte ich ihm zu deinem derzeitigen Aufenthalt leider keine Auskunft erteilen. Warum hebst du nicht ab? Mein Verständnis für dieses Aussetzen jeglicher mündlichen Kommunikation hält sich in engen Grenzen. Zumal mir Franz in groben Zügen zusammengefasst hat, was sich seit Jirschis Geburtstagsfeier zugetragen hat. Doch dazu später.

Das Wichtigste zuerst: DU BEFINDEST DICH IN ABSOLUTER LEBENSGEFAHR! Solltest du diese Nachricht lesen, dann begib dich SOFORT in Polizeigewahrsam!

Jirschi ist im Spital erwacht. Sein Erinnerungsvermögen ist intakt, zumindest bis zu dem Schlag, den er am Zentralfriedhof abbekommen hat. Er hat angegeben, den Schädel von der Terrasse in die Speisekammer verfrachtet zu haben. Beim Katzenfutter.

Wo immer du auch gerade bist, bleib von meiner Wohnung weg! Überlasse das Sicherstellen der Reliquie den Kriminalbeamten! Zwei Menschen sind wegen dieses Heiligen schon umgebracht worden. Du musst es nicht mit Gewalt darauf anlegen, der dritte zu sein.

Ich habe mit viel Glück für 17:40 noch einen Direktflug bekommen, werde jetzt das Notwendigste packen und mich dann mit dem Taxi zum John F. Kennedy Airport bringen lassen.

Bei einer voraussichtlichen Flugdauer von acht Stunden und vierzig Minuten müsste die Maschine Sonntag um acht Uhr zwanzig Ortszeit in Wien-Schwechat landen. Ich hoffe doch sehr, dass du da noch am Leben bist. Dann kannst du nämlich was erleben!

Caterina

23

»Nach mir die Sintflut!« Ohne anzuhalten, war Erki vom Sankt-Ulrichs-Platz in die Neustiftgasse eingebogen. Beim Durchfahren der Engstelle hatte er erkannt, dass für den Kastenwagen keine Möglichkeit bestand, die aus den Metallstehern gebildete Sperre zu passieren. Hoffentlich war außer dem dagegengekrachten Fahrer niemand verletzt worden. Es widerstrebte ihm, sich selbst davon zu überzeugen. Bestimmt gab es eine Ausnahmebestimmung zum Straftatbestand der »unterlassenen Hilfeleistung«, wenn das Opfer eines Unfalls mit einer Handfeuerwaffe ausgestattet war.

Kurz hatte er darüber nachgedacht, die Polizei zu verständigen, doch genau zu dieser war er ja gerade unterwegs. Schon in wenigen Minuten würde er Jerabek über die letzten Geschehnisse informieren. Um die Erstversorgung des Verunfallten sollten sich die Besucher des Gastgartens kümmern.

Erki fuhr entgegen der Fahrtrichtung zum Ring hinab und strampelte am breit angelegten Fahrradweg der Prachtstraße an Volksgarten und Rathausplatz vorbei zum Schottentor. Wer seinen Freund Jirschi niederschlug, dem sollte eigentlich überhaupt nicht geholfen werden. Recht geschah diesem Tarek. Erki hoffte inständig, dass sein Verfolger sich eine blutige Nase zugezogen hatte. Noch mehr würde es ihn freuen, wenn sich der Widerling beim Aufprall mit der Armeepistole ins eigene Knie geschossen hätte.

Als er die Universität passierte, wünschte Erki dem Mann zwei gebrochene Hände und Dauerjuckreiz am ganzen Körper, und als er die Maria-Theresien-Straße erreicht hatte, auch noch weitaus Schlimmeres.

Erki nutzte das Gefälle der kerzengerade zum Donaukanal hinabführenden Straße und erhöhte seine Geschwindigkeit. Den schmalen, für Fahrräder gekennzeichneten Streifen zwischen Fahrbahn und Randsteinkante zu befahren erforderte seine ganze Konzentration. Als Radfahrer lebte man gefährlich in Wien, auch wenn kein Kleintransporter hinter einem her war.

Auf der anderen Straßenseite zogen die Zinnen und Türme der Rossauer Kaserne an ihm vorbei, die nach der bürgerlichen Revolution von 1848 als Bollwerk zur Sicherung der Monarchie gegen Aufstände aus den Reihen der eigenen Bevölkerung errichtet worden war. Die Untertanen hatten den Drang zum Griff nach Heugabel und Prügel jedoch schnell wieder abgelegt und sich damit abgefunden, Entscheidungen der Obrigkeit mit fatalistischem Achselzucken hinzunehmen. Den Wienern war zwar wichtig, dass »etwas geschieht«, es durfte dabei aber tunlichst »nichts passieren«.

Hoffentlich ist im Augarten nicht allzu viel passiert, dachte Erki und rollte mit leicht angezogener Hinterradbremse auf die rot zeigende Ampelanlage an der Rossauer Lände zu. Er warf einen Blick nach links. Ein paar hundert Meter die Lände flussaufwärts befand sich das von der Bevölkerung liebevoll »Liesl« genannte Polizeianhaltezentrum. Dorthin würde man den Angestellten aus dem Eriwan-Altwarenladen bringen, sobald er Jerabek über das eben Erlebte unterrichtet hatte.

Schon bei seinem Besuch am Vortag war ihm der Mann verdächtig vorgekommen. Wer trug schon einen exklusiven Kaschmirpullover zu schmuddeliger Dreiviertelhose, Stutzen und Sandalen! Einem Menschen, der derartige Verbrechen gegen den guten Geschmack verübte, war alles zuzutrauen. Bis hin zum Mord.

Die Ampel schaltete auf Grün, und Erki hob seinen Hintern aus dem Sattel, um im Wiegetritt Tempo aufzunehmen. Jenseits der Lände erhob sich die Eisenkonstruktion der Augartenbrücke, die den ersten Bezirk mit der Leopoldstadt verband. Die Brücke galt als unverzichtbarer Teil der »Lastenstraße« genannten Route für den Schwerverkehr, der die Wiener Ringstraße nicht befahren durfte.

Um diese Stunde waren hier jedoch kaum noch Lkws anzutreffen. Das Wochenendfahrverbot hatte den Großteil der lärmenden Luftverpester aus der Stadt verbannt. Aber immer wieder rasten Autos knapp an Erki vorbei, und der Student achtete darauf, den Radfahrstreifen nicht zu verlassen.

Auf halbem Weg über die Stahlbrücke warf Erki einen Blick auf den Fluss. In einer Breite von siebzig Metern strömten die Wassermassen dem Praterspitz entgegen, wo sich der Seitenarm der Donau wieder mit dem Hauptstrom vereinte. Die tagelangen Regenfälle im Westen hatten den Wasserstand auf weit über vier Meter ansteigen lassen, und die gewaltige graubraune Brühe floss mit hoher Geschwindigkeit nach Süden.

Als Erki seine Augen wieder nach vorne richtete, war es bereits zu spät. Ein Auto war vor ihm auf die Fahrradspur geraten und hatte dort abrupt abgebremst. Kaum dass Erki die Bremshebel gezogen hatte, krachte er auch schon in das Heck des Fahrzeugs. Wie ein Rodeoreiter wurde er aus dem Sattel geworfen und knallte gegen die Heckscheibe des Wagens, von wo er über das Autodach rollte und seitlich auf den Gehweg stürzte. Seine Geschwindigkeit war durch den leichten Anstieg der Brücke nicht allzu hoch gewesen. Dennoch gab es Angenehmeres im Leben, als hart auf Beton zu landen.

Verwirrt lag er auf dem Boden und bewegte vorsichtig seine Gliedmaßen, um herauszufinden, ob etwas gebrochen war. Die von einer Schürfwunde am rechten Unterarm herrührenden Schmerzen machten sich zuerst bemerkbar. An seiner Unterlippe schmeckte er Blut.

Erkis erster Gedanke galt seinem Fahrradhelm, der im Vorzimmer seiner Wohnung an der Garderobe hing, dann blickte er nach dem Verursacher des Unfalls. Der Wagen, in den er gekracht war, hatte nach dem höchsten Punkt der Brücke haltgemacht und stand mit eingeschalteter Warnlichtanlage halb auf dem Radfahrstreifen, halb auf der rechten Fahrbahn. Andere Fahrzeuge fuhren mit unverminderter Geschwindigkeit in zweiter Spur am Unfallort vorbei.

Ein Mann und eine Frau hatten das Auto verlassen und liefen auf ihn zu. Ächzend stemmte sich Erki hoch und kam auf seine Knie. Er streckte seine Arme aus, bewegte Finger und Handgelenke und besah die Verletzung an seinem Arm. Er musste damit über den Betonboden gerutscht sein und sich dabei einen unter Radfahrern gefürchteten »Schotterausschlag« zugezogen haben. Wenigstens die Knochen schienen heil geblieben zu sein, soweit er das bei dem brennenden Schmerz, der von der aufgeriebenen Haut ausging, beurteilen konnte. Auch sein Kopf hatte bis auf die kleine Verletzung an der Lippe nichts abgekommen. Ungläubig tastete er Stirn und Nacken ab.

Glück gehabt, dachte sich Erki. Eine Einschätzung, die er sofort widerrief, als er das Messer in der Hand des Mannes sah, der ihn noch vor der Frau erreicht hatte.

»Her mit dem Rucksack!«, rief der dünne Mann mit dem glatt nach hinten frisierten Haar und hielt ihm ein Springmesser vors Gesicht.

Verdutzt starrte Erki auf die Waffe. »Wer sind Sie?«

»Das geht dich einen Dreck an, Burschi! Rück den Schädel raus!« Ohne eine Reaktion Erkis abzuwarten, riss ihm der Bewaffnete einen Arm nach hinten und zog ihm den Rucksack von den Schultern.

Widerstandslos ließ Erki den Mann gewähren. Noch immer geschockt sah er zu, wie die mit einem schlichten halblangen Rock und einer Bluse bekleidete Frau sein Rennrad von der Straße hob und es zum Gehweg rollte, wo sie es gegen das Brückengeländer lehnte. Das Vorderrad stand nach hinten, die Gabel musste gebrochen sein.

Ein Auto hielt neben ihnen, und aus dem Fenster der Beifahrerseite erkundigte sich ein älterer Herr mit dicker Brille, ob er helfen könne.

»Es ist nichts Schlimmes passiert«, sagte der Mann neben Erki. »Die Polizei ist schon verständigt, und zur Sicherheit haben wir auch die Rettung gerufen. Sie werden gleich da sein. Danke!«

»Na, dann alles Gute!« Der Brillenträger winkte freundlich und setzte sein Fahrzeug wieder in Bewegung.

»Steh auf!«, zischte der Mann mit dem Messer. »Wir wollen hier kein Aufsehen erregen.« Er fasste Erki unter den Achseln und zog ihn hoch.

Auf wackeligen Beinen stehend, blickte Erki zu Boden und trat vorsichtig von einem Fuß auf den anderen. Eines seiner Hosenbeine war in Kniehöhe zerfetzt. An den Rändern des Stoffes klebte Blut. Neben seinen Sneakers tauchte der schwarz-weiße mit Lochmuster versehene Halbschuh seines Widersachers auf. Der Mann stand dicht hinter ihm und drückte ihm das Messer gegen die Seite.

»Zum Brückengeländer! Und keine Mätzchen!«

Erki wurde nach rechts gezerrt und gegen die wasserseitige Begrenzung aus Eisen gedrängt. Über das mit grauer Farbe gestrichene Geländer hinweg konnte er bis zur Schiffsstation am Schwedenplatz blicken. Ein Ausflugsboot fuhr unter der Brücke hindurch. Erkis Hauptaugenmerk galt aber dem großen, schwergewichtigen Mann, der über den Gehweg auf ihn zukam. Es musste sich um den Lenker des Mercedes handeln, der den Zusammenstoß verursacht hatte. Der Fahrer der goldfarbenen Limousine wechselte ein paar Worte mit der Frau, woraufhin diese ihre Handtasche umklammerte, schnell herbeilief und sich hinter Erki und den Messermann stellte.

»Hat er ihn?«, rief der Wagenlenker aufgeregt, noch bevor er sie ganz erreicht hatte. Er trug eine schlecht sitzende karierte Schirmmütze, die er tief ins Gesicht gezogen hatte. Erki war sich dennoch sicher, den runden roten Kopf aus den Medien zu kennen.

Als Antwort warf ihm der Mann mit den zweifarbigen Schuhen den Rucksack zu.

»Seien Sie doch um Gottes willen vorsichtig!« Erwartungsvoll streckte der schwerfällige Mann seine Hände nach dem Objekt seiner Begierde aus und drückte den Rucksack dann wie ein Kleinkind an seine breite Brust. Hastig öffnete er den

Reißverschluss. Sogleich umstrahlte ein glückseliges Lächeln sein Gesicht.

Erki kannte diesen verzückten Gesichtsausdruck. Aus dem Fernsehen. »Professor Liebkind!«, rief er dem Mann entgegen. »Was wollen Sie von mir?«

Der Opernexperte hörte nicht auf ihn. Gebannt starrte er auf den Inhalt der erbeuteten Tasche.

»Was machen wir mit dem Radfahrer?« Erwin Pospischil hielt Erki am linken Oberarm fest, die Hand mit dem Messer befand sich nach wie vor an der Seite des Studenten.

Irritiert löste Liebkind den Blick von seiner Trophäe. Er sah auf den jungen Mann mit der zerfetzten Hose und musterte dann den Fließverkehr. »Beseitigen Sie ihn, Pospischil! Wir können keine Zeugen gebrauchen!«

»Hier? Wie haben Sie sich das vorgestellt?« Die Worte des »Gschmeidigen« klangen unsicher.

»Warten Sie auf eine rote Ampelphase. Wenn der Verkehr über die Brücke kurz aussetzt, stechen Sie ihn ab. Meine Sekretärin steht dicht hinter Ihnen. Niemand wird etwas sehen. Wir haken uns dann links und rechts unter und gehen mit ihm wie mit einem Betrunkenen ans Ende der Brücke, wo wir ihn zwischen den Büschen am Kai in den Kanal werfen. Dann verschwinden wir.«

Pospischil sah sich um. Vom Deck des Ausflugsschiffes schauten Passagiere hoch. »Es sind zu viele Zeugen in der Gegend. Wir stehen regelrecht in der Auslage! Ich kann das nicht!«

»Was heißt, Sie können nicht?« Liebkind trat einen Schritt näher an Erki und den Mann heran. »Selbstverständlich können Sie das! Sie haben es heute Vormittag schon einmal gemacht!«

»Ja, aber da hatte ich keine Alternative. Hier ist es etwas anderes!«

»Es bleibt Ihnen auch jetzt keine Wahl«, rief Liebkind. »Wollen Sie, dass wir auffliegen? Tun Sie es einfach! Auf eine weitere Leiche kommt es nun auch nicht mehr an.«

Unter seinem Rippenbogen konnte Erki den gehärteten Stahl des Springers durch sein T-Shirt hindurch spüren.

»Sie sind verrückt!«, schrie der dünne Mann über seine Schulter. »Damit kommen wir nie durch!« Seine Stimme bebte.

»Sie können jetzt keinen Rückzieher machen, Pospischil! Wenn Sie aussteigen, liefere ich Sie ans Messer. Sie haben den Mord begangen. Sie sind derjenige, der die nächsten zwanzig Jahre hinter Gittern verbringen wird, nicht ich!«

»Die ganze Scheiße habe ich doch nur Ihnen zu verdanken, Liebkind! Ich werde Sie mitnehmen! Allein gehe ich ganz sicher nicht in den Bau!«

»Ich bitte Sie, Pospischil. Sie haben nicht den Funken eines Beweises. Ich werde jede Mitwisserschaft an Ihren Straftaten abstreiten und Ihnen auch die Urheberschaft an dem Verkehrsunfall hier anhängen. Frau Heidegger wird jede meiner Aussagen bestätigen. Was denken Sie, wem man mehr Glauben schenken wird? Dem beliebten Opernführer der Nation und seiner Sekretärin oder einem Schmalspurganoven wie Ihnen?«

»Sie sind ein verdammter Drecksack, Liebkind!« Pospischils Hand an Erkis Oberarm zitterte vor Wut.

Der Kritiker lachte kurz auf. »Sie können Ihre moralischen Wertungen gerne später im Gefängnis abgeben. Ich werde jedenfalls Autogramme schreiben, während man Sie in Handschellen abführt. Es gibt nur einen Weg, wie Sie aus dieser Geschichte wieder herauskommen. Bringen Sie den Schädeldieb zum Schweigen, dann können wir getrennte Wege gehen. Aber beeilen Sie sich mit Ihrer Entscheidung, bevor wieder ein Wagen anhält!«

Erki registrierte schmerzvoll die Anspannung bei Pospischil. Der Griff um seinen Oberarm hatte schraubstockartigen Charakter angenommen. Er verspürte die kurzen, hektischen Atemstöße in seinem Nacken und war sich sicher, dass es ihm jetzt an den Kragen gehen würde.

Als der Druck des Messers von seiner Seite wich, rechnete

Erki mit einer Ausholbewegung und warf sich blitzschnell nach vorne. Die Hand, die ihn eben noch krampfhaft umklammert hatte, leistete keinen Widerstand, und er knallte ein zweites Mal der Länge nach auf den Beton.

Sein lädiertes Knie dankte es ihm mit einem stechenden Schmerz. Ohne darauf Rücksicht zu nehmen, rollte sich Erki zur Seite und blickte zurück. Die Frau stand dort, mit einem länglichen Gegenstand in ihren Händen. Vor ihr lag regungslos der Mann mit den auffälligen Schuhen. Das Messer war ihm entglitten und fast bis über den Rand der Brücke gerutscht. Dicht an einem Steher des Geländers glitzerte die Klinge in der Abendsonne.

Erst auf den zweiten Blick konnte Erki erkennen, womit die unscheinbare Frau den Mann niedergeschlagen hatte. Ihre Finger klammerten sich um eine geschnitzte Holzfigur, die auf einem Sockel aus Marmor befestigt war. Ein Gutteil des Inhalts ihrer Handtasche lag rund um sie herum verstreut am Boden.

»Ehrentraud!«, hörte Erki den Opernmann hinter sich. »Was haben Sie nur getan?« Dem großen Mann war die Farbe aus dem Gesicht gewichen. Entsetzt starrte er auf seine Sekretärin. Diese ignorierte seine Frage. Sie betrachtete teilnahmslos den Würfel aus Stein am Fuß der Statue und hockte sich dann hin, um ihre Sachen einzusammeln.

»Sie machen den ganzen Plan kaputt«, rief Liebkind vorwurfsvoll.

Langsam sah Ehrentraud Heidegger zu ihrem Arbeitgeber hoch. In ihrem schmalen Gesicht waren keinerlei Emotionen zu erkennen. Bedächtig setzte sie zu einem Satz an, der zwanzig Jahre benötigt hatte, um in ihr zu reifen: »Sie können mich mal, Sie krankes Arschloch!«

In die der Aussage folgenden Stille fiel das Geräusch des auf dem Gehweg aufschlagenden Rucksacks. Wie versteinert stand der schwergewichtige Opernkritiker wenige Meter von Erki entfernt und rang um Worte. Von der Fahrbahn hinter sich konnte Erki das Klappen von Fahrzeugtüren vernehmen, dann sah er etwas Kegelkugelartiges auf sich zukommen. Der Totenschädel war aus Caterinas geöffnetem Freizeitrucksack gefallen und rollte ihm über den leicht abschüssigen Gehweg entgegen.

Liebkind brauchte lange, bis er realisiert hatte, was eben geschah. Entgeistert glotzte er zuerst auf seine Sekretärin, dann auf den Rucksack und ruderte verzweifelt mit seinen langen Armen in der Luft. Er wirkte wie ein Dirigent, dem die Partitur entfallen war. Plötzlich brüllte er aus Leibeskräften: »Amadeus«, und sprang wie ein in Rage geratener Grizzlybär mit wilden Sätzen dem Totenkopf hinterher.

Doch da war Erki schon hochgeschnellt und seinerseits dem Schädel entgegengelaufen. Mit zwei, drei langen Schritten hatte er den Kopf des verblichenen Komponisten noch vor dem Opernkritiker erreicht und mit seinem linken Bein in perfekter Fußballermanier voll durchgezogen. Von seinem Rist flog der Mozartschädel in hohem Bogen über Liebkind und das Brückengeländer hinweg auf den Kanal hinaus.

Liebkind hatte sich noch nach den Schädelknochen gestreckt, doch Erkis Schuss war zu hoch und auch zu scharf ausgefallen. Er riss seinen mächtigen Leib herum und sah mit ungläubigem Staunen der Flugbahn des Totenschädels nach, der sich weit von der Brücke entfernt auf die trüben Wassermassen hinabsenkte. Dann stieß er einen markerschütternden Schrei aus und hechtete mit ein paar Schritten Anlauf über die Brüstung in die Tiefe.

Erki stürzte zum Geländer und sah gerade noch, wie der massige Körper acht Meter tiefer in den Fluten des Donaukanals verschwand. Gebannt wartete er darauf, dass der Mann wieder auftauchte. Ehrentraud Heidegger war inzwischen hinzugekommen. Sie legte ihre schlanken Hände neben Erki auf den oberen Rand des Eisengeländers und betrachtete wie er die Wasseroberfläche. Dem Studenten fiel auf, dass sie weder Ringe noch Armschmuck trug. Ihr linkes Handgelenk war mit einem Verband umwickelt.

»Die Strömung ist zu stark«, stellte Erki nach einigen Sekunden fest. »Gerade bei Brücken kann es auch zu gefährlichen Verwirbelungen kommen. Man muss ein hervorragender Schwimmer sein, um da nicht abzusaufen.«

Die Frau sagte kein Wort. Erki schloss sich dem Schweigen an und konzentrierte sich weiter auf den Hochwasser führenden Fluss. Ohne Erfolg. Der Opernführer der Nation blieb verschwunden.

»Danke für die Hilfe, übrigens!« Erki lächelte der Frau zu und blickte dann nach rechts, wo sich der dünne Mann mit den zurückgekämmten Haaren auf dem Gehweg krümmte. Er schien zu sich gekommen zu sein. Die Insassen stehen gebliebener Fahrzeuge kümmerten sich um ihn. Zwei Personen standen in unmittelbarer Nähe und telefonierten.

Als sich Erki wieder an die Frau wenden wollte, war diese weg. Er drehte sich zur Fahrbahn um und sah gerade noch, wie jemand die Sekretärin Liebkinds in ein Auto zerrte und mit ihr davonfuhr.

»Hey!«, rief der Student und lief dem Wagen hinterher. »Was soll das werden?«

Als er den goldfarbenen Mercedes erreicht hatte, verlangsamte er seinen Lauf und hielt schließlich an. Der rote Kombi, mit dem die Frau fortgebracht worden war, bog in die Obere Donaustraße ab und entschwand seinem Sichtfeld. Erki konnte gerade noch erkennen, dass der Mann am Steuer einen Strohhut trug.

Nachdenklich schritt er zurück zu seinem deformierten Rennrad und setzte sich daneben auf den Boden. Er zog sein Handy aus der Hosentasche, um Jerabek anzurufen. Doch das Display des Smartphones bestand nur noch aus Scherben.

24

Mit Professor Friedemann Liebkind, der gestern durch einen tragischen Unfall aus dem Leben gerissen wurde, ist der Opernwelt ein exzellenter Fachmann abhandengekommen, dessen Tätigkeit die europäische Kulturlandschaft über Jahrzehnte hinweg bereichert hat. Mit ihm haben die Österreicher ihren »Opernführer der Nation« verloren, der mit seinem immensen Wissen und der Gabe, spannend und zugleich informativ zu berichten, die Liebe zur Musik in die Herzen Tausender Menschen gebracht hat.

Der mit einem phänomenalen Gedächtnis ausgestattete, begnadete Erzähler war als Dauergast und Ehrenmitglied der Wiener Staatsoper im Umgang mit den Stars selbst zum Star geworden und galt als Ikone in der Medienwelt. Sein Talent, außergewöhnliches Fachwissen mit überbordender Begeisterung publikumswirksam zu verbinden, wird den Zusehern noch lange in Erinnerung bleiben.

TV-Musikexperte Kurt Wengler, den die erschütternde Nachricht in New York erreicht hat, fasst für uns das kulturelle Erbe des vielfach ausgezeichneten Professors in einer ersten Stellungnahme zusammen:

»Professor Friedemann Sebastian Liebkind ist tot. Kein Sänger, keine Sängerin, kein Dirigent und kein Dramaturg hat in den letzten Jahrzehnten mehr dazu beigetragen als er, dass die Kunstgattung Oper heute wieder den ihr gebührenden Zuspruch findet. Niemand konnte eine derart grenzenlose Liebe zum Musiktheater besser, tiefer, ehrlicher und überzeugender weitergeben als der beliebte Kritiker, dessen charmante Art uns allen fehlen wird.

Gerne werde ich mich an die vielen Gespräche erinnern, die wir auf einem der Gänge, beim Portier oder im Zuschauerraum des ersten Hauses am Ring geführt haben und bei denen ich von ihm in jene wunderbare Welt entführt wurde, in der er lebte. Eine Welt, die nur ganz wenigen Auserwählten in diesem Maße geschenkt wurde und die doch geeignet war, unzähligen anderen Menschen das Leben erträglicher und lebenswerter zu machen: die Welt der Musik.

Wir verneigen uns vor einem der ganz Großen der österreichischen Musikkultur. Friedemann Liebkinds Körper ist tot, doch seine Seele wird weiterleben und sein Geist –«

»So ein Schwachsinn!«, rief Erki empört und drückte die Ausschalttaste am großen Flachbildschirm in Caterinas Wohnung. »Der alte Drecksack wollte mich aus dem Weg räumen! Man sollte ihm die ganzen Ehrentitel und Verdienstkreuze nachwerfen, in die Donau!«

»Es wird schwer werden, ihm diese Mordabsicht nachzuweisen.« Franz Jerabek drehte sich auf seinem Lederfauteuil zu Erki, der neben dem Fernsehgerät stehen geblieben war und wütend auf den leeren Bildschirm starrte. »Sein Helfer bestreitet ein derartiges Vorhaben ganz entschieden, und seine Sekretärin ist verschwunden.«

»Noch immer keine Spur von der Frau?« Caterina umklammerte mit beiden Händen ein bauchiges Rotweinglas. Die aus den USA mitgebrachte Weinflasche stand geöffnet vor ihr auf der Glasplatte des Couchtisches.

Jerabek verneinte kopfschüttelnd. »Alles, was wir haben, ist eine vage Beschreibung des Wagens, in dem sie entführt wurde. Vermutlich ein alter dunkelroter Passat Kombi. Auf das Kennzeichen hat niemand geachtet. Zum Entführer gibt es noch weniger brauchbare Angaben. Männlich, Sonnenbrille, Hut. Viel ist das leider nicht gerade.«

»Ich habe ins Wasser geschaut. Ich musste doch nachsehen, ob der irrsinnige Turmspringer wieder auftaucht.« Entschuldigend hob Erki seine Hände. »Wo ist Liebkind denn gefunden worden?«

»Beim Alberner Hafen. Nicht allzu weit vom ›Friedhof der Namenlosen‹ entfernt, auf dem in früheren Zeiten die angeschwemmten Wasserleichen beerdigt wurden.«

»Ein guter Platz für eine letzte Ruhestätte dieser Kreatur«, murmelte Erki und schlurfte zurück zum Tisch, wo er sich neben Caterina auf das Sofa fallen ließ.

»Sie haben den Nachruf im Fernsehen eben gehört«, entgegnete Jerabek lächelnd. »Das wird ein Begräbnis der Extraklasse werden, mit Aufmarsch der Prominenz aus Kultur und Politik und einem Ehrengrab am Zentralfriedhof.«

Caterina legte ihre Hand auf Erkis Rücken. »Du lebst! Und Jirschi darf in ein paar Tagen das Spital verlassen. Nur das zählt.« Sie wandte sich an den Ermittler. »Wollen Sie vielleicht auch ein Glas Wein, Franz, oder doch lieber noch einen Kaffee?«

»Zu einem Gläschen vom amerikanischen Roten sag ich nicht Nein, Caterina. Schließlich bin ich genau genommen seit einer Stunde außer Dienst. Wobei bei uns nie wirklich klar ist, wo die Arbeit beginnt und wann sie endet.«

»Aber heute ist doch Sonntag!«

»Das Verbrechen kennt leider kein Wochenende. Im Gegenteil! Statistisch gesehen passieren die meisten Tötungsdelikte an einem Samstag. Zum Glück hat es sich bei den gestrigen Konflikten im Augarten um einen falschen Mordalarm gehandelt.«

»Na, dann haben Sie ja fünf ruhigere Tage vor sich.« Caterina befüllte eines der bereitgestellten Gläser mit dem aus Oregon stammenden Cabernet Sauvignon und überreichte es dem Kriminalbeamten. »Der Mord in Eriks Wohnung ist gestern, also auch an einem Samstag, geschehen. Was hatte dieser Pospischil denn dort verloren?«

Jerabek roch an den Johannisbeer- und Paprikaaromen der granatroten Flüssigkeit in seinem Glas und stellte dieses dann behutsam vor sich auf den Tisch. »Erwin Pospischil ist ein ehemaliger Berufseinbrecher, der für Liebkind Spitzeldienste geleistet hat. Er ist rückfällig geworden, um seinem Auftraggeber den Mozartschädel zu beschaffen. Der Opernkritiker hat als großer Bewunderer des Komponisten gegolten.«

Erki dachte angestrengt nach. Er langte in eine Schale mit

Knabbergebäck und griff nach gesalzenen Brezen. »Wie ist Pospischil dahintergekommen, dass Kaltenbrunner ausgerechnet mir die Tasche gegeben hat?«, fragte er schließlich.

»Gar nicht. Er hat lediglich in Erfahrung gebracht, wer in der Nacht von Donnerstag auf Freitag die letzten Gäste im ›Tschecherl‹ waren. Liebkind hatte Kaltenbrunner ein Angebot für seinen Dachbodenfund unterbreitet. Nachdem der Altwarenhändler erschlagen aufgefunden worden war, wollte Pospischil nach eigener Aussage untersuchen, ob nicht einer der Lokalbesucher aus Interesse an dem Schädel hinter dem Mord stecken könnte. Den Einbruch in Ihre Wohnung bezeichnet er als freiwillige Unterstützung der Behörden in einem Mordfall.«

»Sie sollten ihm einen Hilfssheriff-Stern an die Brust heften!«

»Wir werden ihm wohl eher ein Einbruchs- und ein Tötungsdelikt anhängen. Seiner Behauptung, den ›Griechen‹ in Notwehr erstochen zu haben, wird vor Gericht wenig Glauben geschenkt werden. Das Fehlen von Kampfspuren, seine Unversehrtheit und die ganze Vorgeschichte sprechen dagegen.«

»Immerhin war er so ehrlich, zuzugeben, bei mir eingestiegen zu sein.«

Jerabek lachte. »Das Wort ›ehrlich‹ passt in diesem Zusammenhang nicht ganz. Wir mussten schon ein wenig nachhelfen.«

»Im Verhör?«

»Im Labor! Pospischil hat nach der Ermordung des ›Griechen‹ seine Kleidung entsorgt. Nur von seinen Schuhen hat er sich nicht trennen wollen. Wir haben Blutspuren des Toten daran nachweisen können.«

»Warum hat er sich gerade meine Wohnung vorgenommen? Weil das Schloss am Eingangstor so leicht zu knacken ist?«

»Er wollte seine Liste abarbeiten. Wir haben einen Zettel mit Namen bei ihm gefunden. Schopp, Stierschneider, Novak, Meixner und Neubauer. Die letzten fünf Personen, die im

›Tschecherl‹ vor Kaltenbrunners Tod Kontakt mit ihm hatten. Ihr Name stand ganz oben.«

Caterina sah Erki vorwurfsvoll an. »Du bist immer ganz vorne mit dabei, sobald es gefährlich wird. Ich würde mich deutlich wohler fühlen, wenn du dich aus solchen Angelegenheiten künftig raushalten könntest! Kannst du dir vorstellen, wie ich mich auf dem neunstündigen Flug gefühlt habe? Immer in dem Wissen, dass du das nächste Opfer sein könntest?«

»Raushalten?«, rief Erki entrüstet. »Wie denn? Ich kann doch nichts dafür, wenn sich andere wegen eines halb verrotteten Schädels gegenseitig die Köpfe einschlagen wollen! Diesen Pospischil hab ich nicht einmal gekannt. Und den Altwarenhändler auch nicht wirklich. Zumindest kann ich mich kaum an ihn erinnern. Selbst mit Mozart hab ich nicht allzu viel am Hut. Ich hätte die Knochen ohne nachzudenken sofort gegen eine alte Aufnahme von Jimi Hendrix eingetauscht!«

»Für Liebkind hat Mozart alles bedeutet«, hielt Jerabek fest. »Sonst wäre er dem Totenkopf nicht hinterhergesprungen. Angeblich konnte der Mann nicht einmal schwimmen.«

»Wie kann man nur so versessen an einem Gegenstand hängen, dass man bereit ist, sein Leben dafür zu opfern?« Caterina schüttelte ungläubig ihre brünetten Locken.

»Ich denke, Liebkind hat in diesem Schädel mehr gesehen als bloß ein Sammlerstück für seine Vitrine.« Der Kriminalbeamte spielte nachdenklich mit den Knöpfen seiner Strickweste und überlegte lange, bevor er weitersprach.

»Für ihn muss dieser Totenkopf etwas Beseeltes gewesen sein. Ein greifbarer Teil einer jener Personen, mit denen er die überwiegende Anzahl seiner Lebensjahre zugebracht hat. Strauß, Verdi, Wagner, Puccini, Mozart. Das waren reale Figuren für ihn, keine Toten. Begnadete Wesen, mit denen er tagtäglich kommunizierte. Für diese besondere Art von Verbindung ist es dienlich, etwas Gegenständliches in seinem Besitz zu haben. Eine Partitur, einen Brief, ein Kleidungsstück oder auch einen Schädel. Etwas, das dabei hilft, die Kluft zwischen Leben und Tod zu überbrücken. Wir kennen das von Familien, die früh ein Kind verloren haben und von da an das Kinderzimmer in unverändertem Zustand belassen. Oft über Jahrzehnte hinweg. Der Anblick von Plüschtieren, Schulsachen und Spielzeug erzeugt für die Hinterbliebenen das Gefühl, ein kleines Stück des zu früh verloschenen Lebens bei sich behalten zu können. Es ist ein verzweifelter Versuch, das Geschehene ungeschehen erscheinen zu lassen. Gewissermaßen das Erschaffen einer Illusion von fortbestehendem Leben. Das Empfinden von Lebendigkeit ist wohl für jeden anders.«

»Meine Lebendigkeit hat ihn nicht sonderlich tangiert«, bemerkte Erki trotzig. »Um ein Haar hätte ich mich über ein zweites Mordopfer dieses Pospischil ärgern müssen. Über mich selbst!«

Jerabek grinste. »Erwin Pospischil gibt an, Sie mit dem Messer nur in Schach gehalten zu haben, da er in Ihnen den Mörder Kaltenbrunners gesehen hat. Sein nächstes Vorhaben wäre angeblich gewesen, Sie der Polizei zu übergeben. Die Sekretärin Liebkinds hat das zu verhindern versucht. Warum, wisse er nicht. Da müssten wir sie schon selbst fragen.«

»Wer's glaubt, wird selig. Eine Aussage von Liebkinds Sekretärin wäre allerdings wirklich hilfreich. Sie könnte den gegen mich gerichteten Tötungsauftrag des Opernfreaks bestätigen. Gibt es denn wirklich nicht die geringste Spur?«

»Wir haben ein ganzes Team von Kollegen und Kolleginnen auf den Fall angesetzt. Die Suche gestaltet sich jedoch recht schwierig. Uns fehlen momentan die Anhaltspunkte. Ehrentraud Heidegger lebt seit vielen Jahren völlig zurückgezogen in einem eigenen Bereich von Liebkinds Wohnung und hat weder Freunde noch Bekannte. Näheren Kontakt hatte sie nur zu ihrem Arbeitgeber und dessen Chauffeur, der ein wasserdichtes Alibi vorzuweisen hat. Der Fahrer hatte seinen freien Abend und war im Gasthaus ›Zum ewigen Leben‹ tarockieren.«

»Und dieser erstochene ›Grieche‹ aus Eriks Wohnung?«, erkundigte sich Caterina. »Was hat der mit der Sache zu tun?«

»Der steht in Verbindung zu Tarek Sheridian, dem Mitarbeiter Kaltenbrunners in der Eriwan-Altwarenhandlung. Wir haben Sheridian heute Mittag im Lorenz-Böhler-Krankenhaus einvernommen, wo man ihn nach dem Unfall bei der Ulrichskirche wieder einigermaßen zusammengeflickt hat. Er gibt an, den ›Griechen‹ hinzugezogen zu haben, nachdem Herr Neubauer in seiner Gegenwart Fragen nach einem Totenkopf gestellt hat.«

»Aber das war doch nach dem Mord an Kaltenbrunner!«, rief Erki.

Jerabek nickte. »Sheridian behauptet, der ›Grieche‹ wäre mit dem Auto über Ungarn angereist und erst am späten Freitagabend in Wien eingetroffen. Seit die Grenzen offen sind, fehlt uns leider die Möglichkeit, derartige Angaben zu überprüfen. Eindeutig dagegen spricht jedoch, dass der ›Grieche‹ das Handy des Antiquitätenhändlers bei sich trug, als er in Ihrer Wohnung tot aufgefunden wurde. Mit seinen eigenen und Kaltenbrunners Fingerabdrücken daran. Er hat mit dem entwendeten iPhone kurz vor seinem Tod sogar noch einen Anruf durchgeführt. Der Angerufene war ausgerechnet Sheridian.«

»Woher kannten sich die beiden?«

»Von früheren ›Geschäften‹, sagt Sheridian. Angeblich in Sachen Antiquitäten. Näheres wollte er uns darüber nicht erzählen. Wir wissen über die zwei Männer nur recht wenig. Beide scheinen jedoch eine reichlich dunkle Vergangenheit zu haben. Der ›Grieche‹ hat für die Balkanmafia gearbeitet, und zu Sheridian hört man aus Kreisen von Exilarmeniern, dass er sich wegen des Verdachts, an Kriegsverbrechen im Bergkarabach-Konflikt beteiligt gewesen zu sein, aus seiner Heimat absetzen musste. Die beiden haben jedenfalls gemeinsame Sache gemacht, so viel steht fest. Die unter Ihrer Tür durchgeschobene Botschaft stammt von Sheridian, den nächtlichen Anruf soll dann der ›Grieche‹ vorgenommen haben.«

Erki zog das eben an den Mund geführte Salzgebäck wieder zurück und legte die Stirn in Falten. »Heißt das jetzt, dass Sheridian zwar zugibt, hinter dem Schädel her gewesen zu sein, aber eine Mordabsicht an seinem Chef bestreitet?«

Jerabek nickte. »Er behauptet sogar, mit Kaltenbrunner eng befreundet gewesen zu sein. Gemeinsam hätten sie die geschäftlich schwierigen Zeiten seit dem Tod von Kaltenbrunners Frau durchgestanden und vorgehabt, eines Tages wieder in die alte Heimat zurückzukehren. Sheridian gibt an, Sie nach Ihren Andeutungen im Antiquitätenladen für den Mörder gehalten zu haben.«

»Und warum hat er dann nicht gleich die Polizei gerufen?«

»Weil er das Geschäft mit dem Verkauf des Mozartschädels nun selbst machen wollte. Dazu hat er den ›Griechen‹ nach Wien beordert und ihm für seine Hilfe zur Wiederbeschaffung des Totenkopfs einen Teil des Verkaufserlöses in Aussicht gestellt.«

»Wer will so etwas denn kaufen? Gibt es mehrere Spinner so wie Liebkind?«

»Es soll eine ganze Menge Kaufinteressenten gegeben haben. Sheridian spricht von Kontakten zu Sammlern aus halb Europa, vornehmlich aus dem Osten.«

»Und warum ist mir als Übergabeort ausgerechnet der Zentralfriedhof vorgeschlagen worden?«

»Wegen der großen Entfernung zu Ihrer Wohnung. Das hat den beiden die Möglichkeit eingeräumt, Sie bei der Anfahrt auszuspionieren. Während Sheridian Sie am Friedhof erwartet hat, ist der ›Grieche‹ mit Ihnen in der Straßenbahn gesessen. Nachdem er in Erfahrung gebracht hatte, dass Sie ohne den Schädel unterwegs waren, ist er auf halber Strecke ausgestiegen und hat sich Ihre Wohnung vorgenommen.«

»Wenn die Männer schon wussten, dass wir ohne Mozart auftauchen werden, warum dann noch der feige Angriff auf Jirschi?«

»Das sei angeblich Teil einer ›Abreibung‹ gewesen, die man Ihnen hatte zukommen lassen wollen. Gewissermaßen als Vergeltung für den Mord an Kaltenbrunner. Zudem habe die Aktion aber auch dazu gedient, dem ›Griechen‹ genügend Zeit für die Durchsuchung Ihrer Wohnung zu verschaffen.«

»Na großartig. Eine Racheaktion für etwas, wo Jirschi rein gar nichts dafürkann.«

»Sheridian scheint generell einen Hang zu übertriebener Gewalt zu besitzen. Es sind recht grausame Geschichten, die seine Landsleute über ihn erzählen. Als von seinem Partner keine Rückmeldung mehr gekommen ist, hat er sich zu Ihrer Wohnung begeben, ist aber wegen der Polizei vor Ihrem Haus sofort zum Urban-Loritz-Platz weitergefahren. Dort hat er an einem der Würstelstände so lange gewartet, bis Sie erschienen sind, um Ihr Fahrrad abzuholen.«

»Warum hat er nicht gleich dort versucht, mir den Rucksack abzunehmen? Immerhin war er bewaffnet.«

»Zu viele Zeugen. Der Platz ist immer voller Menschen. Im Fahren hat er seine Chancen größer eingeschätzt, Ihnen den Schädel entreißen und unerkannt entkommen zu können.«

»Ich bin so froh, dass du diesen brutalen Typen abhängen konntest.« Caterina schmiegte sich an Erki. »Was er Jirschi angetan hat, ist schon schlimm genug. Zum Glück geht es ihm heute bereits deutlich besser. Wir haben ihn kurz besuchen dürfen, und die Ärzte meinen, er werde keine bleibenden Schäden behalten.« Sie strich sich ihr Sommerkleid glatt und richtete sich an Jerabek. »Was denken Sie, wie sich alles wirklich zugetragen hat?«

Der Kriminalbeamte nahm einen Schluck aus seinem Weinglas, stellte es auf den Tisch zurück und legte dann seine Unterarme auf die breiten Armlehnen des Fauteuils. »So, wie sich uns die Sache darstellt, hat Sheridian vorgehabt, seinen Chef zu hintergehen, und sich dazu mit dem ›Griechen‹ zusammengetan. Die Aussicht auf eine hohe Summe aus dem Verkauf des Mozartschädels scheint stärker gewesen zu sein als die Freundschaft zu seinem Arbeitgeber. Seine Skrupellosigkeit hat Sheridian mit dem brutalen Angriff auf Herrn Nemecek ja eindrucksvoll unter Beweis gestellt. Wir gehen davon aus, dass Kaltenbrunner eine Falle gestellt wurde. Auf seinem Mobiltelefon sind Textnachrichten gespeichert, die ihn zu dem Ort beordert haben, an dem er erschlagen wurde. Der Plan ist jedoch schiefgelaufen. Levon Kaltenbrunner ist ohne den Mozartschädel zum Treffpunkt erschienen, um zuerst die Lage zu erkunden. In seinem Trolley befanden sich nur Kleidungsstücke. Vermutlich hat er vorgehabt, sich bei Zustandekommen des Geschäfts noch in der Nacht abzusetzen. Auch das spricht gegen eine innige Freundschaft mit seinem Angestellten. Durch Herrn Neubauers Besuch im Altwarenladen hat sich für die Mörder wieder eine Spur zu dem Schädel aufgetan. Der weitere Verlauf der Geschichte ist Ihnen ja bekannt.«

»Lässt sich das auch alles beweisen?«, fragte Erki.

»Mit dem Handy Kaltenbrunners in der Hosentasche des ›Griechen‹ haben wir ein eindeutiges Indiz in der Hand. Wir arbeiten noch daran, Spuren vom Tatort mit den zwei Verdächtigen abzugleichen. Sheridian konnte im Krankenhaus vorerst nur kurz einvernommen werden. Nach seiner Entlassung erwarten ihn die Untersuchungshaft und weitere Verhöre. Angesichts der Beweislage ist ein Geständnis nicht auszuschließen. Immerhin hat er auch den Angriff auf Herrn Nemecek zugegeben, nachdem wir ihm nachgewiesen hatten, dass er den Anruf des ›Griechen‹ aus Ihrer Wohnung angenommen hat. Ich bin zuversichtlich, dass wir bald mehr wissen werden. Die Aufklärungsrate der Wiener Polizei bei Morddelikten liegt übrigens bei über fünfundneunzig Prozent. Nur die allerwenigsten Täter rutschen uns durch die Finger.« Der Abteilungsinspektor trank sein Glas leer und blickte auf seine Armbanduhr.

»Wollen Sie noch ein Achterl, Franz?« Caterina griff zur Flasche.

»Nein danke«, wehrte Jerabek ab. »Ich werde jetzt besser aufbrechen. Sonst gibt meine Frau noch eine Vermisstenanzeige auf. Sie beide haben sich bestimmt auch allerhand zu erzählen. Da möchte ich nicht länger stören.« Der Polizist stemmte seine Hände gegen die Lehnen des Sitzmöbels und erhob sich.

»Eine Frage hätte ich noch«, meldete sich Erki zu Wort. »Was passiert mit dem Mozartschädel? Wird danach gesucht werden? Die Polizei könnte nach dem Rückgang des Hochwassers Taucher einsetzen.«

»Der echte Mozartschädel? Befindet sich der nicht in Salzburg, im Besitz der Internationalen Stiftung Mozarteum?« Jerabek schmunzelte. »Dort ist er bestimmt auch sehr gut aufgehoben! Und wenn es sich bei diesem Ausstellungsstück doch nicht um das Original handelt, dann ist das auch egal. Wolfgang Amadeus Mozart hat uns seine Musik hinterlassen, nur das zählt.« Er griff nach seinem am Tisch liegenden Täschchen und wandte sich zum Gehen. »Ich wünsche Ihnen noch einen angenehmen Abend. Lassen Sie sich den Wein gut schmecken. Übertreiben Sie nur nicht, Herr Neubauer. Allzu schnell holt man sich eine Lebensmittelvergiftung. Mit unangenehmen Folgen.«

Lächelnd nickte er Caterina und Erki zu und verließ die Wohnung.

Caterina schloss hinter Jerabek die Eingangstür ab und kehrte nachdenklich ins Wohnzimmer zurück. »Ich verstehe es immer noch nicht.«

»Was denn?«

»Wie man sich freiwillig als Nichtschwimmer von einer Brücke stürzen kann. Wegen eines Totenschädels.«

»Vermutlich weicht das jahrelange Hören klassischer Musik gewisse Hirnregionen auf.«

»Ich höre gerne Klassik.« Caterina lächelte Erki zu. »Ganz besonders Mozart!«

»Ich befürchte, dann wirst auch du irgendwann einmal im Donaukanal enden.«

»An deiner Seite ganz bestimmt! Ich sollte mich vielleicht vorher nach Amerika absetzen.«

»Zu diesem Basketballer?«

»Andrew?« Sie lachte. »Weißt du denn überhaupt, wie der Kerl aussieht?«

»Ich glaub, das will ich gar nicht so genau wissen. Sportlicher als ich, denke ich.«

»Jeder schaut sportlicher als du aus, Erik!«

»Jeder?«

»Absolut jeder!«

»Auch Franz?«

Caterina blickte zur Tür, durch die der Kriminalbeamte soeben die Wohnung verlassen hatte. »Natürlich! Ganz bestimmt sogar!«

»Du hast meinen Schuss nicht gesehen!« Erki stemmte mit beleidigtem Gesichtsausdruck seine Hände in die Hüfte.

»Welchen? Den Schuss Cola in den Gläsern mit Rum, bei Jirschis Geburtstagsfeier?«

»Nein! Den Schuss, mit dem ich den Schädel in den Donaukanal befördert habe. Schwer zu nehmen und dennoch perfekt getroffen. Eine sportliche Leistung der Extraklasse. Dazu mit unglaublicher Wucht. Eine richtige Bombe ist das gewesen.«

»Echt jetzt? Glaub ich nicht! Jirschi meint, du hättest in deiner ganzen an Höhepunkten recht bescheidenen Sportlerlaufbahn noch keinen einzigen Ball getroffen!«

»Menschen, die sich von Althippies aus Bergkarabach niederschlagen lassen, darf man keinen Glauben schenken. Vergiss die unqualifizierte Behauptung und frag nach bei dieser Heidegger. Die kann dir die Volleyübernahme des auf mich zukullernden Totenschädels in allen Einzelheiten schildern. Wie eine Rakete ist der gute alte Amadeus über den Kopf seines größten Fans hinweggeflogen und hat dann dreißig Meter weiter mit perfekten Haltungsnoten die Wasseroberfläche durchstoßen. Ein Meisterschuss, der nicht zu halten war. Auch nicht für den Opernexperten der Nation.«

»Wow! Bist du sicher, dass es nicht fünfzig Meter waren? Ich meine, bei deiner Schusskraft?«

»Okay, vierzig, vielleicht.« Erki grinste. »Mit den Metern, die es nach unten ging, natürlich noch viel, viel mehr.«

»Beeindruckend!« Caterina legte ihren Kopf gegen seine Schulter. »Leider kann ich die Sekretärin Liebkinds im Moment nicht befragen. Meinst du, du könntest nochmals so einen Prachtschuss zustande bringen? So eine Rakete? So eine Bombe?«

»Bestimmt!«

»Das will ich sehen!« Caterina nahm ihren Freund bei der Hand und zog ihn vom Sofa hoch.

Kater Viktor hob kurz den Kopf, streckte alle vier Pfoten von sich und gähnte. Schläfrig blickte er um sich, strich mit einem Ohr über das Kissen, auf dem er lag, und rollte sich dann wieder halbmondförmig zusammen. Als das gleichmäßige Heben und Senken seines Brustkorbs erkennen ließ, dass er wieder schlief, waren Caterina und Erki schon längst im Schlafzimmer verschwunden.

25

Aus den Lautsprechern des voluminösen Radios erklangen soeben die letzten Takte der »Jupiter-Symphonie«. Beinahe zärtlich strichen Ehrentraud Heideggers Hände über das abgegriffene Holz des alten Röhrengeräts. Der Sendersuchlauf war noch immer defekt, und die Anzeige steckte unverrückbar auf der Kurzwellenfrequenz 92,0 fest, doch die Wiedergabe der auf diesem Sendeplatz beheimateten klassischen Musik funktionierte genauso klaglos wie vor zwanzig Jahren.

Der vierte Satz von Mozarts letzter Symphonie endete mit Fanfarenklängen in C-Dur. »Hier kann uns Mozart selbst als Gott erscheinen, der nach freiem Willen Sternbilder in der Unendlichkeit des Weltraums schafft, zusammenfügt und lenkt.« Dieser Satz des Dirigenten Kurt Pahlen kam Heidegger in den Sinn, wann immer sie den fulminanten Schlusssatz zu Ohren bekam. Eine treffende Umschreibung des vollendeten Geflechts aus Stimmen und Themen, das den genialen Komponisten am Höhepunkt seines Schaffens zeigte.

Stundenlang hatte sie einst vor diesem Apparat gesessen und den Werken der großen Meister gelauscht. Kaum ein bekanntes Musikstück, das ihr nicht geläufig war. Es war das Einzige, mit dem sie sich in diesem Raum die Zeit vertreiben hatte können. Das Einzige, das sie davon abgehalten hatte, den Weg ihrer älteren Schwester zu gehen.

Heidegger beugte sich über das Rundfunkgerät. Unverändert war es mit der Wand verschraubt. Er hatte ihr damit die Möglichkeit verwehrt, an Stromkabel oder Steckdose heranzukommen. Sie konnte sich noch gut daran erinnern, wie sie mit dem Gedanken gespielt hatte, die Front des Radios einzuschlagen, um von dieser Seite in den Stromkreis zu gelangen. Die Angst vor einem Fehlschlag hatte sie davor abgehalten.

Ein Weiterleben in diesem Raum ohne den Klang der Musik wäre für sie nicht vorstellbar gewesen.

Sie hatte gewusst, dass er es war, der hinter den Anschlägen auf das Eigentum Liebkinds steckte. Es war seine Handschrift. Er liebte das Agieren aus dem Verborgenen. Die Botschaft, die sich hinter diesen Aktionen verbarg, hatte nicht dem Professor, sondern ihr gegolten. Es war ihr immer klar gewesen, dass er sie eines Tages zurückhaben wollte. »Mein Eigentum«, hatte er geschrieben, und ganz genau so war es auch gemeint gewesen. Er brauchte sie. Mehr als alles andere.

Dennoch war sie von seinem heutigen Auftauchen überrascht worden. Die turbulenten Ereignisse auf der Brücke hatten ihre Aufmerksamkeit so sehr in Anspruch genommen, dass ihre gewohnte Achtsamkeit darunter gelitten hatte. Sie griff sich an die Seite. Die Stelle, wo er die Elektroden des Elektroschockers angesetzt hatte, verursachte noch immer starke Schmerzen. Der Geruch verbrannter Haut hing in der Luft. Die Lähmungen hatten lange genug angehalten, um sie ohne Gegenwehr aus der Stadt schaffen zu können. Am Stadtrand hatte er ihr dann die Handgelenke mit Klebeband zusammengebunden und war mit ihr hierhergefahren, ohne ein einziges Wort zu sprechen. Erst als er sie in den fensterlosen Kellerraum gezerrt hatte, war ihm ein Satz über die Lippen gekommen.

»Du bist wieder zu Hause«, hatte er zu ihr gesagt, bevor er grußlos verschwunden war und die Tür hinter sich verschlossen hatte.

An den Metallwinkeln, mit denen er den einzigen Sessel des Zimmers am Boden verschraubt hatte, war es ihr gelungen, die Klebebänder zu durchtrennen. Sie hatte sich dabei Zeit gelassen. Sie wusste, dass er erst spät zurückkehren würde. Mitten in der Nacht. So wie er es immer schon getan hatte. Sie würde wieder den Hall seiner Schritte vernehmen, wenn er über die Treppe zu ihr herabgestiegen kam. Sie würde das

Geräusch des Schlüssels im Schloss der schweren Eisentür hören und ihm dabei zusehen, wie er Arbeitsjacke und Hut auf dem Sessel drapierte, bevor er damit begann, sich ihr zu nähern.

Ehrentraud Heidegger konnte nicht mehr sagen, wie oft sie diese Nächte hatte durchleben müssen. Doch eines wusste sie ganz bestimmt. Dieses Mal würde es anders sein. Sie selbst war anders geworden. Sie hatte gelernt, zu überleben. Ihre Finger klammerten sich um den Griff des Springmessers in ihrer Hand. Sie spürte die Kälte des Stahls am Knauf der Waffe. Eine Kälte, die auch in ihr wohnte. Niemals mehr würde sie ein Gefühl von Zuneigung für jemanden empfinden können. Dieser Teil von ihr war schon seit Langem abgestorben. Begraben mit ihrer Schwester.

Es war leicht, zu töten. Der hagere Mann am Betriebsbahnhof Rudolfsheim war eingeknickt wie ein Streichholz. Kein Schrei war über seine Lippen gekommen. Mit voller Wucht hatte sie ihm den Radmutternschlüssel aus dem Mercedes übergezogen und nichts dabei empfunden. Keine Reue, keine Abscheu und auch keine Angst. Nur das Gefühl des Hasses hatte sie begleitet. Ein blinder Hass gegen den Mann, der sich ihrer angenommen hatte, just als es ihr gelungen war, ihrem alten Leben zu entfliehen.

Zwanzig Jahre hatten vergehen müssen, bis ihr klar geworden war, dass sich seitdem nichts geändert hatte. Nur die Örtlichkeiten waren andere geworden. Ein Gästezimmer statt eines Kellerraums und Opernbühnen anstelle eines an der Wand befestigten Röhrenradios. Doch Isolation, Abhängigkeit und Demütigung waren geblieben. Zwei Jahrzehnte ihres Lebens hatte sie damit verbracht, sich selbst als Frau zu finden. Gefunden hatte sie immer wieder nur das angsterfüllte kleine Mädchen, das alles mit sich geschehen ließ.

Die späte Erkenntnis, einen Kerker gegen den nächsten eingetauscht zu haben, hatte sie mit abgrundtiefer Wut erfüllt. Gegen sie selbst, gegen ihre Hilflosigkeit, vor allem aber gegen den Mann, der ihr das gleiche Dasein beschert hatte wie das, von dem sie viel zu lange dachte, es hinter sich gelassen zu haben.

Liebkinds von körperlicher und seelischer Gewalt begleitete Ankündigung, sie als Gebärstation für seine kranken Wiederauferstehungspläne missbrauchen zu wollen, hatte das Fass zum Überlaufen gebracht. Mit einem Schlag waren die alten Wunden wieder aufgebrochen. Er hatte ihr den Glauben an den Wert ihres Lebens genommen und sie zurückversetzt in eine Zeit, als sie sich selbst bloß als minderwertiges Gebrauchsobjekt betrachtet hatte.

Sie hatte beschlossen, es ihm mit gleicher Münze heimzuzahlen. Auch er sollte alles verlieren, was für ihn von Bedeutung war. Sie hatte ihm seine Reputation als Fachmann nehmen wollen, sein öffentliches Ansehen, seinen Fernsehvertrag und seine geliebte Oper. Doch ihr erstes Ziel hatte der Zerstörung seines Lebenstraums gegolten.

Liebkind hätte seinen Schädel bekommen sollen. Jedoch in einer Form, die ihm nicht geschmeckt hätte. Zu Knochenmehl zermahlen hatte sie ihm den Schädel in seine Essensportionen mengen wollen. Bei jedem Restaurantbesuch. Abend für Abend hätte der maßlos gefräßige Musikkritiker in kleinsten Dosen die Gelegenheit erhalten, mit seinem Idol eins zu werden. Er hätte Mozart fressen, verdauen und wieder ausscheiden sollen oder auch daran verrecken. Erst an seinem absoluten Tiefpunkt hätte sie ihm verraten, was er die ganze Zeit zu sich genommen hatte.

Sie war zutiefst enttäuscht gewesen, als sie hatte feststellen müssen, dass der Trolley des Antiquitätenhändlers nur Kleidung enthielt. Trotz der exorbitant hohen Summe, die ihm in Aussicht gestellt worden war, war der Mann mit leeren Händen bei der Remise erschienen. In der Hölle sollte er schmoren. So hatte sie nur das iPhone des Toten an sich genommen, um eine falsche Spur zu legen. Sie hatte es einem Betrunkenen in die Jackentasche gesteckt, der, eine hässliche alte Sporttasche umklammernd, am Schwendermarkt auf einer Parkbank gelegen und dort fest geschlafen hatte.

Beim Einstieg durch das schmale Fenster an der Rückseite des Cafés, in das der Verkäufer von ihr bestellt worden war, hatte sie sich geschnitten. In ihrem Zorn, auch hier vergeblich nach dem Totenkopf gesucht zu haben, hatte sie ein Schlachtfeld hinterlassen. Unverrichteter Dinge war sie im Schutz der Nacht zurück in den ersten Bezirk marschiert und hatte nur hinter der Albertina einmal kurz angehalten, wo sie das eigens angeschaffte Prepaid-Handy in einem Regenwassereinlaufgitter entsorgte.

Wie auf einer Landkarte fuhr sie mit den Fingerspitzen die feinen Linien entlang, die sie im Relief des Messergriffs aus Büffelhorn ertasten konnte. Sie hatte mit Liebkind die Welt der Oper bereist. Doch alle Wege hatten nur ein Ziel gekannt. Hierher zurück, an diesen Ort.

Ihr Daumen schob die Entriegelung nach hinten und drückte auf den halbkugelförmigen Knopf. Mit einem leisen Schnappen schnellte die Klinge zwischen den Griffschalen hervor. Es war ein gutes Messer. Ein Stiletto aus dem italienischen Maniago. Pospischils Messer. Sie hatte es neben dem am Boden liegenden Informanten aufgelesen und eingesteckt, um es vor den Blicken der Hilfeleistenden zu verbergen. Er hatte es nicht entdeckt.

Heute Nacht, da würde sie das Heft in der Hand halten. Diese Nacht würde alles verändern. Liebkind lag auf dem Grund des Donaukanals. Er konnte ihr nichts mehr anhaben. Doch heute wollte sie ihr Leben zur Gänze zurückerhalten. Und dafür musste auch sein Leben ein Ende finden. Bald würde er neben ihrer Schwester liegen. Unter den zwei hohen Eschen, deren Stämme so dicht beieinanderstanden. Im Familiengrab, am Zentralfriedhof. Heute Nacht, da würde er sterben.

Danksagung

Für die musikalische Begleitung beim Schreiben dieses Romans bedanke ich mich bei Gregory L. Allman, Thomas E. Petty und Wolfgang A. Mozart.

Danke auch an Marcella Bolaffio, Robert Gruber, Robert Hauk, Bruno Salge, Carlos Westerkamp und Günther Wildner.

Mein besonderer Dank gilt den Betreibern der Wiener Beisln und Tschocherln für ihren unermüdlichen Einsatz gegen die Vereinsamung der Menschen vor dem Bildschirm.

Johann Allacher
DER WATSCHENMANN
Broschur, 256 Seiten
ISBN 978-3-95451-953-8

Bummelstudent Erik »Erki« Neubauer verbringt den größten Teil seiner Zeit in den Lokalen und Beisln Wiens. Dort ist er für seine Trinkfestigkeit genauso bekannt wie für seine frechen nächtlichen »Schandtaten«. Aus Spaß wird Ernst, als das Opfer eines seiner Streiche tot aufgefunden wird. Von Kriminellen und Polizei gejagt, hetzt Erki durch die Stadt an der Donau. Bei dem Versuch, seine Unschuld zu beweisen, kommt er nicht nur einer jungen Wissenschaftlerin näher, sondern auch einem im Wasser verborgenen Geheimnis ...